骨姫ロザリー
Rosalie
死者の力を引き継ぐ最強少女、正体を隠して魔導学園に入学する
1
著 朧丸
イラスト みきさ
反応はすぐに起こった。
魔導鉱に小さな光が宿り、光は赤い色を帯びながら拡大していく。
魔導学園入学試験
魔導見の儀

コクトー
ロクサーヌ＝ロタン
グレン＝タイニィウィング

ミシルルゥ
ヒューゴ＝
レイヴンマスター
ロザリー＝
スノウオウル

「なら、片っ端から倒すだけ」
ロザリーは剣を抜き、
ありったけの魔導を身体中に巡らせた。
――血が滾る。力が漲る。

骨姫ロザリー

1．死者の力を引き継ぐ最強少女、正体を隠して魔導学園に入学する

朧丸

OVERLAP

Index

はるか遠く、西の果て。険しい山の奥深くに、場違いな館があった。

まるでお城のような立派な館で、広々とした美しい中庭まである。

その中庭に面した渡り廊下を一人の少女が駆けていく。

濡《ぬ》れ羽《ば》色《いろ》の長い髪に、白い肌。そして特徴的な紫の瞳。

寝癖のついた頭で渡り廊下を走っている。

少女を見つけた庭師のハンスが、花壇の陰から声をかけた。

「やあ。おはよう、ロザリー」

「おはよう、ハンスさん！」

少女は立ち止まりもせずにそう答える。それを見た警備の騎士が少女を叱り飛ばした。

「ロザリー！　挨拶はきちんとしろ！　それから廊下を走るんじゃない！」

「ごめん、リアムさん！　走らないと朝ごはん片づけられちゃうから！」

「早起きしないからだ！」

「明日からはそうする！」

少女は後ろ向きに手を振りながら、居館に入った。

廊下でもスピードを緩めることなく、居館の奥にある食堂へ飛び込む。

そしてキッチンに立つ、中年の女性に叫んだ。

「おはよう、サラおばさん！　わたしの朝ごはん、まだある⁉」

「おそよう、ロザリー。今、片づけるとこだったよ」

息を切らせてそう訴える少女に、中年の女性が無表情にトレーを突き出した。

トレーの上にはパンにミルク、目玉焼きと腸詰めの皿が載っている。

「さっすがサラおねえさん！」

「お姉さんときたかい。仕方ないね」

中年の女性は腸詰めを一本、皿に足した。

「やったっ！」

少女は満面の笑みでトレーを受け取った。


少女の名はロザリーといった。年は九つ。この館で唯一の子供だ。

彼女には不思議な力があった。死者と対話する力だ。

ロザリーが物心ついた頃には、その能力は備わっていた。

葬列について歩きながら、亡くなった本人を慰めたり。

どこの誰ともわからぬ死体の素性を、ピタリと言い当てたり。

墓の前で、見えない誰かと何時間も話し込むこともあった。

ロザリーにとって、それは当たり前のことだった。

だが周囲の者は、そんな彼女をとても気味悪がった。

そして五歳の誕生日。母はロザリーを捨てた。

幼いロザリーは、自分が捨てられたとわからなかった。

だから、ひたすら母の帰りを待ち続けた。腹を空《す》かし、雨に凍え、数日が過ぎ。

幼心にも、母は自分がいらなくなったのだと理解した頃。

突如、救いの手が差し伸べられた。

「かわいそうに」

その若い女性はベアトリスといった。

ベアトリスはロザリーを優しく抱き上げ、母のように囁《ささや》いた。

「一緒に来る？」

その日から、ロザリーはベアトリスの家族となった。


館。窓のない部屋。

「ベアトリス。今日もなの？」

ロザリーが拗《す》ねた口調で言った。呼ばれた女性が振り返る。

「ごめんね、ロザリー。今日もなの」

そう言って、ベアトリスはとびきり華やかに笑った。

ロザリーはこの笑顔を向けられると、嫌でも頷《うなず》くしかなかった。

部屋に男たちが入ってきた。彼らは二人一組で担架を抱えていて、担架は全部で三つ。担架が床に下ろされ、乗っていた物がロザリーの前に並べられる。

骨。人骨だ。かなり古く、原形を留《とど》めるものはない。

ベアトリスが後ろからロザリーに囁く。

「さあ。彼らの声を聞かせて?」

はるか昔、〝旧時代〟と呼ばれる古代文明が存在した。ベアトリスはその研究組織の若きリーダーで、この館は遺跡群のまっただ中に建てられた研究拠点。

発掘された遺体と話し、情報を引き出すのがロザリーの役目だった。

ロザリーは目の前の人骨を見下ろした。

「っ、やっぱりやだ」

そう言って、人骨から目を背けた。ベアトリスがそっと彼女の頬を撫《な》でる。

「ロザリー……」

「だってこの人たちはもう、自分がだれかもおぼえてない。わたし、怖いの!」

死にたてと違い、発掘された遺体は対話が成り立たないことが多かった。

古すぎるのだ。

ベアトリスはロザリーの首元に、そっとキスした。そして、囁く。

「お願い、ロザリー。これはあなたにしかできないことなの」

いつもの台詞《せりふ》を聞かされ、ロザリーはもう一度人骨を見下ろす。

そして意識を集中した。ロザリーはこの仕事が嫌いだった。

幼い頃にはなかった死者に対する恐れが、彼女の心を苦しめた。

それでも拾われてから四年間、ロザリーは役目を果たし続けてきた。それはベアトリスが求めるからで、うまくいったときには彼女が思い切り抱きしめてくれるから。

館の住人はみんな優しいけれど、愛しているのはベアトリスだけ。

幼いロザリーにとって、母親代わりのベアトリスが世界のすべてだった。


ある夜。ロザリーは寝つけなかった。最近まるで手がかりを得られないからだろうか、言い知れぬ不安が彼女を眠りから遠ざけていた。

ロザリーはベアトリスを求め、彼女の部屋を訪れた。扉の隙間から灯《あか》りが漏れている。

「ベアトリス……？」

彼女の名を薄く呼び、扉をわずかに開ける。ベッドの上にベアトリスはいた。

「んっ。はっ、はっ、んぅ……はあっ」

ベッドにはもう一人。ロザリーが館の住人で最も苦手とする、〝館主様〟と呼ばれるやぶにらみの初老の男とともに。

二人は一糸まとわぬ姿で重なり合っている。激しく動き、乱れた息が室内に響く。

見てはいけない。

そうわかるのに、ロザリーはその光景から目を離すことができなかった。

二人はひとしきり動き続け、やがて息絶えるようにベッドへ倒れ込んだ。

しばらくして。ベアトリスが呟《つぶや》くように言う。

「もう、終わりにするわ」

「この関係を、か？」

ベアトリスが鼻で笑う。

「研究のことよ」

「ふむ」

〝館主様〟が続ける。

「成果が十分ではないだろう。性急ではないか？」

「遺物はあらかた回収し終わった。ロザリーが情報を引き出せる損傷の少ない遺体も、もうない。これ以上の成果は出ないわ」

「あのお方がどう思うか」

「あのお方は無駄を嫌う。お叱りは受けないわ」

「だといいが」

ベアトリスがむくりと身体《からだ》を起こした。露《あらわ》になった乳房が揺れる。

「四年よ？　四年費やして成果はたったこれだけ！　こんなはずじゃなかった。私はこんな場所で老いさらばえるつもりはないわ！」

「落ち着け、ベアトリス」

ベアトリスは背中からベッドへ倒れ込んだ。

ベッドの揺れが収まって、それから彼女はボソリと呟く。

「いっそ、この館ごと燃やしてやりたい」

「怖いな。……彼女はどうする？」

「彼女って？」

「ロザリーだよ。母親代わりだろう？　引き取るのか？」

「冗談はやめて」

ベアトリスは顔を歪《ゆが》めた。

「必要だから拾っただけ。ここが終われば家族ごっこも終わりよ。死体と話す子供なんて……ああ、気味が悪い！」

「怖い女だ」

「あなたほどではないわ、イゴール」

そう言って、ベアトリスは〝館主様〟に口づけた。

ロザリーは二人に気づかれぬよう、そっと扉を閉めた。

両手で口を押さえて嗚咽《おえつ》を隠し、暗い廊下を走り去っていった。

翌朝。ロザリーは渡り廊下を歩いていた。庭師に元気よく声をかける。

「おはよう、ハンスさん！」

「やあ。おはよう、ロザリー」

警備の騎士が目を丸くした。

「おお、今日は早いじゃないか、ロザリー」

「リアムさんもおはよう！」

食堂へ入り、キッチンの中年女性にも声をかける。

「おはよう、サラおばさん！」

「おやまあ、ロザリー。時間通りに来るなんて、雨でも降るんじゃないかい？」

「きょうは晴れ！　雲ひとつないよ！」

「そうかい。じゃあ洗濯しとかないとねえ」

「うん！　それがいいと思う！」

ロザリーは、何も見ていないことにした。そして少しでもいい子であろうとした。

本能的にそう決めた。また、捨てられないために。

窓のない部屋。

決められた時間より早く、ロザリーはその室内にいた。

演じることに躊躇《ためら》いはなかったが、このときばかりは手が汗ばんだ。

ベアトリスが来る。昨晩、覗《のぞ》いたことがバレていやしないか。演じていることを勘づかれやしないか。ロザリーは気が気ではなかった。

やがて、扉が開いた。

ベアトリスはすぐにロザリーを見つけ、いつものように優しく微笑《ほほえ》んだ。

それを見て、ロザリーはホッと胸を撫で下ろしたのだった。彼女がいつも通りであることもそうだが、また大好きな笑顔を見られたことに心から安堵《あんど》した。

そんなロザリーの頬を手の甲で撫で、ベアトリスが言う。

「今日は拗ねないのね？」

「……うん。最近うまくいってないから、きょうはがんばってみる」

「やる気があって嬉《うれ》しいわ。でも、無理はしないでね？」

「だいじょうぶ」

扉が再び開き、人骨が運ばれてきた。

「んん？　今日はひとつだけ？」

運ばれてきたのは一体だけ。それも原形をはっきり残した人骨だった。

両方の手首から先だけが失われているようだ。

「なんだかいつものより……新しい？」

「そう！　よく気づいたわね！」

ベアトリスは嬉しそうに両手を合わせた。

「彼は〝旧時代〟を生きた人ではない。もっと、ずっと新しい遺体なの。と言っても、五百年くらい前の人なんだけど」

「彼――男の人なのね」

「私もロザリーと同じで、最近うまくいかないなぁって悩んでいたの。だからね、ちょっとアプローチを変えてみることにした。このくらい新しければロザリーも対話できるでしょう?」

「うん、たぶん。だけど……話してどうするの? 古代人じゃないんでしょ?」

「確かに。でもね、彼も遺跡から出てきた遺体なの」

「そうなの?」

「私、思うの。彼は私と同じ〝旧時代〟の研究者だったんじゃないかって。そして、何らかの理由で遺跡で果てたのでは、ってね」

「なんで死んじゃったの?」

「両手首から先が欠損しているから他殺でしょうね。賊に囚《とら》われ、殺されたのかも。でも、そこは重要ではないの。大事なのは、彼が研究者であったのかどうか。もし研究者だったなら、私たちの知らない〝旧時代〟の真実を知っているかも!」

興奮気味にそう話すベアトリス。

「わかった、やってみる」

「お願い、ロザリー」

ロザリーは頷き、人骨に意識を集中した。特に言葉をかけたりはしない。

いつもロザリーが聞こえることに向こうが気づき、話しかけてくる。

死者は語るだけで、幽霊になって出てきたり、死体が動き出したりするわけではない。

まるで会話にならないことも珍しくないが、それはあちら側の問題。

だからロザリーはいつも通り、聞き耳を立て、注意深く見つめていたのだが。

ロザリーがふと気づく。彼がこちらを見ている。

人骨は動いていないはず。だが、いつの間にかこちらを見ている。

彼の眼球のない暗い眼窩《がんか》と目が合っている。次第に奇妙な感覚がロザリーを支配した。

底の見えない深い淵《ふち》を覗いているような。

月も星もない夜空を見上げているような。

いつしかロザリーの意識は、彼の眼窩へ吸い込まれていった。

まるで、魅入られるように――

××××××××××

「ここは――」

ロザリーは高原に立っていた。夜空が近い。

高原は四方を険しい峰々に囲まれ、まるで神々の創った箱庭のようだった。

足元には白く儚《はかな》げな花が咲き乱れ、夜風が芳香を空へ運ぶ。

浮世離れした光景に、ロザリーが呟く。

「――天国？」

答える者はいない。ただ、夜風が彼女の黒髪を梳《す》いていく。

「私、死んじゃったのかな？」

未練はあるが、不思議と悲しくはない。ロザリーは口笛を吹いた。

鷹《たか》の鳴き声のような音色が高原を渡り、峰々へと消えていく。

「ここはエリュシオンの野」

ふいに、背後から声がした。驚いて振り返ると、そこに男が立っていた。

銀髪の痩せた男で、騎士の風貌をしている。リアムではない。彼より若く、背が高い。

意匠を凝らした剣を腰に差していて、光沢を帯びた黒革のコートが夜風に靡《なび》いている。

初めて会うのに、ロザリーはこの男に親近感を持った。

それは彼もまた異様に肌が白く、紫色の瞳をしていたから。

「エリュシオンとは、この白い花の名さ」

男は白い花を一輪摘み、そっと宙に投げた。

夜風が花を攫《さら》う。花弁を散らせながら、山の頂へと運んでいく。

「伝承では、冥府と現世の境界にのみ、群生する花だという」

ロザリーが問いかける。

「あなたは――だれ？」

男が答える。

「わかるはずだよ、君ならね」

「……あの、骨の男性《ひと》？」

根拠はなかった。だが、ロザリーはそう直感した。

「ご明察」

男は笑った。

「僕はヒューゴ。君が起こした死人さ」

「ごめん、起こしちゃったんだ」

「謝らなくていい。僕は君を待っていたんだから」

「わたしを？」

「ああ。長い間——死んでからずっとね」

「ええと……ヒューゴ、さん？」

「他人行儀だな。ヒューゴでいいよ」

「じゃあ、ヒューゴ。わたし、死んじゃったのかな？」

「生きているよ。そのすぐ近くにいるけれど」

「じゃあ、もうすぐ死ぬの？」

「いいや」

「そっか、よかった」

ロザリーが辺りを見回す。

「ヒューゴ。わたし、帰りたいんだけど」

「帰れないね」

「ええっ!?」

「帰る前に、夢を見てもらわねば」

「夢？　これが夢でしょ？」

「これは夢の始まりにすぎない」

ヒューゴが手をかざすと、そこに窓が現れた。

何の支えもなく、窓枠だけが宙に浮かんでいる。

「そんなに警戒しないでくれ。夢見る君の身に危険はない。少しだけ、怖い思いをするかもしれないがね」

「……もう、じゅうぶん怖いんだけど」

ヒューゴは「あれ、そう？」と笑った。

「では、始めるとしよう」

ヒューゴが窓を開けると、そこに風景が浮かんだ。

街が燃えている。荒ぶる炎は空を焦がし、街のすべてを蹂躙《じゅうりん》している。

「これから、ある憐《あわ》れな男の末路を見てもらう」

離れた高台に男がいた。闇に紛れ、戦火の街を眺めている。

フードを目深に被《かぶ》り、表情は見えない。

「うん？　この人……」

ロザリーは、窓から目を離せなくなっていた。

意識のすべてが窓から見える男へ向かう。

ヒューゴの声がロザリーの意識を窓の中へ誘《いざな》う。

「この男は何者で、いかに死ぬのか」

「君は彼の最期から何を感じ、何を得るのか」

「ハジマリ、ハジマリ……」

ロザリーの意識は窓の中へ飛び込んでいった。


ロザリーは目を開けた。目の前に広がるのは、廃墟《はいきょ》と化した街。

一面が焼け焦げていて、あちらこちらでまだ炎が燻《くすぶ》っている。動くものは、ない。

（これって……せんそう？）

ロザリーはショックを受けながらも、惨状を食い入るように見つめていた。

そこへ蹄《ひづめ》の音が響いてくる。蹄の音は何十と重なり、やがて騎馬の一団が見えた。

（どうしよう！　隠れる？）

ロザリーが迷っていると、足が勝手に騎馬の一団のほうに向かって歩き出した。

まるで、吸い寄せられるように。

（え、なんで!?）

ロザリーの意思を無視して、身体《からだ》はさらに騎馬の一団へと向かう。

地面の揺れを感じるほど騎馬が間近に迫っても、歩みは止まらない。

（うああっ！　ぶつかるっ！）

目を閉じたいのに、それすらも敵《かな》わない。ロザリーの、もう目と鼻の先というところで騎馬の一団が二つに割れた。紙一重でロザリーを避《よ》け、彼女の両側をすり抜けていく。

通り過ぎた一団は、しばらく行って止まった。

「生き残りがいたか」

馬首を返した最後尾の騎士が言う。

「女か？」

とは、別の騎士。

「怪しいぞ。生き残れるわけがない」

と、さらに別の騎士。

騎士たちの気の高ぶりようは顕著で、何事もなく終わりそうにない。と、そのとき。

「ねえ」

ロザリーの口から声が漏れた。それは艶《なま》めかしい大人の女性の声色で、幼いロザリーのものとは似ても似つかない声だった。

（わたしじゃない!?　なに、この声!?）

ロザリーの戸惑いを無視するように、口がひとりでに語る。

「寒いの。温めて?」

そしてロザリーは意識なく、フードのついたマントをはらりと脱ぎ捨てた。

「やはり女か」

(えっ?　これ……)

視界の端に映った自分の肉体に、ロザリーは啞然《あぜん》とした。

豊かな乳房に、腰の曲線。浮き出た肋骨《ろっこつ》にかかる、赤い巻き毛。

それは成熟した女性の身体で、明らかにロザリーのものではなかった。

騎士が一騎、こちらに駆けてきた。

「怪しい奴《やつ》め」

騎士は馬上からロザリーに槍《やり》を突きつけた。

「待て」

一団のほうから野太い声がした。声の主は巨体の騎士だった。巨体の騎士は馬を下り、兜《かぶと》を脱ぎ捨てた。そして鎧《よろい》の留め金を外しながら、大股でこちらに歩いてくる。

「隊長。任務中ですぞ」

槍を突きつけている騎士が諫《いさ》めるが、情欲に駆られる巨体の騎士の目にはロザリーの肢体しか映っていない。

「お前たちにも回してやる。俺の後でな」

そしてロザリーを目の前にして、舌なめずりをした。

「もっとも、俺の後では使い物にならないかもしれんが」

そして腰を曲げ、ロザリーの尻を乱暴に摑《つか》む。

(ひっ⁉)

ロザリーの内心とは裏腹に、顔が笑う。

「せっかちね」

「ぬかせ、淫売」

「たくましい人、好きよ？」

ロザリーは巨体の騎士の首に手を回し、豊かな胸元へ抱き寄せた。

その瞬間。ロザリーの身体の内が、燃えるように熱くなった。

血が滾《たぎ》る。力が漲《みなぎ》る。何かが血管を通り、身体中の細胞を覚醒させていく。

抱きしめる屈強な騎士の肉体も、もはや飴細工《あめざいく》程度にしか感じない。

「っ？　だっ、ぎいっ⁉　あああああ‼」

ベキッ。ボキッ。巨体の騎士の体内から、筋が断ち切れ、骨が砕ける音が響いた。

周囲の騎士は呆気《あっけ》にとられ、身動き一つできない。

やがて巨体の騎士を小さく折り畳んだロザリーは、それを無造作に投げ捨てた。

「き、貴様……！」

最初に駆けてきた騎士は呻《うめ》くようにそう言い、再び槍を突きつけた。

目の前で止まった槍の穂先に女性の顔が映る。
それは幼いロザリーのものではなく、十七、八歳くらいの魅惑的な赤毛の女性の顔。
しかし次の瞬間――女性の顔がドロリと溶けた。
「な……ッ!?」
戦慄する騎士の前でロザリーが変貌する。
顔だけでなく全身の肉が波打ち、溶け落ちていく。
地に落ちた肉はヘドロのように地面に積み重なり、白い煙を上げながら腐臭を放った。
肉を脱いで現れ出たのは、男性の筋張った裸体だった。
(この人!)
震える槍の穂先に映ったのは、銀髪にいやに白い肌の紫眸《しぼう》の男。
あの天国のような場所でロザリーが出会った騎士――ヒューゴであった。
ロザリーは驚きと共に、状況を理解していく。
(この人はヒューゴ……)
(私はヒューゴになってるんだ……)
刃《やいば》に映ったロザリー――ヒューゴは、ただ妖しく微笑《ほほえ》んでいる。
「腐肉使い……?」
騎士の一団の中から声が上がった。
その騎士は声を上ずらせながら、震える指先でヒューゴを指差した。

「銀髪に生白い肌！　紫の瞳！　こいつ〝腐肉使い〟ヒューゴ＝レイヴンマスターだ！」

騎士たちの目が、恐怖を孕《はら》んでヒューゴへと向かう。

「いかにもその通り」

ヒューゴはニタリと笑った。多くの騎士が怯《おび》えて固まる中、槍を突きつけていた騎士が動いた。奥歯を噛《か》みしめて、槍を引き絞る。

「うおおおッ！」

ヒューゴを貫かんと迫る槍との隙間に、ヒューゴの右手が滑り込んだ。

槍の穂先を、親指と人差し指でつまむように止める。

摑まれた槍の制御を取り戻そうと、騎士が力いっぱい槍を動かそうとする。

しかし穂先はピタリと止まって動かない。ヒューゴが騎士に告げる。

「〜〜ッ！」

「君はなかなか良い騎士だよ。だが僕を討つにはだいぶ足りない」

槍の穂先がパキリと圧《へ》し折れる。

そして次の瞬間、折れた穂先は騎士の眉間に突き刺さっていた。

「あるぇっ？」

少し間抜けな声を上げて、騎士は馬から崩れ落ちた。

騎士の一団は仲間を殺されたことで、ようやく戦意を取り戻した。

馬を盛んに動かし、それぞれが得物を抜き放つ。

「化け物め！　地獄に送ってやる！」

ヒューゴの眉がピクンと跳ねる。

「……地獄、だと？」

戦火の残り火が、ヒューゴの影を照らし出す。

影は不気味に揺らめき、あっという間に地面を覆うように広がっていく。

「地獄はここだ！　この世界こそが地獄だ！」

その叫びに呼応して、ヒューゴの影がぐらぐらと煮え立った。影から次々にあぶくが上がり、そのあぶくから次々に干からびた亡者共――不死者《アンデッド》が生まれていく。

数百体の亡者共の落ち窪《くぼ》んだ目が、騎士たちを捉える。

獲物に群がる蟻《あり》のように這《は》いずり、群れを成して騎士たちへ押し寄せた。

馬は暴れ、騎士たちは抗《あらが》うが、何の意味もなさない。蹄に踏み抜かれようと、槍で貫かれようと、その何十倍もの亡者が絡みつき、ヒューゴの影へ引きずり込んでいく。

騎士たちの悲鳴と、亡者共の呻き声を残して。

騎士をあらかた飲み込むと、影は萎《しぼ》み、元の人影となった。

「う、あ……」

一人、生き残りがいた。

ヒューゴは先ほど脱いだマントを拾い、身にまとってからその騎士に近づいていく。

それに気づいた騎士は額を地面に擦《こす》りつけ、両手を頭の上で擦り合わせ、命乞いした。

「た、たすけ……お願い、命ばかりは……」

「鈍いな。そのつもりだから君だけ残したんだよ」

「……助けてくれるのか？」

「君の態度次第だ」

「なんでも、なんでもする！」

　ヒューゴは騎士を見下ろし、詰問した。

「〝火炙《ひあぶ》り公《こう》〟ガレス＝ユールモンはどこだ？　この街を焼いた、お前たちの主人だよ」

　騎士が口ごもる。

「知らないならそれでもいい。仲間の元へ逝きたまえ」

「ま、待て！　知ってる！」

「ほーう。それでは教えてくれ。ガレスはどこだ？」

「それ、は」

「それは？」

「――お前が知っても意味ないよ」

　騎士の言葉に、ヒューゴは耳を疑った。

「何を言う？」

「死にゆくお前がそんな些事《さじ》を気にしても仕方なかろう」

　騎士の口調がまるで変わった。つい先ほどまで濡《ぬ》れネズミのように震えていたのに、今はまるで落ち着き払った貴人のような話し方。

　姿勢は土下座のままだから異様な気配を放っている。

「……何者だ」

　ヒューゴには、この騎士が強者《つわもの》には見えなかった。だからこそ、こいつを生かしたし、今も弱者にしか見えない。――しかし。騎士は質問に答えない。

「罠《わな》だとは思わなかったのか？」

　いつの間にか、声色までも変わっている。

「勝利を確信したとき、敗北が顔を覗《のぞ》かせる」

　気配に圧《お》され、ヒューゴが一歩下がる。

「狩りに興じていたつもりが、その狩り自体がより壮大な狩りのための餌だった。そう気づかないか？」

　騎士が顔を上げた。その嗤《わら》って歪《ゆが》む両目は、眼球すべてが真っ赤に染まっていた。

「赤目ッ!?」

　ヒューゴは左腕を上げて、自分の目を覆い隠した。

　そしてそのまま、廃墟《はいきょ》の中を全速力で逃げ出す。

　横倒しに倒れた鐘楼を飛び越え。焼け落ちた教会の屋根を駆け渡り。

　焦りに顔をこわばらせながら、ヒューゴは僕《しもべ》の名を呼んだ。

「ミシルルゥ！」

ヒューゴの影から僕《しもべ》が現れた。

僕《しもべ》は輝くような肌をした、艶《なま》めかしい金髪の妖婦だった。

妖婦は飛行しながらヒューゴに並んだ。

「はぁい、ヒューゴ。ごきげんよう。調子どう？」

「逃げている！」

「なんで逃げてるのぉ？……フフ、なんで裸にマント姿なわけぇ？」

「ほっときたまえ！」

「あ～、わかった。また私のマネして色仕掛けやったのね？　あまり立ち入ったことを言うつもりはないけどぉ……性癖、歪むわよぉ？」

「いいから手を貸せ、ミシルルゥ！」

「ん～、いいけどぉ。いったい何から逃げて――」

妖婦ミシルルゥはふと、後方を振り向いた。

途端、美しい眉が小山を作り、潤んだ瞳が悩ましげに細くなる。

「――ああ、なんてこと。ヒューゴ、あなた〝赤目の君〟に囚《とら》われたね」

「まだだ」

「あれほど注意しろと警告したのに」

「まだ囚われてはいない！」

目を剝《む》いて叫ぶヒューゴ。しかし美しき僕《しもべ》は冷たく首を振った。

「ダメ。手は貸せない」

「……冗談だろう？」

「彼はこの世で最も古い、原初の魔族。私たちヴァンパイアのご先祖様よぉ？　逆らえっこないわぁ」

「ああ、ミシルルゥ。冷たいこと言わないでくれ。僕と君の仲じゃないか」

「むり～。じゃあねぇ～」

その言葉を最後に、ミシルルゥは霧散して消えた。ヒューゴが愕然《がくぜん》とする。

「なんて奴《やつ》！　僕《しもべ》が主人を見捨てるか!?」

ヒューゴは走るスピードを上げた。ミシルルゥの力を借りられないなら、それが最も成功率の高い逃走手段だからだ。残り火の燻《くすぶ》る地面を蹴り、風のように廃墟を駆ける。

そうしてしばらく走り、ふと気づく。

「この街、こんなに広かったか？……まさか！」

急停止し、後ろを振り返った。

先ほど跳び越えたはずの鐘楼が、すぐ後ろで横倒しになっている。

「……囚われていたか」

近くから、子供の声がした。

「見つけた」

「捕まえた」

こんな廃墟にいるはずのない、四、五歳くらいの幼い男の子と女の子。

無表情にヒューゴを見つめていて、その目は白目まで赤い。

「あのお方が来る」

「まこと尊きあのお方が」

どこからともなく、さらに子供が集まってきた。

皆どこか虚《うつ》ろで、そのすべての目が赤い。

「あのお方が来る」

「偉大なるお方」

「名を呼ぶのもおこがましい」

「赤い瞳のあのお方が」

そして赤目の子供たちは、一斉に空へ手を伸ばした。

「「赤目の君!!」」

ヒューゴの肌が粟立《あわだ》つ。

焼け落ちた教会の真上。夜空を見上げると、月を隠すようにそれは浮いていた。

古《いにしえ》の神々のような衣装をまとい、男でも女でも獣ですら魅了しうる人間離れした美貌。

その肌は水晶のように透き通り、その髪は月を前にしてなお輝いて見える。

そして――その瞳は燃えるように赤く輝いていた。

「赤目」

ヒューゴがそう呼ぶと、その者は笑みを浮かべた。

「〝腐肉使い〟。やっと会えたな」

「嬉《うれ》しいねぇ。僕なんかを捕まえるために、こんな手の込んだことしてくれるなんてさ」

「仕方ない。お前は兎《うさぎ》のように敏感で、梟《ふくろう》のように音もなく飛び去ってしまうから」

「そんなに僕を殺したいのかい？　君にそこまで恨まれる覚えはないんだけどねぇ」

「わかっていないな、〝腐肉使い〟。私はお前の死にゆく様を見たいのだ」

「だから、そう聞いて――ッ!?」

ヒューゴは赤目の言葉の真の意味を理解して、戦慄した。赤目が牙を剝いて笑う。

「さあ、見せてくれ。お前たちネクロマンサーが編み出した、魔導を次代へ継承する術《すべ》を。

その瞬間、私はお前の白い首に歯を突き立てて、そのすべてを奪ってみせよう」

ヒューゴはじりっ、と後ずさった。しかし、すぐにハッと気づく。

赤目の背後に浮かぶ月が、真っ赤に見える。

「魅入られたか！」

ヒューゴは手のひらで赤く染まった両目を覆い、その場から飛び退《の》いた。――だが。

「無駄だ」

赤目は右腕を前に伸ばし、空を握り締めた。

途端、飛び退いたヒューゴの身体《からだ》が宙に磔《はりつけ》にされる。

「くっ、は……」

心臓を直《じか》に摑《つか》まれたような痛みに、ヒューゴは悶《もだ》えた。

（なに、これ……ぐううっ）

身体を同じくするロザリーにも、その激痛が走る。

「私と相対した時点で、お前の運命は決した。抗うも逃げるも無駄と知れ」

赤目は左手で空を切った。ヒューゴの両手首に赤い線が走り、先からボトリと落ちる。

切り口から血飛沫《ちしぶき》が上がった。

（～っ!!）

ロザリーは経験のない痛みに歯を食いしばった。血がとめどなく流れ落ちていく。

「終幕だ、〝腐肉使い〟。ネクロマンサーという徒花《あだばな》がいかにして実を結ぶのか、その奇跡を私に見せてくれ」

ヒューゴは目を閉じたまま、ブツブツと呪いの言葉を唱え始めた。

「そうだ。それでいい」

赤目は弓の弦を引くように、右腕を引いた。ヒューゴは身体を仰《の》け反らせて、彼の元へ手繰り寄せられる。赤目はヒューゴの口に耳を寄せた。

「それが【葬魔灯】の呪文か？　聞き取れぬように囁《ささや》いても無駄だぞ。血を啜《すす》れば、すべてがわかる」

赤目が牙を剝いた。そしてヒューゴの首元へ顔を寄せた、そのとき。

ヒューゴの耳がどろりと溶け落ちた。

「貴様ッ！」

赤目がヒューゴを突き飛ばす。

ヒューゴは屋根を転がり、やっと止まると、よろよろと起き上がった。

「……ククッ。勝利を確信したとき、敗北が顔を覗かせる。だったか？」

ヒューゴが瞼《まぶた》を開けた。彼の眼球は死人のように白く濁っている。

「自らに腐肉の術をかけたのか……！」

「ご明察」

ヒューゴはバッ！　と両腕を開いた。

「さあ赤目、奪ってみろ！　醜く腐りゆく僕の首に歯を突き立ててみろ！　早くしないと最後の一滴が干からびてしまうぞ！」

赤目は牙を軋《きし》ませ、動けずにいる。ヒューゴは不敵に笑った。

「できないよなぁ？　高貴で尊い貴様には！　ヒヒヒッ！」

赤目の瞳が怒りに揺れる。

「〝腐肉使い〟ィイ!!」

「……さらばだ、赤目」

ヒューゴの身体が自身の影に沈む。影の中は闇だった。果てはなく、音もない。

「……へぇ。影の中はこうなっていたのか」

ネクロマンサーの影は冥府の前庭。

ネクロマンサーは従える不死者《アンデッド》を入れておく倉庫として使う。

死人しか入れず、生者が入ればたちどころに命を失う。影に入ったにも拘《かか》わらずヒューゴの意識があるのは、自身が不死者《アンデッド》と成り果てたからに他ならない。

影の中は生温《なまぬる》い。なのに、ひんやりと冷たくもある。

「これが死の肌触り、か……」

ヒューゴの身体は変貌を続けた。腐った肉は溶け落ち、骨が露出していく。

「自我を保っていられるうちに、次に託さなければ……」

ヒューゴは因果の糸を手繰った。混濁する意識の中で、【葬魔灯】の術を完成させる。

最後にヒューゴは、絞り出すように呟《つぶや》いた。

「あぁ……死にたくなイなァ……」

滅びゆく彼の身体は、暗い闇の底へ堕《お》ちていった。

××××××××××

ロザリーは目を覚ました。窓が開いていて、白いカーテンが揺れている。

天井は白く、壁紙は水色。自室ではないが、見覚えのある部屋だ。ここはたしか――

「――いむしつ？」

そう声に出すと、すぐ近くから反応があった。

「ロザリー？」

窓の反対側に顔の向きを変えると、そこには愛する人の顔があった。

「あっ、ベアトリス」

「ロザリー……よかった！」

そう言って、ベアトリスはロザリーの肩に顔を埋《うず》めた。

ロザリーはしばし呆然《ぼうぜん》として、ぽつりと言った。

「私、夢を見てた」

「……そう。とにかく無事でよかった」

「めちゃくちゃな夢だった。なにがなんだかわからなかった。けど――」

ロザリーは胸を押さえた。あの赤い目の男に摑まれた、心臓の痛みを覚えている。

手首を斬り落とされた痛みも。

腐り落ちる自分の肉体が放つ悪臭が鼻に残り、あの不快な死の感触が肌に残っている。

しかし、何より――血が滾《たぎ》り力が溢《あふ》れたときに感じた、あの燃えるような熱が、ロザリーの内で燻っていた。

「ロザリー？」

呆《ほう》けた様子で固まるロザリーの顔を、ベアトリスが不安そうに覗《のぞ》きこむ。

「あっ、うん。平気。だいじょ――ぶっ!?」

ロザリーは起き上がろうとして、再びベッドに倒れ込んだ。

「ロザリー!?　大丈夫!?」

ロザリーは倒れたまま、ベアトリスを見上げた。

「ごめん、身体じゅうすごく痛い。起き上がれないみたい」

ベアトリスはふうっ、と息を漏らし、ロザリーに語りかけた。

「とにかく、しばらく休んで。あなたは三日も目覚めなかったんだから」

ベアトリスは館医になにか言い含め、医務室から出ていった。

「……三日?」


その夜。館医の去った医務室で、ロザリーは一人天井を眺めていた。

身体の痛みは相変わらずで、寝返りを打つのにも苦労するほど。

なのに頭の中は澄み渡っている。ロザリーは呟いた。

「こわい夢だったな」

暗い部屋の中で、ひとり言が微《かす》かに反響する。

答える者はいないのに、疑問が次から次へと湧いてくる。

「あれは戦争?」

「赤目ってなんなの?」

「夢ってあんなに痛いもの？」

「夢なら、どうして今も痛いんだろう？」

そして、最大の疑問。

「あれは本当に夢だったのかな」

すると突如として答えが返った。

『夢だネ。でも現実でもある』

声はすぐ近くからして、ロザリーは跳ね起きた。

そして激痛が走り、またベッドへ倒れる。

「っ、痛《つう》ぅ……」

『それは【葬魔灯】の反動だネ。ま、寝てれば治ルから大丈夫』

「だれ!?」

首だけで必死に見回すが医務室にはロザリーしかいない。しかし、内なる声が答える。

『忘れちゃったノかい？　ボクのこと』

それは夢で見た彼の声。

「……ヒューゴ？」

『ご明察――というほどでもないネ、会ッたばかりだ』

「見えないけど、どこにいるの？」

『キミの中。ボクは不死者《アンデッド》で、キミはネクロマンサーだカラ』

「あんでっど？　ねくろまんさー？」

『不死者《アンデッド》は……オバケって言えばわかるかナ？　で、ネクロマンサーはオバケを操る魔法使いのことダ。キミがそう、生きていた頃のボクもそう』

「じゃあ、あれは夢じゃないんだ……」

『夢でもアる。ロザリーはボクが死んだときのことを夢で見たわけ。ボクの目線でネ』

「すごくこわかったよ」

『そうだよネ、すまない。アノ夢は【葬魔灯】という。死者ノ思いを汲《く》み取るため、その死に様を追体験する秘術なのだガ……副作用があってネ』

「身体が痛いのも、その夢のせいなの？」

『ああ、そうダ。キミの魂は【葬魔灯】の中でボクの魂と重なったんダ。そして死ノ瞬間、二つノ魂は完全に同化した。強烈な死ノ体験が、自分が死者そのものだと錯覚するほどにネ。夢から醒《さ》めれば元ノ肉体に戻るけど、魂は覚えてる。キミの魂はヒューゴであったときの力を取り戻そうとしていて、痛みはその反動ってわけサ』

「……あのね、ヒューゴ」

『なんだイ？』

「なんだかねむくなっちゃった」

『……よっぽどつまらなかったんだねェ、ボクの話』

「そうじゃないけど、むずかしくて」

『そっか。ンー、そうだなァ……ほら、生きてた頃のボクって、すごく強かったよネ？』

「うん！」

『でもロザリーはすごく弱い』

「……うん」

『ロザリーの身体《からだ》はボクみたいに強くなりたくてがんばってるところなんダ。ま、筋肉痛みたいなものだネ』

「じゃあ私、ヒューゴみたいに強くなれるの？」

『それは無理ダ。一度死んで、生まれ変わらないと』

「なーんだぁ。ちょっと……よろこんじゃった……」

『眠そうだネ』

「うん……」

『眠るといい。きっとソノ痛みも、目覚めたときには消えているから』

「だと……いいな」

『おやすみ、ロザリー』

ロザリーはそれから、ヒューゴとよく話すようになった。

彼は姿を見せず心のうちにいるので、当然ひとり言のようになる。

一度人前でやって不審がられてからは、自室でばかり話すようになった。

自室に戻るのがロザリーは楽しみだった。

ヒューゴの語る彼の半生はまるで冒険譚《ぼうけんたん》のようで、ロザリーは夢中になって聞いた。

たまに、ロザリーも自分のことを話した。ヒューゴの冒険譚に比べればたわいもない話だったが、ヒューゴは真剣に聞いてくれた。

そしてまれにヒューゴは死者とネクロマンサーについて話した。楽しい話題ではなかったが、ヒューゴが自分のために話していることがわかるので、ロザリーは熱心に聞いた。

そうして数か月が経《た》ち――運命の日が訪れた。

朝。渡り廊下を行くロザリーが、庭師に元気よく声をかける。

「おはよう、ハンスさん！」

「やあ。おはよう、ロザリー」

警備の騎士がロザリーに声をかける。

「おはよう、ロザリー」

「リアムさんもおはよう！」

その日もいつもの朝だった。いつも通り食堂へ行って朝食をとり、窓のない部屋へ。

違っていたのは、ここからだった。

「おはよう、ベアトリス。……あれっ？」

部屋へ入ってきたベアトリスは白衣の男を連れていた。ロザリーの知らない男だった。

「おはよう、ロザリー」

ベアトリスはいつものように華やかに笑った。

「その人はだれ？」

「ああ、研究者仲間よ。今日はロザリーに質問があるの」

そう言って、ベアトリスは膝を折った。目線を合わせ、ロザリーに問いかける。

「ロザリー。ここのところずっと、誰かと話しているよね？　誰と話しているの？」

「えっ、いや。えっと……」

「隠さなくていいの、怒らないから。私がロザリーに怒ったことある？」

「……ううん」

「じゃ、話してみて？」

ロザリーはしばらく逡巡《しゅんじゅん》し、仕方なく打ち明けた。

「……ヒューゴと話してる」

「ヒューゴ？　知らないな、誰のこと？」

「前に、夢で見た人」

「もしかして、倒れたとき？」

「うん」

「ここにはいないようだけど。いつ出てくるの？」

「いつもいっしょにいる。声だけなの」

「今も一緒にいるの？」

「うん」

「──そう」

ベアトリスは立ち上がり、ロザリーに背を向けた。そして白衣の男と密談を始める。

「どう思う？」

「空想上の友人《イマジナリーフレンド》ではないのか？　彼女の年なら、そう珍しくもないが」

「不死者《アンデッド》が憑《つ》いた可能性は？」

「ひとり言以外に異常はないのだろう？　死霊憑きならば霊障が起きるものだ」

「そうかしら。彼女はネクロマンサーよ？　死霊が従順に従っている可能性もある」

「それは否定できないが……いずれにしても、彼女はもう調査には使えないな。常に空想の中にいるならば、引き出す情報は信用ならないし──」

「──死霊憑きならば危険ね」

「その通り」

「潮時、か」

「残念だが処分すべきだろう」

「気にすることないわァ。少し早まっただけのことよ」

密談が終わり、ベアトリスが振り返った。その顔には、いつもの笑みがない。

「ベアトリ、ス……？」

しかし、ベアトリスは返さない。ロザリーをちらりと見ただけ。

気分を害してしまったか。やっぱりヒューゴのことなんて話すんじゃなかった。

そんなふうにロザリーが考えているうちに、白衣の男が扉を開けた。

扉からぞろぞろと男たちが入ってきた。いつもの人骨運びの荷役たちではない。

男たちはみな、剣を携えた警備の騎士たちで、中にはリアムの姿もある。

「ロザリー＝スノウオウル」

ベアトリスがいつもと違う呼び方で名を呼んだ。声色に優しさはなく、鋭くさえある。

「あなたを処分することにしたわ」

「しょぶ、ん？」

「賢いあなたならわかるはず。廃棄。スクラップ。ゴミ。――いらなくなったから捨てるって意味よ」

ロザリーは聞かずにはいられなかった。

「なにを？」

「飲み込みが悪いわね。ロザリー、あなたをよ」

躊躇《ためら》いなくそう答えたベアトリスに、ロザリーは目を見開いた。

「そんなのやだっ！」

「それはあなただけ。他のみんなはそれを望んでいるのよ？」

「……えっ？」

「死体と話すなんて、普通の人にとってすごく、すご～く気味の悪いことなの。みんなは仕事だから仕方なく優しくしてただけ。本当はあなたと一緒になんていたくないの。庭師のハンスも、食堂のサラも、リアムだって……ね？」

ベアトリスが目配《めくば》せすると、リアムは無表情で頷《うなず》いた。

「みんなそう。私だってそう。あなたを捨てた母親もそう！　愛されるわけないじゃない、死体と話す子供なんて！」

「うそ！　うそだよっ！」

「あら、愛されていると思ってた？——いいえ、あなただってわかってたはず。私の部屋を覗《のぞ》いた、あの日から」

ベアトリスが笑った。ロザリーが今まで見たこともないくらい、冷たく、醜く。

「さあ、誰が殺《や》る？」

ベアトリスはゲームでも始めるように騎士たちを見回した。

すると男が一人、歩み出た。

「女のガキは、まだ殺したことがないんだよな」

それを聞いて、下卑た笑みを浮かべた男がまた一人、二人。

四人目の男がベアトリスに尋ねる。

「少しだけ楽しんでもいいよな？」

「……いいけど。手早くね」

ロザリーに四人の男たちがにじり寄る。

ロザリーは後ずさるが、すぐに彼女の背中は壁にぶつかった。

「……やだ」

ロザリーが首を激しく振る。

「やめてよ、ベアトリス！　いい子にするから！」

ベアトリスはもう答えない。ただ無表情に傍観している。

「だれか！　だれか助けて！」

懇願しても誰も応えない。冷たく見ているだけ。

四人の男たちに至っては、ロザリーの悲痛な声を聞いてさらに目をぎらつかせている。

「こんなのやだっ。やだやだやだ――」

身を震わせて叫ぶロザリーに、男の蹴りが飛んできた。

「――あぐっ！」

ロザリーの小さな身体はふっ飛ばされ、ボールのように壁に弾《はじ》かれて落ちた。

「おい！　楽しむのが先だろうが！」

「いや、あんまりうるせえから……死んでねえよな？」

蹴った男が転がるロザリーを覗き込む。

ぜえぜえと痛みに喘《あえ》ぐのを見て、男たちは顔を見合わせた。

「死ぬ前に済ませよう」「手早く、な」「順番は？」「蹴ったお前は最後だ」

そうして男たちはロザリーを地面に押さえつけ、シャツを無理やりにはぎ取った。

「やめて、やめてやめて……」

ロザリーはもう叫ぶこともできない。

と、そのとき。男たちの後方からシィィンと鞘《さや》を鳴らす音がした。

「……リアム、さん？」

押さえつけられたロザリーを、上から見下ろしたのはリアムだった。

「なんだリアム、お前も入るなら順番を――おいっ！」

つぷり。リアムの剣がロザリーの露《あらわ》になった胸元に刺し込まれた。

「いっ、痛いよ、リアムさん……」

「大丈夫だ、すぐ終わる」

白刃がズズッ、とロザリーの胸に吸い込まれていき、白い皮膚から赤い血が吹き出す。

「かっ、は――」

ロザリーの目から涙がポロポロとこぼれ落ち、呼吸が浅く不確かなものになっていく。

「ヒューゴ……」

ロザリーの紫眸《しぼう》から光が消えた。リアムは剣を引き抜き、唖然《あぜん》とする四人のそばから離れていく。ベアトリスは目を細め、戻ってくるリアムに言った。

「お優しいこと」

「ぬかせ」

「思い出した。あなた、娘が生まれたばかりだったわね？」

「それは関係のないことだ」

「どうだか。ま、いいわ。これで片が付い……ッ!!」

ベアトリスが目を剝《む》き、同時にリアムの背中に悪寒が走る。

リアムは歩を止め、ゆっくりと首だけで振り返った。

死んだはずのロザリーが立っている。

力なくゆらりと、露になった胸元を隠すでもなく。

胸の傷から垂れた血は足元に血だまりを作り、乱れた髪で表情は見えない。

「リアム。殺したふりを?」

「そんなわけがあるか！　心臓を貫いたんだぞ?　刃を伝って鼓動も聞いたッ！」

「言い訳はいらない。とどめを」

「……チッ！」

リアムは踵《きびす》を返し、ロザリーへ向かった。次第に加速し、剣を握る手に力が込もる。

そうしてロザリーの目前に迫り、奥歯を噛《か》みしめて斬りかかった。

「うおおおッ！」

ロザリーの右手が動いた。

首を刎《は》ねんと迫る刃と首の間に滑り込み、親指と人差し指でつまむようにして止める。

まるで【葬魔灯】でヒューゴがそうしたのを再現するように。

「なッ!?　馬鹿な！」

愕然《がくぜん》としたリアムがロザリーを見下ろす。

すると乱れた髪の隙間から静かに光る紫の瞳が、彼を覗いていた。

「う、ウ～ッ！」

恐怖に駆られたリアムが、力いっぱい剣を動かそうとする。

しかしほんの子供に摑《つか》まれた刃先は、ピタリと止まって動かない。

「ロ、ザ、リー……」

リアムが呻《うめ》くようにそう言うと同時に、白刃が中ほどからパキリと圧《へ》し折れた。

次の瞬間、リアムの頭部だけがグルンと横に一回転する。

糸が切れたように崩れ落ちるリアム。

まだ近くにいた四人の男たちは顔を引きつらせ、ロザリーから後ずさった。

「ロザリー……。あなた……」

ベアトリスの声にもロザリーは反応しない。リアムの亡骸《なきがら》をぼんやりと眺めている。

「……気づいたか？」

白衣の男がベアトリスに近寄って、耳打ちした。

「ロザリーの影が動いている」

ベアトリスが微《かす》かに頷く。たしかにロザリーの影は、虫の群体のように蠢《うごめ》いている。

「というより、だんだん大きくなってる？　嫌な感じだわ」

「危険だ。早急に処理せねば」

「影には触れないほうがいいわね。槍《やり》か弓で……んっ？」

うぞうぞと拡大を続けるロザリーの影がリアムの全身をその中に納めたとき、亡骸がとぷりと床に沈んだ。まるで、黒い淵《ふち》に沈むようにリアムは消えた。

「……何をした？」

その黒い淵に、しずくが落ちたような波紋が広がった。波紋は繰り返し起こり、やがてその中心からツンと尖《とが》った白いものが浮かび上がってきた。

「ククク……」

それが鼻だと気づいたときには、その男——ヒューゴは笑いながらこちらを見ていた。

ヒューゴの肌はつい今しがたまで冷たい水の底に沈んでいた死体のように生気なく、黒革のコートはテラテラと不吉な輝きを放っている。

それは王にも奴隷にも等しく訪れる究極の平等——〝死〟そのものを具現化した、まるで死神のような姿だった。

ヒューゴは四人の男たちに向かって、呪詛《じゅそ》を含んだ言葉を吐いた。

「畜生にも劣るオス共め。おいで？　ボクが抱いてあげよう」

ヒューゴが腕を開き、四人の男たちを呼び込む。一瞬で呪いに囚《とら》われた男たちは、ふらふらとヒューゴの元へ集い、まるで母の胸に甘えるように頭を預ける。

四つの頭が揃《そろ》うと、ヒューゴはそれらを抱きしめた。

強く、激しく。ギヂッ。ギチチチチ……グヂャッ。

軋《きし》んで潰れる音がして、四つの頭は熟したザクロのように中身をはみ出した。

血に濡《ぬ》れ、肉に塗《まみ》れて恍惚《こうこつ》とするヒューゴに、他の騎士たちから短い悲鳴が上がる。

ベアトリスが呻くように言った。

「……死霊《しりょう》憑《つ》き。嫌な勘ほど当たるものね」

するとヒューゴがベアトリスに目を向け、語りかけた。

「【葬魔灯】は不完全な術なんダ」

「……そうま、とう？」

「人ノ器は生まれつき定められている。大いなる魔導者であったボクの力を注いでも、貧弱な器では受け止められず、こぼれてしまう。力を継ぐには相応の器が必要だ。古き器を割って、新たな器ヲ得なければ」

「……何を言ってる？」

「【葬魔灯】は死ぬことで完成する。キミが割った。壊してくれた」

ヒューゴは歓喜の笑みを浮かべた。

「さァ、恐れろ！　そしてくたばるがいい！　死ノ女神の降臨だ！　ヒヒヒヒ！」

ヒューゴが高笑いしながらその場を退《ど》くと、ロザリーの姿が見えた。

顔を上げたロザリーの瞳は、自分を殺した相手に対する怒りに満ち満ちていた。

「待って！　ロザリー、違うの！」

「違わない。キミが殺したのだ。子殺しの母が子によって殺される。因果は巡るねェ？」

ロザリーの身体《からだ》の内で、あの夢を見てから燻《くすぶ》っていた熱が再燃する。

血が滾《たぎ》る。力が漲《みなぎ》る。何かが血管を通り、身体中の細胞を覚醒させていく。

怒りは形となって現れた。

ロザリーの影が急速に広がる。動悸《どうき》するように揺れながら床を覆っていく。

ベアトリスと男たちは影から逃げようと後ずさった。しかしすぐに背後の壁がそれを妨げる。彼らの足元まで黒く染まったとき、影が沸騰した。

影から無数の青白い腕が伸び、肩や頭を突き出し、何体もの亡者共が這《は》い出てくる。

「ひぃっ！」

最初に標的になったのは白衣の男。自分だけ扉から逃げようとして真っ先に捕まった。

「やめて！　やめてくれ！……いやだぁぁっ!!」

白衣の男は無数の亡者に抱きつかれ、噛みつかれながら影に沈んだ。

亡者の群れは救いを求めるように足掻《あが》きながら、他の騎士たちにもすがりつく。

「だっ！　ひっ！　やめろっ！」「止《や》めろ……離せっ！」「助け――うあぁぁっ!?」

騎士たちが一人、また一人と影の中へ引きずり込まれる。最後の騎士が泣きわめきながら影へ沈むと、ロザリーの影は縮んでいき、波一つない元の人影に戻った。

部屋は静寂に包まれた。残るはベアトリスだけ。

「殺しておくべきだった。もっと早くに！」

ベアトリスが毒づく。その声を聞きながら、ロザリーはリアムの折れた剣を拾った。

「その剣で私を殺すの？　四年も世話してやった恩を忘れて！」

そう叫んで、近づいてくるロザリーを憎々しげに睨《にら》む。

「……いやだったよね、こんな気味の悪い子」

ロザリーがそう呟《つぶや》くと、ベアトリスはグッと唇を噛んだ。

ベアトリスの瞳が忙《せわ》しなく揺れ動く。その間にもロザリーが一歩ずつ近づいてくる。

そしてついにロザリーが目の前に迫ると、ベアトリスは床に膝をついて懇願した。

「お願い、ロザリー。見逃して？」

ロザリーは無言で見下ろしている。

「私を愛していたんでしょう？」

「……」

「ううん、今も愛しているのよね？」

ロザリーが微かに頷《うなず》いた。それを見て取ったベアトリスは、ロザリーの肩と腰に腕を回し、母親がそうするように彼女を包み込んだ。

「だから私だけ殺さなかったのね？」

「……私を拾ってくれたから」

「うん、うん」

「もっと背が伸びたら、私がベアトリスを守るんだって。ずっと一緒にいるんだって、そう思ってた」

「ああ、ロザリー……」

ベアトリスはロザリーを強く抱きしめた。

「私も本当はロザリーのことを心から愛しているのよ？」

そう囁《ささや》くベアトリスの右手が、袖口に隠していたナイフを取り出した。

刃は細く短いが、禍々《まがまが》しい色をしている。右手がロザリーの背中を撫《な》でながらゆっくりと這いずり、刃がロザリーの白い細首のすぐ近くまで迫ったとき。

ロザリーは瞼《まぶた》をぎゅっと閉じた。

「……うそつき」

ロザリーはベアトリスの胸をトン、と押して彼女から離れた。

そして背中を向けて部屋の扉へ向かい、歩いていく。

「……ロザリー？」

去っていくロザリーに手を伸ばそうとして、ベアトリスが自分の身体の異変に気づく。

あごを押し下げて自分の胸元を見下ろすと、ロザリーに押された場所からリアムの剣の持ち手だけが生えていた。

「か、はっ」

ベアトリスは血を吐き、崩れ落ちた。

「さようなら、ベアトリス」

ロザリーは山肌に立つ馬の背から、燃える館を見下ろしていた。

馬は巨体で全身が黒く、骨だけで肉がない。たてがみや尻尾、蹄《ひづめ》の先に青白い炎が揺らめいている。後ろに乗るヒューゴがロザリーを抱きかかえるようにして手綱を握る。

やがて、館は轟音《ごうおん》を響かせながら焼け落ちていった。後ろからヒューゴが言う。

「行こうか」

「うん」

ヒューゴが馬のあばらを蹴った。

黒い骨馬は岩を蹴散らしながら斜面を駆け下りていく。

風の中で、ヒューゴが肩越しにロザリーに尋ねる。

「悲しい？」

「ううん」

事実、ロザリーは悲しくはなかった。ただ、虚《むな》しさが彼女の心を埋め尽くしていた。

前を見つめたまま、ロザリーが尋ねた。

「どこに行くの？」

「どこかへ」

「決まってないんだ」

「赤目、覚えてる？」

「夢で見た怖い人？」

「ああ。奴《やつ》はじきに気づく、キミが力を引き継いだことにネ。だからそれまでにキミを戦えるようにしなきゃいけない」

「あの夢って、ずっと昔のことじゃないの？」

「五百年前のことだ。でも赤目は生きている。今もどこかでネ」

「あんな怖い人とたたかわなきゃいけないの？　むりだよ、できないよ」

「逆ダ。奴と戦えるのはネクロマンサーだけ。赤目は人や獣はおろか、精霊すらも魅了する神代からの存在。だが唯一、死者だけは魅了できない。奴に刃向かえるのは不死者《アンデッド》だけ、つまりネクロマンサーだけダ。ボクは奴に殺されたけど、ボクたちには【葬魔灯】がある。力を引き継ぎ、さらに強くしてまた次へ。これを繰り返せば、いつかは赤目にだって届くはず――」

「わかんないっ！　ヒューゴの話、むずかしくてわかんないよっ！」

「……そうだネ。キミはまだ小さいもの」

それっきり、ロザリーは俯《うつむ》いて喋《しゃべ》らなくなった。

そんな彼女の様子に、ヒューゴは不死者《アンデッド》らしからぬ明るい調子で切り出した。

「よーし！　それじゃソーサリエに行くとしよう！」

「そーさりえ？」

「学校サ。魔導を持つ子供のための。ロザリーは学校に行ったことあるかイ？」

「……ない」

「オヤオヤ！　じゃあ、同じ年頃のお友だちがいたことは？」

「……ないかも」

「エエエッ!?　それって、と～っても不幸なことだヨ？」

「そう、かな」

「断言できる。ロザリーはお友だち、作ってみたくないかイ？」

　ロザリーはしばらく黙り、それからか細い声で言った。

「……作りたい。けど、学校は自信ない」

「大丈夫だヨ、すぐじゃないから」

「そうなの？」

「ソーサリエは世界にいくつもあるけれど、入学は十二歳と大昔から決まっている。それこそ、ボクの生きていた時代よりずっと前からネ」

「わたし、九つだ」

「あと三年だネ」

「それまでどうするの？」

「旅をしようヨ。学校はそれから」

「旅かぁ」

「きっと楽しいことがたくさん待ってる。……元気出た？」

「んー、少し」

「じゅうぶん！　じゃあ、飛ばすよっ！」

「わわっ！　落ちちゃうよ、ヒューゴ！」

二人を乗せた黒い骨馬は、猛スピードで東へと走っていった。

第一章　ソーサリエ

魔導。人に超常の力をもたらすもの。

魔導を持つ者を魔導騎士、あるいはソーサリアと呼ぶ。

魔導は体内で血のごとく巡り、騎士の身体能力を大いに高める。

魔導が多いほど身体能力は増し、大いなる騎士――大魔導は神のごとき奇跡を起こす。

――出典『魔導騎士概論』

あの日から三年後。王都ミストラル。

小高い丘の全面に市街が広がる、獅子《しし》王国の首都である。丘の頂上には獅子王の座す黄金城《パレス》がそびえ立ち、丘の麓では高い城壁がぐるりと市街地を囲んでいる。

そんなミストラルの玄関口――西の城門〝獅子のあぎと門〟。

たくさんの人々が行き交う中に、薄汚れた革マントに身を包んだ二人組がいた。

フードを被《かぶ》っていて顔は見えないが、一人は成人男性で、もう一人は十代前半の少女。

城門の真下に差しかかると、少女が巨大な落とし格子を見上げて立ち止まった。

先に行った男性が、それに気づいて振り返る。

「ロザリー、早くおいで」

少女はハッと前を向き、トトトッ、と男性に駆け寄った。

そのすぐ後に、大きな馬車がロザリーのいた場所を通過していく。

「ダメじゃないカ、ぼんやりしてちゃ」

「ごめん、ヒューゴ」

ロザリーとヒューゴは三年にわたる旅の果てに王都ミストラルへ辿《たど》り着いた。

「ギリギリになってしまった。少し寄り道が過ぎたナ。……ロザリー、王都はどう？」

問われたロザリーは、フードを脱いで目を丸くして城下を眺めている。

「これがミストラル……」

目に入るのは人、人、人。

人通りは絶え間なく、雑踏のにぎやかさは声を張らねば隣の人と会話にならないほど。

「今日ってお祭り？」

大きな声でロザリーが聞くと、ヒューゴはフードをつまみ上げて周囲を見回した。

「いいヤ。大都市は毎日こんなモノだ」

「そうなんだ！　大都市って他にも？」

「もちろン。東方商国ノ都とか、魔導皇国ノ皇都バビロンはここより栄えているヨ」

「すごい！　世界は広いねぇ！……ねえ、あれ！　あんな服の人、見たことないよ！」

「いま話した東方商国の東商人だネ。大きい都市には必ずいる、鼠《ねずみ》みたいな連中サ」

「酷《ひど》い言い草。……うわ！　あれ見て！　頂上のお城、金色に光ってる！」

初めて見るものばかりで、ロザリーは目を輝かせながら雑踏の中を進んでいく。

「ロザリー」

ヒューゴがロザリーのマントを掴《つか》み、彼女に耳打ちした。

「あまり、はしゃがないでくれるかナ？　目立ってしまうよ」

ロザリーはきょとんとして首を傾《かし》げる。

「目立っちゃダメなの？」

「キミは人が忌み嫌う〝死〟を術とする死霊騎士《ネクロマンサー》。素性を知られて良いことなど一つもない。決してバレぬよう、目立たぬよう振る舞うべきダ」

「そんな、でも……」

「忘れたのかイ？　ベアトリスのこと」

ロザリーは顔をこわばらせ、俯いた。

「ごめんネ、嫌なことを思い出させて」

ヒューゴはロザリーの髪を撫でながら、諭すように言う。

「ロザリーにはもう、あんな思いをしてほしくないんダ。だから言うことを聞いてくれ」

するとロザリーは顔を上げ、ニッと笑った。

「じゃあ、ヒューゴが勝負に勝ったらね」

そう言うなり、ロザリーは駆け出した。人ごみを器用に縫って丘を駆け上がっていき、あっという間に背中が小さくなっていく。

置き去りにされたヒューゴは、しみじみと言った。

「やっと笑うようになったと喜ぶべきカ？　ずっと塞ぎ込んでいたし……だが」

そしてヒューゴはフードを脱ぎ、前髪を掻《か》き上げて不敵な笑みを浮かべた。

「ボクに勝負を挑むとは……困った子ダ！」

ヒューゴも後を追って駆け出した。

商店の前にできた行列の間をすり抜け、荷を山と積んだ馬車の群れを苦もなくかわし。

ハッと気づいたロザリーがさらに加速するが、それでもヒューゴを振り切れない。

二人の差はジリジリと縮まっていき、丘の中腹付近でロザリーは捕まった。

肩に担がれ、ロザリーは恥ずかしくて足をバタバタさせた。

「降ろしてよぉ、ヒューゴぉ～」

「クク。ボクに勝とうなんて、五百年早いネ」

「ねえ、ヒューゴ。私ってあなたの力をそのまま受け継いだんだよね？　だったらなんでいつも負けるのかな？」

「経験や技術の差だネ。その点、ロザリーはまだまだ未熟ダ」

「あ～あ。頂上の金ピカ城に入ってみたかったのになぁ」

「王城に？　馬鹿を言う。曲者《くせもの》を討とうと近衛騎士《このえきし》が大挙して押し寄せてくるだろうヨ」

「私、負けるかな？」

「負けはしない。だが手合わせとは違うから、命ノやり取りになる」

「じゃあ、やめとく」

素直に受け入れたことにヒューゴは満足げに頷《うなず》き、ロザリーを肩から降ろした。

「では、ソーサリエに入学しに行こう」

ロザリーはげんなりとした表情を浮かべた。

「えっ、着いたばかりだよ？　さっそく行くの？」

「もちろん。そのためにここまで旅をしてきたんだからネ」

「何もそんなすぐじゃなくても。ほら、王都見物してからでも……」

「いいや、手続きは今日の日没までダ。まだ日は高いけど、早いに越したことはない」

「でも、う～ん」

「おや？　おやおや？　もしかして、怖気《おじけ》づいてる？」

「そんなこと！」

「なら、さっきまでのやんちゃなロザリーはどこへ？」

「そんなこと……ないってば」

ロザリーが頬を膨らませてそっぽを向くと、ヒューゴはその頬を左右からパチンと両手で挟んで、自分のほうを向かせた。

「怖くていいんダ。キミは同世代の子と一緒に過ごした時間がほとんどないンだから当然サ。でも……お友だち、欲しいよネ？」

ロザリーは顔を挟まれたまま、目だけで頷いた。

「よろしい。さ、行くとしよう」

そう言ってヒューゴが歩き出し、ロザリーは慌ててついていく。

「手続きって大丈夫かな。私、王国の人じゃないけど」

「魔導はあるのだし、どうにでもなるサ」

「入学したらヒューゴはどうするの？　どっか行っちゃうの？」

「まさか。影の中からいつも見守ってるヨ」


「一般入学希望者はこちらでーす」

王都の丘の中腹に、蔦《つた》が鬱蒼《うっそう》と茂る大きな門があった。

ここがソーサリエの校門で、手続きはその前で行われているようだ。

石畳の上に机が三つ並べられ、それぞれに受け付けする職員が座っている。

そしてその机の前には大行列ができていた。ロザリーはその人数に唖然《あぜん》とする。

「……嘘《うそ》。これみんな、入学する人なの？」

「参ったナ。これは日暮れまでに終わるのか？」

二人は適当な列の最後尾に並んだ。ロザリーがヒューゴに囁《ささや》く。

「……魔導の素質のある人は少ないって、ヒューゴ言ってなかった？」

「ああ、少ない」

「多いじゃない」

「おかしいなァ……ンっ？　あ、やっぱり少ないみたいだヨ？」

そう言って、ヒューゴは別の列の先頭を指差した。

入学希望者の少年と女性職員が、何やら揉《も》めている。

「ダメです。許可できません」

「そこを何とか！　どうかこれで……」

「賄賂なんて渡してもムダですから！」

「そんなあ！　はるばる西方ハンギングツリーから来たんですよ！」

「そんな遠くから何しに来たんです！」

「もっ、もちろん入学するためです！」

「あなたに魔導はありません！　多少力持ちなだけです！」

行列に並ぶ人たちの中でざわめきが起きている。どうも魔導がないと知っていながら並んでいる者が大勢いるようで、一人、また一人と列から抜けていく。

ロザリーが眉をひそめてヒューゴに尋ねる。

「魔導がないのに入学しようとしたの？　なぜ？」

「入学すれば騎士になれる。騎士とは貴族階級、つまり金持ちダ。失うものはないし、ちょうど十二歳だし、何かの間違いで入学できないかな……ってとこじゃないかナ？」

「あっきれた」

「そうかイ？　ボクは好きだなァ、ああいう人たち。欲深くて、愚かで」

揉めていた入学希望者はまだ諦めきれないようで、机にしがみついて動かなくなった。

ついには警備の騎士に両脇を抱えられ、引きずられながらどこかへ連れられていく。

それを見た途端、列から大勢が抜けて歯抜けになっていく。

「……欲深な人、こんなにいたんだね」

「だネ」

「日暮れ前には終わりそう」

「ウン。いいことだ」

最終的に残ったのは、わずか数人だけだった。

（あの男の子たち、顔がそっくり。双子かな？　初めて見るや）

（ん？　あの眼鏡の女の人も同い年？　ずいぶん大人びて見えるけど……）

ロザリーがそんなふうに残った入学希望者を人間観察していると。

「あっ」「っと」

大柄な少年とぶつかった。彼も入学希望者のようだ。

「すまない。怪我《けが》はないか」

「うん、ぜんぜん」

ロザリーは少年を見上げた。

（この人も入学希望者？　同い年のはずなのに大きいな……）

そして少年の顔色がおかしいことに気づく。

ロザリーを見て驚いたように目を見開き、顔は耳まで紅潮している。

「あの、何か？」

「お前は……」

「私？　私はロザリー。あなたは？」

「俺は……グレンだ」

「グレン。よろしくね」

ロザリーはそう言って手を差し出した。しかし彼は、なかなかその手を握らなかった。

「グレン？」

「ああ、いや……もしかして、ロザリーもソーサリエに入学するのか？」

「ん？　ええ、もちろん。だからここにいるんだもの」

「そうか！」

グレンは喜色満面でロザリーの手を強く握った。ロザリーは戸惑いながらも、その手を握り返した。と、そのとき。二人に職員から声がかかった。

「次の方～？」

見れば、職員の前にいくつも空席ができている。

「呼ばれてる。行かなきゃ」

「ああ、またな！」

グレンは機嫌よさげに空いた職員の前に歩いていった。

「変な人」

ロザリーがそう呟《つぶや》いた瞬間、ヒューゴが肩の上からにゅっと顔を突き出してきた。

「気に入らないねェ」

「何よ、ヒューゴ」

「気に入らない、気に入らない……」

「もう、何言ってるの」

「あの～？　待ってるんですが？」

見れば、先ほどの職員が苛立《いらだ》った様子でこちらを見ていた。

「あ、すいません」

ロザリーは職員の前に素早く移動し、席についた。その動きに職員が目を丸くする。

「身のこなしは魔導アリっぽいですが……規則ですので検査させていただきますね～」

「検査？」

何やら薄く輝く鉱石が、ロザリーの前にゴトンと置かれた。隣に来たヒューゴが言う。

「魔導鉱《ソーサライト》か。ボクの時代と変わらないねェ」

「なにそれ？」

「コレを手に持って魔導を巡らせるだけでいい。それで魔導の有るなしがわかる」

そして耳元で囁く。

（加減しないと割れてしまうヨ。このレベルの魔導鉱《ソーサライト》は、大魔導の力に耐えられない）

「大魔導？」

（かつてのボクがそう。今のキミがそう）

「ふぅん。ま、いいや」

ロザリーは石を両手に持ち、魔導を巡らせた。

薄かった輝きが次第に増し、発光していく。

ロザリーはその光に心地よさを感じ、目を閉じて、さらに魔導を巡らせた。

魔導鉱《ソーサライト》の光が、辺りを眩《まばゆ》く照らし出していく。

（そこまでダ）

ヒューゴに肩を叩《たた》かれ、魔導を止める。

目を開けると、職員は前にも増して目をまん丸にしていた。

「すごい輝き！　文句なしの合格です～！」

「あ、どうも」

「卒業して、すごい騎士さんになってくださいね～。そしたら私が入学検査したんだって自慢できますから～」

そう言いながら、職員は書類を用意した。

「えーと、まずお名前から聞きますね～」

「はい、ロザリー＝スノもごっ……」

ヒューゴが後ろからロザリーの口を塞いだ。ロザリーは振り向き、小声で不満を言う。

(何よ、ヒューゴ！)

(うっかりしてた。偽名を使わなければバ)

(偽名？　なんで？)

(キミの名――スノウオウルは鳥の名だ)

(なにそれ)

(魔導皇国の名だよ。ここはその敵国、獅子《しし》王国。名乗るべきではない)

「あの～。さっきからあなたはなんなんですか～？」

訝《いぶか》る視線を向けられて、ヒューゴは作り笑顔を湛《たた》えて歩み出た。

「この子の保護者です。ちょっと実家ヲ追い出されたり妻と別れたりで家名が変わりまして。なのにこの子ったら慣れなくて前の名を名乗ろうとして」

「ああ、なるほど～。それでお名前は～？」

「……ロザリー＝スノウウルフ」

「スノウウルフ、と。お父様のご職業は～？」

「アー……旅人です」

「無職ですね～。ご住所は～？」

「住まいはありません、旅暮らしですから」

「では住所不定無職でよろしいですか～？」

「……はい」

職員はその後もいくつか質問し、返答を書類に書き記していく。

最後に何か所かに判を押して、書類を机でトントン揃《そろ》えた。

「はいっ、以上になりま～す。この書類を持って校内にお進みくださいませ～。係りの者がおりますので、あとはその者の指示に従ってくださいませませ～」

「わかりました」

ロザリーは書類を受け取り、立ち上がった。

そして校内に向かおうとすると、職員に「あ、最後にこれだけ言わせてください」と呼びとめられた。

「はい？　なんでしょう」

ロザリーが振り返ると、職員はとびっきりの笑顔で言った。

「ようこそ、ソーサリエへ！」


ロザリーは渡された書類を胸に抱えて、ソーサリエ校内に入った。

蔦《つたまみ》塗れの校門を抜けると、ソーサリエの校舎が目の前に広がる。

かつて暮らした館も大きな建物だったが、ソーサリエはその比ではなかった。

砦《とりで》のように大きくて強固な建物や、とんがり帽子の屋根の高い塔はいくつも見えるが、全容がさっぱり摑《つか》めない。

どこへ行けばいいかわからずそのまま進んでいくと、やがて目的の人物を見つけた。

校門から正面に位置する古めかしくて立派な建物の前に、職員らしき格好の男性がいる。

その近くにグレンや他の入学希望者がいるので、この人物で間違いないようだ。

「一般入学希望の方ですねー？」

職員に遠目から声をかけられ、ロザリーは大きく頷《うなず》きながら早足で職員の元へ急ぐ。

グレンがこちらに目で挨拶したので、瞬《まばた》きで返した。

男性職員に書類を渡すと、さっそく目を通し始めた。

「えー、ロザリー＝スノウウルフさん。魔導適性は……〝大〟は素晴らしいですね！　本日は保護者の方もご一緒、と」

職員がロザリーの後ろを見たので振り向くと、いつの間にかヒューゴが立っていた。

「ヒューゴ、一人で行けるよ？」

「いいじゃないカ。保護者としては、これから過ごす学《まな》び舎《や》を見ておきたいのサ」

職員は校門のほうを眺めて、人が来ないことを確認してから皆に言った。

「では校内を軽く案内しながら、今後についてご説明させていただきますね」

職員が歩き出し、ロザリーたち入学希望者が後に続く。

「ソーサリエは国じゅうから魔導の素質を持つ十二歳の少年少女を集め、魔導騎士となるための訓練を行う教育機関です。三年制で全寮制。国内唯一の魔導騎士養成学校です」

正面の建物に入ると、重厚なエントランスホールが一行を迎えた。

「ここは大小三つの会堂《ホール》がある儀式棟と呼ばれる建物です。その名の通り儀式を行う際に使用します。また、外部からお客様をお招きしての各種式典や集会もここで行われます」

アーチを描く廊下の天井は高く、ソーサリエのシンボルだろうか、何種類もの大きな旗が掲げられている。靴音がカツン、カツンとアーチに心地よく反響する。

「わあ、お城みたい……」

何気なくロザリーがそう漏らすと、職員は嬉《うれ》しそうに振り返った。

「黄金城《パレス》はもっと大きくて複雑です。しかしソーサリエは所有の森などもありますので、敷地の広大さだけなら黄金城《パレス》に勝りますね」

「そうなんですね、すごい！」

「ロザリーさんも入学すればその広さがわかります。毎年のように迷子になる生徒さんがいらっしゃいますから」

「あはは、気をつけます」

「ええ、是非そうしてください。……おや？　ロザリーさんのお父上はどちらへ？」

「え？　あれ？」

ロザリーが振り向くと、ついてきているはずのヒューゴの姿が影も形もない。

すると、グレンが後方を指差して言った。

「さっき、会堂のほうに歩いていったぜ」

「なんで勝手に……！」

顔をしかめるロザリーに、職員が言う。

「迷われるといけませんね、ここでお待ちしましょうか」

「いいえ、とんでもない！　あんなのほっといて進めてください」

「そうですか？　では、参りましょうか」

再び歩き出した職員のあとに入学希望者たちが続く。その後もあれやこれやと案内されながらしばらく歩き、ある部屋の前で職員は立ち止まった。

「こちらへどうぞ」

職員が部屋の扉を開き、ロザリーたちを中へ通す。

その部屋は黒板と教壇があり、対面に椅子と机が並ぶ一般的な教室だった。

「ここが入学試験、筆記テストの会場となります。開始時刻に遅れぬよう余裕を持――」

「――入学試験!?」

ロザリーは思わず大きな声を上げた。

他の入学希望者は知っていたのか、驚く様子はない。ロザリーはおずおずと尋ねた。

「あの……私、もう入学できたわけではないんです、ね？」

「ええ。ですから入学希望者とお呼びしています」

「ああ、確かに。すいません……」

「いえいえ。ではご存じの方もおられるでしょうが、入学試験についてもご説明させていただきますね。試験は『知』『力』『魔』の三項目。最初の『知』を見る筆記テストは明日、この教室で行われます」

「明日！」

またも大きな声を出してしまい、ロザリーは慌てて口を押さえた。

ロザリーの様子を窺《うかが》ってから、職員が説明の続きを始める。

「その翌日、つまり明後日《あさって》に『力』を見る試験、剣技会が行われます。これは在校生も参加する学校行事でして、上級生と対戦することになります。当然ながら上級生は強いので、大怪我《おおけが》する前に自ら負ける判断も重要になってきます。剣技会は降参が認められていますので、無理だと思ったら躊躇《ちゆうちよ》せず降参することをお勧めします」

するとロザリーが首を捻《ひね》った。

「入学試験なのに、受験者に降参を勧めるのですか？」

「そこはご心配には及びません。『知』と『力』の試験は現在の能力を見定めるためのものので、この成績によって入学できないということはございませんので」

「なんだ、そうなんですね！……じゃあ『魔』の試験は？」

「はい、不合格がございます」

「そう、ですか……。あの、いったいどんな試験なのでしょう？」

すると教室の扉のほうから答えが返ってきた。

「魔導の色を見る試験だヨ」

そう言って教室に入ってきたヒューゴに、職員が安堵《あんど》の笑顔を見せる。

「よかった。ロザリーさんのお父上、戻られたのですね」

「いやはや、ちょっと覗《のぞ》くだけノつもりが迷ってしまい……申し訳ない」

「いえいえ。戻られたなら何の問題もございません」

ロザリーが戻ったヒューゴに近づいて、肘でつつき、囁《ささや》く。

（迷ったなんて嘘《うそ》よね？　何してたの）

（散歩だヨ、散歩）

（怪しい……）

（そんなことより。試験のことは理解できたのかイ？）

「あ、そうだ。魔導の、色……？」

ロザリーが職員とヒューゴを交互に見ていると、察した職員が説明を始めた。

「魔導には色があることはご存じですか？　普段は見ることができませんが、特別な儀式によって可視化することができます。その人の魔導の特性によって四つの色があり、その色でクラスを分けるのですが……色が無いことがあるんです。その場合は不合格となります。残念ながら、毎年何人かは色無しと判定される方がいらっしゃいます」

「色無し……」

不安になって腕を抱くロザリーを見て、ヒューゴが彼女の肩に手を置いて囁く。

（大丈夫。キミは赤だ）

ロザリーが振り返る。

（そうなの？）

（あァ。本当は紫だけど、儀式でそれを知ることはできない）

（……よくわかんないけど。色無しじゃないんだね？）

（間違いない。ボクを信じて）

ヒューゴがロザリーから離れると、職員が口を開いた。

「ではここまでで、ご質問はありますか？」

するとグレンが手を挙げた。

「入学試験もこの格好で来ていいのでしょうか」

「明日は私服で問題ありません。剣技会は受付時に訓練服と武器を支給します。儀式では儀式用の衣装がありますが、これは上から羽織るだけのもので当日に支給します」

「わかりました。ありがとうございます」

「はい。他にはございませんか？」

質問がないのを見て、職員は書類に目を落とす。

「では、えー……王都住みでない方がおられますね。試験期間中は寮の空き部屋をご用意いたします。宿を手配している方もこちらに移ってください。ミストラルは物価が高いので、どうしても安宿を選びがちです。そういう場所は皆さんの年齢だと危険なことが多いですから」

職員はそこまで話して、ヒューゴに目を留めた。

「でも、すいません。保護者の方は規則でお泊めできかねますが……どうされますか？」

ヒューゴはロザリーを見つめ、それから丁寧にお辞儀した。

「では、この子だけお願いします」


用意された部屋は人気《ひとけ》のない、校舎の外れにある塔の一室だった。

先ほどの職員がここまで連れてきてくれて、「古くて狭いけど、眺めが良くて安全だから」と言い残して去っていった。

部屋はがらんとして、ベッドだけ。少しだけ埃《ほこり》っぽさが気になるが、マットレスと毛布からは清潔な香りがした。

ロザリーはベッドを窓のそばへ移動させることにした。

動かし終えたらすぐにベッドに飛び乗って、毛布に包《くる》まる。

窓の外を見ると、ソーサリエに面する大通りが見えた。

日が暮れて、通りの灯《あか》りが鮮やかで、金色の輝きが川のように流れている。

「さっきの職員さん、〝金の小枝通り〟って言ってたっけ。きれい……」

窓枠に額を預け、ぼんやりと今日のことを考える。

「忙しくて疲れちゃった。旅してるときは時間がゆっくりだったからなぁ。明日のテストは……不合格にならないなら考えなくてもいっか」

何も考えないと決めたのに、そわそわと落ち着かなくて横になれない。初めての都会に初めての学校。これから始まる学校生活への予感めいたものが繰り返し頭に浮かぶ。

「私、ドキドキしてる？　不安なのかな。……友だちできるかな。グレンはもう友だちかも？　うん、きっとそう……最初の友だち……」

ロザリーの王都最初の一日は、金色にぼんやりと霞《かす》んで沈んでいった。


――二日後、剣技会の日。ソーサリエ敷地内にある闘技場。

学年末に催されるソーサリエ恒例行事で、千人以上の騎士の卵が腕っぷしを競う。

入学希望者と在校生は参加を義務付けられていて、入学希望者にとっては入学試験、三年生にとっては卒業試験を兼ねている。そのため三年生の本気度は高い。

一般観覧も許されていて、毎年多くの市民が闘技場に足を運ぶ。

これから行われるのは決勝戦。

すでに満員の観覧席に、決勝戦だけでも見ようとさらに観客が詰めかけている。

「なぁんだよ……今年はやけに多いな……」

出店で買った麦酒《エール》を持った中年の男が、席を探して立ち尽くしている。

「武器屋の親父《おやじ》さんじゃねえか！　こっちこっち！」

見れば、よく知る近所の若造が手を振っている。

「ここ座れよ。席、詰めるからさ」

「悪いな、坊主。しっかしなんだこの人の多さは。有名な騎士の子息でも出てんのか？」

「いんや。朝はいつも通りの客入りだったんだよ。でも昼前には客が気づき始めて、街のほうまで噂《うわさ》が広がって……で、決勝は満員御礼ってわけ」

「気づく？　何にだ？」

「知らないのか？　入学希望者なんだよ」

「んんっ？　わかるように言ってくれや」

「だーかーらー。一年生も二年生も三年生もぜ〜んぶ負けちゃったの！　まだ入学もしてない入学希望者同士の決勝なんだよ！……おっ、出てきたぞ！」

審判役の剣技担当教官が、闘技場の中心に向かって歩いてきた。

待ちかねた観客たちは早くも歓声を上げ、祭りのような騒ぎとなる。

審判が手を上げると、徐々に歓声が鎮まっていく。

「これより、決勝戦を始める！」

そう高々と宣言すると、闘技場が拍手に包まれ、指笛がこだました。

審判はもう一度手を上げ、拍手が鳴りやんだところで決勝に臨む二人を呼び込んだ。

「東！　新一年、グレン＝タイニィウィング！」

再び上がった歓声の中、グレンが入場してきた。

大人と比べても大柄な体格に、まだ少年らしさが残る顔つき。太い首から背筋までをまっすぐに伸ばし、長くて厚い大剣を一振り、背中に担いでいる。

「西！　新一年、ロザリー＝スノウウルフ！」

続いて入場してきたのはロザリー。旅の汚れをすっかり落とし、薄汚れた革マントから訓練服に着替えた彼女は、三年前とは見違えるほど美しい少女に成長していた。

濡《ぬ》れ羽《ば》色《いろ》の髪は星の輝く夜空のようで、肌は異国の陶器のように白い。

そして世にも稀《まれ》な紫水晶の瞳で相手を見つめるさまは、どこか人間離れしていた。

「両者、位置へ」

定められた場所で二人が対峙《たいじ》する。

「抜剣！」

それぞれの得物を抜く。

「始めっ！」

ワッ！　と今日一番の歓声が上がった。

長身のグレンは、背丈に見合った大剣を両手で持って右上段に構える。

対してロザリーは、細剣を持った右腕をだらりと下げている。

グレンは距離を保ったまま、じりじりと右へ回り始めた。

ロザリーは目で追うだけで、構えるどころか身体《からだ》の向きさえ変えようとしない。

武器を持たない左手の横を過ぎ、ロザリーの視界から外れた瞬間。グレンは仕掛けた。

「ハアッ！」

大剣に全体重を乗せ、振り下ろす。

ロザリーは細剣で斜めに受け、剣撃を流しながら体《たい》を入れ替える。

「よっ、とっ！」

剣の軽さとリーチの短さを活《い》かした、ロザリーの二連突き。間合いを取るため飛び退《の》いたグレンへ、さらにもうひと突き。グレンは最後の突きを見切り、直後に突き返す。

今度はリーチで負けるロザリーが飛び退く番となった。

一連の攻防に、闘技場の客席が沸き返る。距離をとって睨《にら》み合う中、ロザリーが呟《つぶや》く。

「目立ってる、よね？　どうしよう、絶対ヒューゴ怒ってるよぉ」

すると心の内側から声がした。

『怒るというより、心底呆《あき》れたネ』

「ひゃっ!?」

突然のことにロザリーは短い悲鳴を上げた。それを見たグレンが訝《いぶか》しげに尋ねる。

「どうかしたか？」

「あ、ううん、何でもない！」

「そうか」

グレンはさほど気にしていない様子で、大剣を握り直した。

ロザリーもまた剣を構え直し、グレンを睨みながら小さく囁く。

「何これ、ヒューゴ？　どうやってるの？」

『私は今、あなたの心に直接話しかけています……』

「やめてよぉ、インチキ占い師みたいなこと言うの。どこにいるの？」

『影の中。いつも見守ってるって言っただろう？』

「あれって言葉のあやじゃなかったんだ……。別れてからどうしてるのかと」

『死霊騎士《ネクロマンサー》の影は冥府の前庭。ボクだって不死者《アンデッド》でキミの使い魔なんだから、キミの影に出入り自由なんダ。影はキミの心と繋《つな》がってるから、こうして対話することもできる』

「……じゃあ一部始終見てたの？」

『あァ、影の中からつぶさにネ。なぜこの子ったらポンポン勝ち上がっていくんだろう、って不思議で仕方なかったヨ。なぜなのか、愚かなボクに教えてくれるかイ？』

「それは、その……ヒューゴと別れた夜、眠れなくて。で、次の日の筆記テスト中に寝落ちしちゃって。だから、剣技会で挽回《ばんかい》しなきゃって。新入生で一番になればいいと思ってたんだけど、グレンも勝ち残ってて……」

『ふぅん。それでグレンに負けないように勝ち進んだら、決勝まできてしまった、と』

「そう！　そうなの、グレンが悪いの！　悪い奴《やつ》じゃないけどグレンが悪い！」

『いいや、グレンは悪くない。寝落ちしたキミが悪い。因果応報ダ』

「あぅ……」

『ま、済んだことは仕方ない。大事なのはこれから。まさか優勝する気じゃないよネ？』

「も、もちろん！」

『では負けたまえ。来るヨ？』

「えっ？」

長い睨み合いにしびれを切らしたグレンが、強引に仕掛けてきた。体格に似合わない俊敏な動きで間合いを詰めると、ロザリーの頭上に大剣を振り下ろす。

「わっ！　とと……」

ロザリーは半身《はんみ》になって打ち下ろしの斬撃をかわす。

すると大剣が地面に着く直前に跳ね上がり、ロザリーの頭を狙って斬り上がってきた。

ロザリーは瞬時に腰を落としてかわし、ついでにグレンの足を細剣で払う。

グレンの金属製のすね当てと細剣がギャリッと鳴り、グレンは慌てて飛び退いた。

『おいおい！　キミ、勝つつもりなのかイ!?』

「違うよ、違うけど～！」

『違うけど何ダ！』

「グレンの大剣！　あんな鉄の塊、わざと食らえないよ！　ぜーったい痛いもん！」

『は？　キミは大魔導だヨ？　キミの魔導量ならこぶすらできないから！』

「……でも痛いでしょ？」

『ちょっとだけだヨ！　我慢したまえ！』

「やだ。痛いのは嫌！」

『この子は……なんて弱虫なんダ……』

そう言って絶句したヒューゴだったが、しばらくしてこんな提案をしてきた。

『こういうのはどうかナ。術を使うンだ』

ロザリーが眉をひそめる。

「術？　術は反則だよ、剣技会だもん。そういう説明があったよ」

『鈍いねェ、反則負けはどうかと提案しているのサ』

「あっ！……それなら痛くないかも」

『でも、うまくやるンだ。対戦相手にも観客にもバレず、審判にだけわかるように』

「目立つから？」

『いいヤ。大っぴらに反則すると入学できなくなるかもしれないからダ』

「っ！　そうだった、これ入学試験だった！」

ロザリーは改めて細剣の握りを確かめた。

支給されたこの剣は、頼りないが使い心地はいい。しっくりと手に馴染《なじ》む。

次に靴の汚れを払うふりをして、足元の小石を拾った。

そしてそれをこっそりとグレンに向けて指で弾《はじ》く。

パチンと音を立ててグレンの胸当てに当たった。グレンは虫でも当たったと思ったのか、手でその場所を払うだけでさほど気にした様子はない。

横目でちらりと審判を見ると、何も言わないが咎《とが》めるような目でロザリーを見ていた。

(さっすが剣技担当教官、目がいい。あとは――)

「うまくやるだけ！」

ロザリーはグレンに向かって飛び込んだ。迎え撃つべく身体に力を込めるグレン。

と、グレンの間合いに入る直前、ロザリーは急停止した。

思わずたたらを踏みそうになるグレンへ、ロザリーが先ほどより速く、飛び込む。

グレンは舌打ちした。

(強いな、ロザリー。戦いに慣れてる)

自分には脚力に任せて飛び込み、膂力《りょりょく》に任せて振り下ろすことしかできない。

だがロザリーは、飛び込みだけで剣も使わず崩してみせた。

不利となったこの状況、いつものグレンなら後ろへ飛び退く場面だ。

だがその癖は、さっきすねを打たれたときに見せてしまった。戦いに慣れたロザリーはそれを見逃さない。雷光のような突きが追ってくるに違いない。

そこまで考えたグレンは、自ら身体を後ろへ倒した。

胸を狙ったロザリーの突きが、グレンの鼻先をかすめて通り過ぎる。グレンは倒れる直前で右足を引いて踏ん張り、伸びきったロザリーの腕を下からかち上げた。

「あ、うっ」

腕だけは引いたロザリーだったが、したたかに打たれた細剣が宙を舞った。

闘技場を歓声と悲鳴が入り交じった声が支配する。

グレンはロザリーを見据え、油断なく立ち上がった。

ロザリーの視線が、遠く転がった細剣へ向かう。

戻った視線がグレンと合った瞬間。二人は同時に細剣へ駆け出した。

グレンはこの競争に負けることはわかっていた。

ロザリーは速い。この戦いでも、ここまで勝ち上がった試合を見ていても明らかだ。

現に、ロザリーは自分の二歩も三歩も先を走っている。

だがそれでいい。彼女にとっては剣を拾い、柄《つか》を握り、腰を伸ばしてこちらに向き直って初めて五分《ごぶ》なのだ。対して自分はそれまでに追いつき、背中に向けて剣を振ればいい。

追いつきそうになければ、間合いを取り直して五分に戻るだけ。

（……追いつく！）

予想していたほど差が開かない。

ロザリーが細剣を拾い上げて振り向くまでに、こちらの大剣が彼女の首に届く距離だ。

そう確信したグレンは、屈《かが》んだロザリーの背中めがけ剣を振り上げ――足を滑らせた。

「うっ!?」

慌てて大剣を構え直すが、すでにロザリーの細剣の切っ先がグレンの首に触れていた。

目の前で、紫の瞳が悪戯《いたずら》っぽく笑っている。

「それまでッ！」

審判が試合の終了を告げた。観客たちがどよめく。

「終わった？」「どっちが勝ったんだ？」

そんな観客たちの疑問に答えるように、審判が左手を掲げて宣言した。

「勝者！　グレン＝タイニィウィング！」

「えっ？」「はっ？」

驚いた二人が顔を見合わせる。確かにグレンの構えた大剣の刃先も、ロザリーの胸元近くにある。パッと見れば相討ちのような格好だ。

だがどちらが死に体かは、間近で見ていた審判からは一目瞭然のはずだった。

「教官殿！　私のほうが――」

異論を唱えるロザリーの耳を、審判が摑《つか》んで引き寄せた。

「痛っ、耳がちぎれます教官殿！」

「黙れ。黙って聞くんだ、スノウウルフ」

審判は静かに、しかし怒気をはらませた声で話した。

「お前、まじないを使ったな？　グレンが踏ん張るであろう位置を読み、地面を滑りやすくした。違うか？」

「えっと、その……」

「黙れ、答えなくていい。剣技会において術は禁止。明快なルールだ。例外はない。でなければ術を学んでいない新入生など、三年生の相手にならん。お前がわずかばかりまじないを使えたところでそれは変わらない。違うか？　スノウウルフ」

「その通りです……」

「この剣技会は市民だけでなく、大貴族や王族も見ている。そんな中で――それも決勝で、反則で勝敗が決することになったらソーサリエ全体の恥なのだ」

「すいません……」

「今すぐ反則負けを宣言し、お前の入学を認めない裁定を下すこともできるんだぞ？」

「うぅ、それは困ります」

「だったら負けを認め、グレンを勝者として称《たた》えろ」

「称えます」

「よろしい」

ロザリーはグレンへ手を差し伸べた。グレンがその手を摑むと、グイッと引き起こす。

そしてロザリーは、グレンの腕を高々と掲げた。

勝敗が判然とせず戸惑っていた観客が、明らかとなった勝者へ拍手と歓声を送る。

「もっと嬉《うれ》しそうな顔したら？」

ロザリーが満面の作り笑顔を浮かべてそう言うと、グレンはムスッとした顔で言った。

「まじないが反則だって、知らなかったのか？」

「そんなわけない。グレン強いから、バレなきゃいけると思っただけ」

「そうか」

「……怒んないの？」

「反則だろうが、見抜けなかった俺が悪い」

ロザリーは目を丸くして、それからおかしそうに笑った。

「なんで笑うんだよ」

「違うの、ごめん。悪い奴じゃないとは思ってたけど、真面目だなぁ、って……フフッ」

「なんだよ、ったく」

ますますムスッとするグレンに対し、ロザリーは空いた手を差し出した。

「よろしくね、グレン」

グレンはちらりとそれを見て、そっぽを向きながらロザリーの手を握った。

その様子に、ロザリーはまた笑った。

聡明《そうめい》なのに愚かしいほどまっすぐな、初めての友のそんなところが好ましかった。


魔導には色がある。色は魔導の性質を表していて、色によって使用する魔術が異なる。


青は強さを求める勇者の色。

魔印を刻む魔導騎士――刻印騎士《ルーンナイト》と呼ばれる。

自己を改変する刻印術《エンハンスルーン》を使う。


黄は慈悲深き聖者の色。

聖なる魔導騎士――聖騎士《パラディン》と呼ばれる。

人を癒す聖文術《ホーリーワード》を使う。

緑は自然と語らう賢者の色。
精霊使いの魔導騎士——精霊騎士《エレメンタリア》と呼ばれる。
精霊を呼び出す精霊術《エレメンタル》を使う。

赤は闇を信奉する魔女の色。
呪《まじな》い使いの魔導騎士——魔女騎士《ウィッチ》と呼ばれる。
呪詛《じゅそ》を編む魔女術《ウイッチクラフト》を使う。

色がないこともある。
無色とか、最悪の色と呼ばれる。
無色は魔術を使えず、騎士になれない。

——出典『基礎魔導学』

全身を覆う黒マントを羽織り、フードを目深に被《かぶ》ったロザリーが、タイミングを計っている。やがて「ここだ！」とばかりに一歩踏み出し、勇気を振り絞って声をかける。
「あのっ！」

同じく黒マントにフードの少女が、声をかけられて振り返る。

「なに？　私に何か用？」

そう言って、少女は柔和な笑みを浮かべた。

ロザリーはその笑顔に少しホッとして、続きを話し出した。

「私、知り合いがいなくて。もし良かったらお友だちになってくれたらって」

「そうなの？　いいよ、私でよければ」

「よかった！　私はロザリー＝スノウウルフ。よろしくね」

ロザリーは努めて明るい声でそう言って、握手の手を差し出したのだが。

少女はその手を握らず、首を傾《かし》げた。

「ロザリースノウ……？　聞き覚えが……」

すると近くにいた別の少女が、首を傾げる少女に耳打ちする。

「やめなよ。この子ほら、剣技会の……」

「あっ！」

途端に少女は顔色を変え、何も言わずにロザリーの元を立ち去っていった。

「あぅ……」

残されたロザリーはその背中を見つめるしかなかった。

「うぅ。友だち作るの難しいよ、ヒューゴ……」

ここはソーサリエ儀式棟、小ホール。

最後の入学試験である魔導の色を見る儀式のために、入学希望者はここに集められた。

揃《そろ》いの黒マントも、部屋が暗いのも、色を見やすくするための工夫なのだという。

入学希望者は総勢四百名ほどで、それぞれに小さなグループを作り、雑談している。

友人を作りたいロザリーは自分を奮い立たせて未来の同級生たちに話しかけるのだが、どうにもうまくいかない。話してかけてみて初めは感触が良くても、名乗った途端に先ほどの少女のように距離を作られる。顔を見た途端に逃げられることも多かった。

ロザリーはいつの間にか、しゃがみ込んで膝を抱えていた。

「何が悪いんだろう。話し方？　初対面なのにグイグイ行きすぎ？……う～、友だちいたことないからわかんない！」

「ロザリー、何やってんだ？」

ふいに名を呼ばれ、その人物を見上げる。

「グレン！」

ロザリーはぴょんと跳んで立ち上がった。

「グレンは私の友だちよね？」

「ん？　ああ、そうだな」

「よしっ！」

小さくガッツポーズするロザリーに、グレンが怪訝《けげん》そうに言う。

「もしかして、友だちを作ろうとしてたのか？」

「だって友だちたくさん欲しいもん。……ところでさ、私って嫌われてたりする？」

「まあ、そうだな」

まさかそこまではっきり言われるとは思わず、ロザリーは卒倒しそうになった。

「な、な、なんで!?　私の何が悪いの!?　直すから教えて！」

「なんでって……俺たちは一般入学希望者だろ？」

「うん。……えっ？　他の人は違うの？」

「知らないのか？　ソーサリエ生のほとんどは貴族出身で、一般出身はごく少数だぞ？」

「き、ぞ、く？」

「魔導って血で受け継ぐだろう？　魔導騎士と魔導騎士が子を作れば、ほぼ間違いなく魔導を持つ子が生まれる。そうやって脈々と魔導の血を受け継いできたのが貴族様だ。貴い血の一族ってな。でも、たま～に魔導を待たない親から魔導持ちが生まれることがある。そういう子が一般出身者、つまり俺たちってわけ」

「そうなんだ……知らなかった」

「ソーサリエでは一般出身者は軽視されがちだ。人数少ないし、魔導も弱いことが多いし、何より親が貴族じゃないから。貴族様は庶民と机を並べて学びたくはないのさ」

「じゃあ、私が声をかけてた人ってみんな貴族で、一般出身の私を嫌ったってこと？」

「それもあるし、特にお前は――」

「まだあるの!?」

「剣技会で準優勝して、強さをみんなに見せつけた。知ってるか？　お前はミストラルで今や時の人なんだぜ。見た目も人気の理由みたいで、街の雑貨店でお前の姿絵まで売ってるそうだ」

「姿絵!?　それはちょっと嬉しいような、恥ずかしいような。……えっ、それが私が嫌われる理由？」

「貴族様はプライドが高いんだよ。弱いはずの庶民が、並み居る貴族様を押し退《の》けて準優勝。しかも市民に人気とくりゃあ、面白いわけがない」

「そんな……入学前から嫌われるだなんて……」

ロザリーは再びしゃがみ込みそうになったが、ふと気づいてグレンに尋ねた。

「ねえ。それってグレンも嫌われてるってことじゃない？」

グレンはニヤリと笑った。

「まあな。あっち行こうぜ、お仲間がいる」

グレンに連れられて部屋の隅へ歩いていくと、一般出身者が集まっていた。

入学手続きのときに会った双子の少年たちと、年上に見える眼鏡の女性だ。

双子は同調《シンクロ》した動きでこちらに手を上げたが、眼鏡の女性はサッと視線を逸《そ》らした。

「私とグレン入れて、たった五人だけ？」

「言ったろ、ほとんど貴族だって。双子はロブとロイ。眼鏡はロロだ」

グレンが紹介すると、双子が同時に握手の手を差し出してきた。

「よろしくな、ロザリー」「つっても、すぐお別れだが」

ロザリーはどちらの手から握るか迷って、腕を交差させて二人同時に握手した。

「よろしく、ロブ、ロイ。お別れってどういうこと？」

「俺たちは色無しだ」「ハズレだからここまでってわけ」

「え、そうなんだ……」

「おっと同情はいらねえぜ？」「知ってて来てるんだからな」

「うん？　不合格になると知ってて試験受けたの？」

すると双子はハモった声で「「残念賞があるのさ」」と言って、グレンと話し始めた。

ロザリーが眼鏡の女性――ロロに目を向けると、彼女は俯《うつむ》いて、手をお腹《なか》の上でギュッと握りしめていた。

「大丈夫？　緊張してる？」

そうロザリーが声をかけると、彼女は「ごひゅっ！」と妙な声を上げて、それからぐるりと背を向けて足早に去ってしまった。

「ロロさんは貴族じゃないのに。私のこと、嫌なのかな……やばい、泣きそう」

そのとき、部屋の扉が開いて光が差しこんだ。

入ってきたのは、白い髭《ひげ》をたっぷりと蓄えた老教官。

「んむ、んむ。揃っておるようじゃな」

続いて職員が二人。一人は小さな正方形のテーブルを抱え、もう一人は布がかけられた何かを、重そうに抱えている。老教官が穏やかな口調で入学希望者に語りかける。

「ソーサリエ校長、シモンヴランじゃ。古《いにしえ》からの習わしにより、これより騎士を目指す諸君らの魔導の色彩を確かめる。己の色を知ることは魔導騎士としての第一歩じゃが——それは同時に、今後の人生を大きく左右することでもある。皆、覚悟はできておるか？」

入学希望者たちを見回すシモンヴラン校長。皆は一声も漏らさず、老教官を見つめている。

「うむ。覚悟はできているようじゃな。ではテーブルを中心に輪を作れ」

部屋の中央にテーブルが置かれ、その上に布がかけられた何かが置かれた。

入学希望者は校長の指示に従い、テーブルを囲んで人の輪を作る。

「よろしい。まずは実演して見せようかの」

そう言ってシモンヴラン校長はテーブルの前に立ち、布を取り去った。

出てきたのは眩《まばゆ》く輝く鉱石。まるで水晶のようだが、しかし何かが違う。

「すごい綺麗《きれい》……宝石？」

ロザリーが呟《つぶや》くと、グレンが耳打ちした。

「魔導鉱《ソーサライト》の結晶体だ。俺も初めて見る」

「貴重なものなの？」

「あの大きさの物はソーサリエと黄金城《パレス》に一つずつしかないらしい」

「へえ……」

シモンヴラン校長が恭しく魔導鉱《ソーサライト》に手をかざした。

すると透き通った鉱石の中に、小さな光がぽつりと灯《とも》った。光は次第に大きくなり、同時に色を帯びていく。やがて魔導鉱《ソーサライト》全体がエメラルドグリーンに光り輝いた。

「――緑。儂《わし》は精霊騎士《エレメンタリア》であるという証明じゃ。これを一人ずつやってもらう」

シモンヴラン校長が手を下ろすと、緑色の光はゆっくりと収まっていった。

「ではこれより魔導見の儀を始める。名を呼ばれた者はテーブルの前に歩み出よ」

シモンヴラン校長が入学希望者の名が書かれた札を交ぜ、無作為に一枚取る。

「ウィニィ＝ユーネリオン」

入学希望者たちの目が、一斉にウィニィを捜す。

ウィニィは金髪の小柄な少年だった。最初に呼ばれてしばらく硬直していたが、やがてゆっくりと歩み出て、テーブルの前――校長の対面に立った。

「魔導鉱《ソーサライト》に触れよ。そっと、じゃ」

シモンヴラン校長に言われるがままに、ウィニィが魔導鉱《ソーサライト》に触れる。

「魔導はお主の身体《からだ》を巡っておる。血と同じようにの。感じるか？」

「……はい、感じます」

「ではその流れを少し変えてやるのじゃ。利き手から出た魔導は魔導鉱《ソーサライト》を介し、もう一方の手から体内に戻る。そうイメージしてみよ」

「はい……」

沈黙が流れる。ウィニィは固まったように動かない。

そんな彼を見る入学希望者たちもまた、身じろぎもせず食い入るように見つめている。

やがて魔導鉱《ソーサライト》がほのかに輝きだした。

光は次第に強くなり、薄暗い部屋を黄色に照らし出す。

シモンヴラン校長が高らかに宣言した。

「黄の魔導性！　聖騎士《パラディン》！」

ワッ！　と一部の入学希望者が沸いた。残りの入学希望者も続いて拍手を送る。

「すごい反応。彼って人気者？」

釣られて拍手しながらロザリーがそう言うと、グレンは腕組みしたまま眉をひそめた。

「お前……ほんと何も知らないんだな」

「なによそれ。どういう意味？」

「そのまんまの意味だ」

フードを取って輪に戻るウィニィの顔は、晴れ晴れとした表情だった。

儀式は続く。

呼ばれた入学希望者は皆、一様に緊張した面持ちでテーブルへ向かい、色がわかると大仕事をやり遂げたかのような表情で戻っていく。

希望の色でなくとも色無しでさえなければ。入学希望者の誰もがそう思っていた。

しかし、二十八人目。

「ラナ＝アローズ」

彼女もこれまでと同じようにテーブルへ向かい、同じように魔導鉱《ソーサライト》に触れた。

同じように魔導を引き出し、魔導鉱《ソーサライト》が輝き始める。

違ったのは、その光だった。発光はすれど色がない。次第にざわめきが起こる。

「……色無し。無色」

シモンヴラン校長がそう宣言すると、入学希望者の輪から悲鳴混じりのどよめきが起きた。

ラナはしばし硬直していたが、やがて急に脱力し、膝から崩れた。

校長が立ち上がらせようと近づくと、彼女は校長のマントにしがみついた。

「校長先生！　違うんです！　間違い……そう、何かの間違いです！　こんなはずない！　どうかもう一回、もう一回お願いします！」

しかしシモンヴラン校長は首を横に振り、脇に控えていた職員に目配《めくば》せする。

二人の職員がラナの両脇を抱え、部屋の外へと連れ出した。

「嫌ッ！　違う！　違うのッ！　お願いです、シモンヴラン校長ーッ!!」

ラナの叫びは、部屋の扉に遮られて消えた。

どよめきが収まらない中、ロザリーがグレンを見上げる。

「なんであんな……まるで命乞いみたい」

グレンはラナが連れ出された扉を見つめたまま、言った。

「命乞いさ。これで彼女の命運は断たれた」

「不合格なだけでしょ？　ロブとロイはあっけらかんと話してたけど」

「出自が違う。ロブロイは一般出身、彼女は貴族だ」

「それがどうかしたの？」

「魔導騎士とは貴族だ。じゃあ魔導騎士になれなかった貴族の子はどうなると思う？」

「……まさか。貴族じゃなくなる？」

「そういうこと。家からも絶縁されるだろう」

「そんな！」

「校長が人生を左右するって言ったろ？　貴族はハズレを引けばすべてを失う。その点、俺ら庶民は気楽なもんさ。騎士になれれば儲《もう》けもの。ハズレたって何も失わない。今までの生活に戻るだけだ」

どこか楽観的になっていた入学希望者たちの顔から笑みが消える。

次は自分がああなるかもしれない。そんな思いが貴族の入学希望者たちの心をかき乱した。

「儀式を再開する。……オズ＝ミュジーニャ」

「ひゃいっ！」

呼ばれた少年は身体をビクンと跳ねさせて返事した。

入学希望者のざわめきがピタリと収まる。

それからは静かだった。色が宣言されても歓声は起こらない。

静寂の中で儀式は進み、半分を過ぎて次の無色が出た。双子のロブとロイだ。

彼らは落胆する様子もなく、判別が済むと自分たちの足で部屋を出ていった。

そのすぐ後に眼鏡のロロが呼ばれた。彼女は赤だった。

その後も淡々と儀式は進む。

「……呼ばれないな」

ずっと黙していたグレンが、焦《じ》れた声で呟いた。ロザリーが囁《ささや》く。

「もうすぐだよ、あと十人くらいだもん」

「八人だ」

「数えてたんだ」

「ロザリーは赤だよな？　まじないが使えるんだから」

「うん」

「俺さ、強くなって自分の騎士団を持ちたいんだ」

「何よ、突然」

「将来の夢ってやつさ。でも夢で終わらせるつもりはない。だから青を引く」

短い付き合いだが、嘘《うそ》や気まぐれで夢を語る彼ではない。

だがロザリーにはまだ、彼の言いたいことがよくわからなかった。

「あのね、グレン。脈絡がなくてわかんないよ」

グレンは言葉が足りない自覚がなかったらしく、驚いた顔をした。

それから考えながら丁寧に話し始めた。

「俺は出自に問題があってな、普通のやり方じゃあ騎士団長になんてなれない。実力でのし上がるしかないんだ。なら、色は青だ。黄色は集団戦でこそ力を発揮するし、緑は精霊の機嫌で力がぶれやすい。赤は……お前にゃ悪いが搦《から》め手《て》ばかりだ。個人で実力をいかんなく発揮できるのは青だろう？　だから青を引く」

「あのねぇ、グレン。引くって、クジじゃないんだよ？　色は生まれつき決まって──」

「──グレン＝タイニィウィング」

シモンヴラン校長に名を呼ばれ、グレンはすぐにテーブルへと向かった。

堂々とした足取りで歩いていき、魔導鉱《ソーサライト》に触れるときも躊躇《ためら》いを見せなかった。

魔導鉱《ソーサライト》が輝き始めた。グレンの背中越しに見えるその光の色は──青だった。

「すご、ほんとに引いた」

色は初めから決まっているに違いないのに、ロザリーはグレンが己の意志で運命を手繰り寄せたかのように錯覚していた。

当のグレンはというと、特に表情を変えずこちらに歩いてきた。

隣に立ったグレンに、ロザリーが彼の耳元で囁く。

「もっと嬉《うれ》しそうな顔したら？」

「引くって言っただろう？　引くと決めてそれを引いた。特に嬉しくはない」

「かわいくなーい」

それからも儀式は続く。名を書いた札は残り数枚となり、やがて最後の一枚となった。

シモンヴラン校長がその一枚を手に取り、それを掲げて皆に見せる。

「ロザリー＝スノウウルフ」

「はい」

凜《りん》とした声で返事をして、ロザリーはテーブルに向かった。

自分の色はわかっている。赤だ。しかし、なぜか妙に胸が騒いだ。

「どうした、スノウウルフ？」

ハッと我に返ると、すでにテーブルの前にいた。

シモンヴラン校長が訝《いぶか》しげに見つめる中、震える手で魔導鉱《ソーサライト》に触れる。

反応はすぐに起こった。

魔導鉱《ソーサライト》に小さな光が宿り、光は赤い色を帯びながら拡大していく。

「んむ、んむ。よいぞ、その調子じゃ。――むっ!?」

突如、魔導鉱《ソーサライト》の中央がぽつりと滲《にじ》んだ。そこから色が渦を巻きながら変貌していく。

まるで真っ赤な夕焼けが、夜の青へと移り変わる最中《さなか》の光景のようだった。

「何か……キレイ……」

ロザリーがぼんやりと見入っていると。

「そこまでじゃ！」

シモンヴラン校長の声に、ロザリーは現実に引き戻された。

(あれ？　私……今、何色だった？)

困惑するロザリーをよそに、シモンヴラン校長が宣言した。

「赤の魔導性！　魔女騎士《ウィッチ》！」

疎《まば》らな拍手が起こる。グレンのほうを振り向くと、彼は嬉しそうに親指を立てていた。

「気のせい……か」


新入生の入寮日。ソーサリエ女子寮は引っ越してきた新入生とその手伝いでごった返していて、彼らの荷物が玄関から廊下、果ては階段の踊り場まで占領している。

ロザリーはそんな人混みをすり抜けて、最上階――三階の一番端の部屋へやって来た。

ここがロザリーが三年間暮らす部屋だ。

扉を開けると二段ベッドが一つとソファが一脚。それに同じクローゼットが二つ。

広くはないが昨日まで寝泊まりしていた塔の一室よりはかなり上等だ。

ロザリーは場所取りでもするように鞄《かばん》をベッドの下の段に放り投げた。

彼女の荷物はこれだけだ。

ロザリーの影から音もなくヒューゴが迫《せ》り出てきた。そして大きく伸びをする。

「ふあァ……ずっと影の中……退屈だったヨ……」

「ちょっと、ヒューゴ。校内では出てこないでよ」

「いいじゃないカ、二人きりなんだし」

「二人部屋よ。すぐにルームメイトが来るわ」

「おや。二段ベッドのもう一つはボクのでは？」

「わかってるくせに……」

「じゃあボクの居場所はどこだイ？」

そう言って、ヒューゴは部屋を物色し始めた。

「不死者《アンデッド》になってから暗い場所が好みでネ……んー、ここはどう？」

「クローゼットはルームメイトも使うから。開けてあなたがいたらびっくりするよ」

「じゃあ、ここハ？」

「ソファの下に不死者《アンデッド》がいたら完全に事件だと思う」

「文句ばかりだねェ。仕方ない、ここで手を打とう」

「ドアの後ろって、もう隠れる気ないでしょ？」

ヒューゴはわざとらしくため息をついた。

「僕《しもべ》の生活環境を整えるのは主人の大事な仕事だヨ？　忘れないでほしいネ」

「暗い場所がいいなら、私の影の中でいいじゃない」

「影の中は酷《ひど》く退屈なんダ」

「あ、そう言ってたね」

ロザリーは一瞬考え、ポンと手を打った。

「本を持ち込んだら？」

ヒューゴは目を見開いた。

「冥府ノ前庭に？」

「うん。ダメかな？」

ヒューゴは本をよく読む。読書が好きというわけではなく、彼が死んでロザリーの使い魔として復活するまでの五百年の空白を埋められるのが楽しいのだという。

お金もないはずなのにどうやって手に入れたのか、高価な本を何冊も所有している。

「ン～、ダメではないけド。暗すぎて読めないかもしれないねェ」

「ランプも持ち込んだら？」

そう言って棚の上に置かれたランプを指差すと、ヒューゴはますます目を見開いた。

「冥府にランプを？……考えたこともなかったヨ」

「生活環境、少しは整いそうね？」

ヒューゴはこくりと頷《うなず》き、棚の上のランプを攫《つか》んで影の中へと消えた。

一方その頃、ロザリーの部屋へ向かう新入生がいた。

前髪から後ろ髪まで同じ長さに切り揃《そろ》えた、二十代半ばの眼鏡の女性。

今から登山にでも出かけるような大きなリュックを背負い、両手に寝具を抱え、肘にはいくつも鞄を掛けている。そんな大荷物では混み合う廊下をすり抜けるのもひと苦労で、たびたび人や荷物とぶつかった。

今も、うっかりリュックが他の新入生にぶつかり、慌てて謝罪する。

「ああ！　すいません、ごめんなさい！」

するとその新入生は制服姿の彼女を見て怪訝《けげん》そうに眉をひそめ、それから母親であろう中年の女性とひそひそと話し出した。眼鏡の女性は鼻息を荒くして、再び歩き出す。

（ええ、ええ！　わかってますよ！　こんな年増《としま》が制服姿なんて、さぞかし奇妙に見えるでしょうね！　ほっといてくださいよ、まったく！）

彼女の名はロクサーヌ＝ロタン。通称ロロ。二十六歳。

他の新入生の倍以上の年齢だが、れっきとした新入生である。

獅子《しし》王国においては、魔導の素質のある者は齢《よわい》十二となったらソーサリエで学ぶことを義務付けられている。

そのため貴族は元より一般市民もすべて、魔導の素質の有無を確認する検査を受ける。

しかし、ロロの素質が判明したのは二十歳を越えてからだった。

理由は単純。人里離れた炭焼き小屋に一人暮らしていて、検査から漏れたのだ。

焼いた炭はふもと村まで下りて売るのだが、ある年、暖冬のせいで炭が売れなかった。

困ったロロは、遠く離れた大きな町まで足を延ばすことにした。

普通なら馬車を使うべき大量の炭を、その背に山と背負《しょ》って。

痩せの怪力にも限度というものがある。

「どうにもおかしくないか？」

という町の人の声に従い検査を受けてみると、結果は魔導アリ。

かくしてソーサリエの歴史でも稀《まれ》な、二十代半ばの新入生が誕生したのだった。

「最上階の一番端だなんて、嫌がらせもいいとこです！」

やっとのことで部屋に着いたロロは、手が塞がって扉を開けられないことに気づいた。

寝具を持ったままの右手でドアノブを握ったが、うまく回せない。左手に替えてみたが
やはりだめ。それからもしばらくドアノブと格闘し、ドアノブを握ったまま身体《からだ》を傾けて
回すという方法でやっと開けた。

部屋の中に誰かいるようだが、格闘の際に眼鏡がずり落ちてよく見えない。

ずれた眼鏡を二の腕や表情筋で必死に直していると、その人物から声がかかった。

「いらっしゃい、ロロさん」

ロロはその声に聞き覚えがあった。やっと元の位置に戻った眼鏡を通して相手を見る。

途端、ロロの身体がピーンと伸びて、両手に抱えていた寝具、肘にかけていたたくさん
の鞄などがドサドサと床に落ちた。

「ロ、ロ、ロザリースノウ!?」

「ごめん、驚かせちゃった？」

ロザリーが荷物を拾おうと近づくと、ロロは「あっ！」と叫んで小さく跳びはねた。

「あ……そっか、私に触れてほしくないよね」

「……え？」

「私のこと嫌いなんだよね？　ごめんね、できるだけ話しかけないようにするから」

「え、ちが」

「もちろん荷物も触らない。これ以上嫌われないように努力するから」

「いや、そうじゃ」

「嫌いなりにうまくやっていけたらって思うの。これから三年間ルームメ――」

「ああああ！　違うんですぅ～～!!」

ロロの絶叫は窓を揺らし、廊下まで響き渡る。ロザリーは驚いて固まった。

「ああ、つい大声を！　すいません！」

「あ、ううん。……何が違うの？」

するとロロはきょときょと視線を泳がせながら言い訳を始めた。

「逆なんです！　私、ロザリースノウを嫌ってなんか……ああ！　私ってばロザリーさんを呼び捨てに！」

「同級生だし。じゃ、私もロロって呼ぶね？」

「はぅあっ!?　話したこともないのに、そんな親しげに……」

「じゃ、これが記念すべき初会話だね」

ロロは後ろへクラッと倒れそうになり、なんとか踏みとどまった。

猫背になり、両手で口元を覆い隠して、ボソボソと呟《つぶや》く。

「あぁ、なんてこと……私、ロザリースノウと会話してるんだ……ずっとずっと話しかけたくて、でもできなくて。儀式の日もロザリーさんから話しかけてくれたのに、頭に血が上って逃げちゃって……夢じゃないよね？　そうだ、記念日にしてカレンダーに◯つけとこっと」

　そこまで呟いてから、ロロは不思議そうに見つめるロザリーの視線に気づいた。ロロは恥ずかしさのあまり背中を向けて逃げ出そうとしたが、すんでのところで思い留《とど》まった。

「しっかりするのよ、ロクサーヌ。最初の印象が大事！」

　ロロは自分の頰をパン！　と叩《たた》き、それからロザリーのほうを振り向いた。

「私の名はロクサーヌ＝ロタン！」

　ロザリーがこくんと頷く。

「知ってる」

「で、ですよね！　ええと……私、ずっとあなたのファンで！」

「ファン？　ずっと？」

　眉をひそめ、首を傾《かし》げるロザリー。ロロはロザリーの手を取って熱っぽく話を続ける。

「剣技会です！　あなたの勇姿を見てから、すっかり虜《とりこ》に！」

「ああ、この間の」

「そうです！　ずっとは言い過ぎましたが気持ち的にはファン歴十年くらいです！」

「そっか、そうなんだね……」

　ロロが祈りを捧《ささ》げるように手を組んで、うっとりと宙を見上げた。

「あの凜々《りり》しいお姿が目に焼きついて離れません！　私と同じ一般出身の新入生の女の子が上級生をばったばったとなぎ倒していくんですから！　まるでおとぎ話に出てくる英雄、大いなる騎士のようでした。決勝戦は残念でしたが、私にはわかります。あれは同じ境遇のグレン君に花を持たせたんですよね？　だって強くて気高くて美しいあなたが負けるはずないもの！」

　そこまで話してふと、ロロが首を傾げる。

「でも、なぜ私の部屋にロザリーさんがいるのです？」

「なぜって、ルームメイトだから」

「嘘《うそ》っ!?　本当に？　ほんとにホント!?」

「だって、一般出身者で女子は私たち二人だけでしょ？」

「そうか、必然的に私たちが同室に――じゃあ！　これから私たちずっとずっと永遠に一緒に寝泊まりするということですか!?」

「ずっとじゃなくて三年間ね。でもよかった、嫌われてなくて」

　ロロは目を見開いて、首をぶんぶん横に振った。

「嫌うだなんてとんでもない！　光栄です！　嬉《うれ》しいです！　はいっ！」

「じゃあ早速だけど――」

　ロザリーが二段ベッドの上の段を見上げた。

「――ロロは上と下どっちにする？」

ロロは上と下を見比べ、下の段にロザリーの鞄があるのを見つけた。

「上にします！」

「下でもいいよ？　私、特にこだわりないから」

「大丈夫ですっ！　私、どこでも寝つきいいのが取り柄でして。積んだ薪《まき》の上で寝落ちしたこともあるくらいで。ああ、でも下にロザリーさんがいると思うと寝れないかも……」

そう言いつつ、ロロは上の段によじ登って大の字に寝そべった。

「ああ！　上の段、寝心地完璧です！　私、ここにします！」

「そっか、じゃあ決まりね。クローゼットの割り振りも決めとく？」

「……」

返事がない。ロザリーが耳を澄ますと、上の段から小さないびきが聞こえてきた。

「嘘。寝つきがいいにも程があるでしょ」

ロロに起きる気配はなく、次第にいびきが大きくなっていく。

「……購買で耳栓買おっと」


翌日。ソーサリエ儀式棟、大ホール。入学式が行われている。

「で、あるからして、騎士候補生たる諸君には相応《ふさわ》しい振る舞いが求められ――」

壇上のシモンヴラン校長の話は、まだまだ続きそうだ。

新入生席に座るロザリーは、退屈して周囲をこっそり見回した。

新入生席をぐるりと取り囲むように二階席があり、そこには貴族の保護者たちであろう、身なりのいい大人たちが大勢座っている。

（ほんとに貴族ばっかりなんだな……）

「ここで諸君らに三つの言葉を贈る。一つ目は矜持《きょうじ》。騎士の誇りのことである。誇り高き騎士とはその行いにおいて――」

校長の長い話と共に入学式が終わり、ロザリーはロロと教室へ向かって歩いていった。

「でもよかった！　ロザリーさんも赤のクラスで！」

猫背で歩くロロが、胸の前で小さく拍手する。

「私も！　心強いよ」

「これで四六時中、ロザリーさんと一緒……。ウフフフフ……」

「……ロロって心の声が漏れがちよね」

「はい？　何ですか？」

「ううん、なんでもない」

ロロは少し首を捻《ひね》ってから、話を続けた。

「でも、私たち一般出身者は気をつけないといけません。赤クラスの貴族の生徒は苛立《いらだ》っているでしょうから」

「苛立つ？　どうして？」

「ほら、魔女って狡猾《こうかつ》で卑《ひ》怯《きょう》なイメージがあるでしょう？　騎士の誇りとか美徳みたいなものと合わないんですよね。先日の儀式でも、貴族の方たちは無色は最悪、あとは赤でなければ、って感じでしたから」

「へぇ～。そうなんだ」

「ま、私なんかは色があるだけで大喜びですけどね」

「色があれば騎士になれるから、一般出身者にとっては当たりだもんね」

「そうなんです！　山奥で一人、炭を焼いて老いさらばえていくんだろうなぁ、って思っていましたから。卒業して魔導騎士になれば、炭を焼かなくてもお金に困らない！」

「炭焼き小屋じゃなくお屋敷に住むようになるかもね」

ロザリーが悪戯《いたずら》っぽくそう言うと、ロロは遠くを見つめた。

「ほんと、人生わからないものですよねぇ」

ソーサリエでは魔導性ごとにクラスが分かれ、それぞれに専用の校舎がある。

ロザリーとロロのクラスがある魔女――赤の校舎は、とんがり帽子の屋根がトレードマークの〝古城〟と呼ばれる建物だ。

古城の中は古い木の香りがして、ロザリーはすぐに気に入った。

ロロと話しながら教室まで辿《たど》り着き、扉を開ける。

すると教室の中にいた生徒たちの視線が、一斉に二人に注がれた。

二人は口を噤《つぐ》み、静かに教室に入った。

（ロロの言ってた通りだね）

（ええ。皆さんご機嫌ななめです。早く席に着きましょう）

黒板に席順表が貼られていた。

「ええと……やったっ。席もすぐ近くですね！」

「私が前でロロが後ろ。寮の部屋と同じで、一般出身者をくっつけたんだね」

「フフッ。これならロザリーさんをひたすら見つめても不自然じゃないわ。だって前を向いているだけだもの。神々しいお顔を覗《のぞ》き見れないのは残念だけど、背中や首筋もこれはこれで。ウフフフフ……」

（また漏れてる……）

席に着くと、ロロは身体を伏せてクラスメイトの顔ぶれを確認し始めた。

「3以下が多い……1もいる。あ、今来た彼は6。でも彼だけ。なるほどなるほど……」

「何をブツブツ言ってるの？」

ロザリーが問うと、ロロは声を潜ませて答えた。

「私考案の貴族ランクです。家格をベースに現在の家の影響力を考慮して、序列を数値化しています。庶民と生活の変わらない底辺貴族が1で、最高は王族の10です」

「ロロって一般出身よね？　妙に貴族事情に詳しいの、何でなの？」

「貴族のゴシップが大好物なんです！　高位貴族の娘が底辺貴族の息子と駆け落ちとか聞くともうたまらなくて……グフフ」

「それは……いい趣味してるねぇ」

「大丈夫です、下卑た趣味だと自覚してますから。でもおかげでわかりましたよ？」

「何が？」

「クラスメイトの皆さんが暗く沈んでる理由です」

「それは赤だったからでしょ？」

「それだけじゃないんです。うちのクラス、低ランク貴族の方ばっかりです。ただでさえ下に見られがちな赤クラスなのに、いっそう立場が悪くなる未来がはっきり見えます」

「んん、そういうものなのね」

「目立つ生徒はロザリーさんくらい。これでは先が思いやられます」

「……私？」

「剣技会ですよ。上級生をやっつけての準優勝。あれ、みーんな見てますから。ほら、視線を感じませんか？」

　言われてロザリーは周囲を見回した。

　ざっと視線を動かしただけなのに、何人ものクラスメイトと目が合った。

「グレンも今、こんな感じなのかな」

「でしょうねぇ。……ところで担当教官はまだいらっしゃらないのでしょうか。もう生徒は揃《そろ》ったようなのに」

「そういえば遅いね。……あっ、噂《うわさ》してたら来たみたい」

　にわかに教室が慌ただしくなった。立っていた生徒が慌てて席に戻る。

教室が静けさに包まれた瞬間、扉が開かれた。

入ってきたのは、やけに艶っぽい女性教官だった。

年若く、おそらく二十歳そこそこ。胸元が大きく開いたワンピースからは乳房がこぼれそうで、短いスカートの裾からは真っ白な太ももが覗いている。

波打った赤毛は豊かで、腰のあたりまでかかっている。

耳飾りや首飾り、付け爪は金で統一されていて、一見して教官だとは思えない。

彼女が教壇に立つと、教室のどこかで口笛が鳴った。

机を揺らして喜びを表す男子生徒までいる。

「静かに。私の魔女術《ウイッチクラフト》でカエルにされたい？」

その鋭い口調に、教室は一瞬で静かになった。

女性教官はゆっくりと生徒の顔を見回し、それから告げた。

「私はミシルルゥ。あなたたちを三年間指導する。よろしくね？」

すると男子生徒を中心に拍手が巻き起こった。一方でロザリーの頭がゆっくりと前へ倒れていき、終《しま》いにはゴン、と机と額がぶつかった。

「だだ、大丈夫ですか、ロザリーさん？」

「……なんでもない。気にしないで」

そんなロザリーの様子をちらりと見てから、ミシルルゥが威厳のある声で宣言した。

「これより魔女術《ウイッチクラフト》の授業を始める」

すると教室から無数のため息が漏れた。憂鬱そうな生徒たちの顔が並ぶ。

黒板に向かったばかりのミシルルゥが手を止め、ゆっくりと振り返った。

「あらあら。自分が魔女だと知ってがっかりしている人が多いようね？」

生徒たちは答えない。が、否定する者もいない。

「いいわ。魔女術《ウイッチクラフト》の授業に入る前に、魔女騎士《ウィッチ》について話しましょう」

ミシルルゥは持ってきていたテキスト類を端に寄せ、教卓に座って脚を組んだ。

「我々は魔女騎士《ウィッチ》である。では魔女とは何か？　なぜ男もいるのに魔〝女〟なのか？」

生徒たちは答えない。答えを知らないからだ。

「その由来は〝はじまりの騎士〟まで遡る。〝はじまりの騎士〟とは最初の魔女騎士《ウィッチ》のことよ」

ミシルルゥは金の付け爪で宙に何かを書いた。指の軌道が光を残して文字となる。

宙に浮かぶ文字は〝ユーギヴ〟。

「彼女の名はユーギヴ。家名は不明。ただのユーギヴかもしれないし、もしかしたらユーギヴが家名なのかも。どこに生まれ、何に仕えたかもわからない。諸説あるけどね」

ミシルルゥが浮かぶ文字を撫《な》でる。文字が蠢《うごめ》き、女性のシルエットを作り出した。

「確かなのは彼女は女性で、魔女騎士《ウィッチ》であったこと。現代に残る魔女術《ウイッチクラフト》の大半は、彼女が編み出したものよ」

ミシルルゥが女性のシルエットを撫でる。

シルエットがブルブルと蠢き、〝ウィッチ〟の文字となった。

「単純な話よね。魔女騎士《ウィッチ》の祖が女性だったから、魔〝女〟と呼ぶわけ。男性もいるのにそう呼び続けるのは、彼女への敬意の表れよ。さて、ここでユーギヴの異名を思い出してほしい。初めに私は彼女のことを何と言った？　そう、〝はじまりの騎士〟。おかしな話よねぇ？　普通なら〝はじまりの魔女〟じゃない？……勘のいい人は気づいたわね」

ミシルルゥが再び文字を撫でる。

文字がぐにゃりと変容し〝ソーサリア〟の文字となった。

「彼女は最初の魔女騎士《ウィッチ》であると同時に、最初の魔導騎士《ソーサリア》でもあった。わかるかしら？　魔導の歴史はユーギヴから――すべての騎士は魔女騎士《ウィッチ》から起こったの」

ミシルルゥは浮かぶ文字を両手で摑《つか》み、握り締めた。

彼女の手が内から発光する。そして手を開き、ふーっと息を吐いた。

光は教室に散り散りになり、生徒一人一人の元へと舞い降りる。

ミシルルゥの威厳ある声が教室に響く。

「我々は魔女騎士《ウィッチ》である。我々はユーギヴの教えを継ぐ者。我々こそが魔導騎士。我々こそがソーサリアなのだ。誇りなさい。胸を張るのです」

生徒たちはミシルルゥを通して〝はじまりの騎士〟ユーギヴの姿を見た心地だった。

彼らの顔から憂鬱さは消えていた。――ただ一人、ロザリーを除いて。

ロザリーだけは眉を寄せ、訝《いぶか》しげにミシルルゥを見つめていた。

それに気づいたミシルルゥと目が合う。

二人はどちらも視線を逸《そ》らすことなく見つめ合う。

と、どこからかリロン、カロンと鐘の音が響いてきた。昼食の時間を報《しら》せる鐘だ。

ミシルルゥは荷物をまとめ、足早に教室を出ようとして、その去り際に言った。

「ソーサリエの食堂は学外からお金を出してでも食べにくる貴族がいるほど有名よ。でも人気メニューは数に限りがあるから、早くしないと売り切れてしまうわよ？」

途端、生徒たちの動きが慌ただしくなる。

後ろの席のロロがロザリーの机の前に回り込んで、机にあごを乗せてロザリーに言った。

「食堂は私も噂で聞いて楽しみにしてたんです！　早く行きましょう、ロザリーさん！」

「ごめん、ロロ。ちょっと待ってて！」

ロザリーはクラス生の間をすり抜けて、ミシルルゥの後を追った。

教室を出て廊下を見渡すと、彼女の背中はすでに小さくなっていた。

ロザリーは身体《からだ》に魔導を巡らせ、全速でミシルルゥに迫る。

あと少しで追いつく、というところでミシルルゥがキッと振り返った。

「止まりなさい」

「ロザリー、だったかしら？　いい魔導を持っているようだけど、廊下を——というか学内をそんな速度で走っていいわけがないわ。子供じゃないのだからわかるわね？」

注意されたにも拘《かか》わらず、ロザリーは反抗的な目でミシルルゥを睨《にら》んでいる。

ミシルルゥはため息交じりに言った。

「そう、わかったわ。あとで私の教官室へ来なさい。反省文をたっぷりくれてやるわ」

「そんなの必要ないよ、ヒューゴ」

ミシルルゥは困惑した表情を浮かべた。

「ヒュー、何？　あなた、何を言っているの？」

ロザリーは意に介さず追及を続ける。

「しらばっくれて。〝腐肉の術〟でしょ？」

ミシルルゥはふーっ、と長いため息をつき、それから声を変えて言った。

「おかしいなァ。なンでバレた？」

それは男の、ヒューゴの声だった。姿は妖艶な女性のままなので、酷《ひど》く違和感がある。

「見たことあるもん」

「この姿を？　そンなはずはない、キミの前で化けたことは一度もない」

「忘れてない？　【葬魔灯】のこと」

「……！　そうか、五百年前のあのときか！」

ミシルルゥの容姿は、かつてロザリーが【葬魔灯】で見た、ヒューゴが化けた赤毛の女そのものだった。

「ミシルルゥって名前も使役してた吸血鬼の名前よね？　迂闊《うかつ》だよ、らしくない」

ミシルルゥは面目なげに頭を掻《か》いた。

「ボクは【葬魔灯】から目を背けていたンだよ。自分の最期なンて見たくないからネ。そうか、あのときボクは化けていたか。しくじったなァ」

「ふ～ん、そうだったんだ。それにしても……」

ロザリーはミシルルゥの身体に顔を寄せ、スンスンと鼻を鳴らした。

「腐肉って名前のわりに臭くないのね？」

「そりゃそうサ。常に腐臭を漂わせていたら、姿を変える意味がないだろう」

「まあね。……じゃ、どうぞ」

そう言って、ロザリーはちょいちょい、と手招きした。

「ン？　何だい？」

「教官の真似事《まねごと》してる理由よ。言いわけ聞いてあげるから」

「真似事ではないヨ？　教官として正式に採用されてる」

「は？……えええええっ!?」

「喜んでもらえて嬉《うれ》しいよ。頑張った甲斐《かい》があるってもンだ」

「喜んでないよっ！　何それ、そんなのどうやって！」

「さあて。どうやったンだろう？」

ニヤニヤと笑うミシルルゥ。ロザリーはしばし考え、やがて答えを口にした。

「……どうやったかはわかんないけど、入学手続きした日ね。校内を案内されてるとき、ヒューゴどこかに消えたもん。あのとき何かしたんだ！」

「ン〜。まァ、おまけで正解にしてあげよう。ボクはあのとき、キミを担当する教官を調べに行ったンだ。どうにも気になったのでネ」

「本物の担当教官、ってこと？」

「ボクだって正真正銘ホンモノさ。彼は前任者。……あンな男がボクのロザリーを指導するなんて許し難い。陰険で、横暴で、好色で、その上、酷く醜い。思い出しても腹が立つ。何様のつもりだろうか、殺してやりたいヨ」

「こっ、殺したの!?」

「脅しただけサ。被害者の女子生徒に化けて、枕元に立って彼の首筋をつい、と撫でてね。すぐさま田舎へ逃げ出したところを見ると、罪悪感はあったようだ」

ロザリーはホッと安堵《あんど》のため息をついた。ミシルルゥが続ける。

「で、後日。この姿で教官として売り込みに行ったわけ。まじないの腕前を見せたら一発だったヨ。あの校長、なかなか見る目あるネ？」

「経緯はわかったよ。でも、なんでわざわざ自分で教官なんて」

「それは、どうせ次の担当教官もクソ野郎に違いないからだヨ」

「フフ。なにそれ、酷い」

「本音を言うとネ。ボクは自分の欲望に気づいてしまったンだ」

「欲望？」

「ロザリーに教えるのはボクだ。他の誰にも譲る気はない、ってことサ」

「ヒューゴ……」

「ああ、でも教官でいるときは特別扱いはしないからネ?」

「ん。私もそのほうがいい」

と、そのとき。一人の女子生徒が後ろから廊下を走ってきた。

「ロロ。廊下を走るのはおやめなさい」

声色を女性のものに戻し、ミシルルゥがロロを注意した。

「あっ! 申し訳ありません、教官殿!」

ロロは急ブレーキをかけ、止まるなりミシルルゥに対し頭を下げた。

そしてそのまま上目でロザリーを見つめ、囁《ささや》く。

「様子が変だったので、どうしたのかなって。大丈夫ですか、ロザリーさん?」

するとミシルルゥのほうが答えた。

「何もないわ、話は終わり。ロザリー、急がないとお昼を食べそびれるわよ?」

「あっ、待ってヒュー……」

彼の名を呼ぼうとして、ロロの存在を思い出し、慌てて口を噤《つぐ》む。

ロザリーは遠ざかっていくミシルルゥの背中をじっと見つめていた。

そんな彼女に、ロロが恐々と聞く。

「食堂……今日はやめておきますか?」

「……ううん。私もお腹《なかす》空いた! 行こう、ロロ!」

「はい！」

食事を終えたロザリーとロロは、食堂のある学生棟の廊下を歩いていた。

「おいしかったね〜！」

「ええ！　もうこれだけでもソーサリエに来た甲斐があるってものです！」

「デザートに出た、あれ何だと思う？」

「何らかの果実の汁を固めたものだと思いますが」

「冷たくて、プルンとしてて、甘酸っぱくて……」

「絶品でしたねぇ、今から夕ご飯が楽しみです。……あっ」

ロロが短く声を上げて足を止めた。何事かとロザリーはロロを見て、それから彼女の見ているほうを眺めた。十人くらいの生徒の集団がこちらへ向かってきている。

「道を譲りますよ、ロザリーさん！」

「へ？　なんで？　横を通ればいいいじゃない」

「こっちです！　ささ！」

「ちょっと、ロロぉ」

ロロに手を引かれ、ロザリーは廊下の端に移動した。

見ると、他の生徒たちも集団に道を譲り、頭まで下げている。

「あれってたしか……」

集団の中心にいるのは金髪の小柄な少年。ロザリーは見覚えがあった。

「たしか、色を見る儀式で最初だった男の子よね？　名前は、えーと……」

「ウィニィ殿下です！　さ、ロザリーさんも頭を下げてください！」

頭を下げながら、ロザリーが尋ねる。

「殿下？」

「ウィニィ＝ユーネリオン殿下。獅子王《ししおう》陛下の次男で、王位継承順位第二位。まごうことなき王族です」

「じゃあ、王子様？」

「そういうことです。……私たち庶民は目を合わせないことです。どんなトラブルになるかわかりませんから」

ウィニィ一行は通路の真ん中をゆっくり歩いている。通りがかった生徒は上級生はおろか、職員や教官であっても道を譲って通路脇に控えている。

そして一行がロザリーの前にさしかかったとき。ウィニィはふいに足を止めた。

「君はたしか……」

（私に言ってる？　どうしよう、ロロ！）

（我慢ですロザリーさん！　頭を上げてはいけません！）

頭を下げ続けるロザリーの視界の中で、ウィニィの脚がこちらを向く。

そして次の瞬間、ウィニィの顔がロザリーの視界に降りてきた。

「やっぱり。ロザリーだね、やっと会えた」

するとウィニィの取り巻きたちが、うるさく騒ぎ出した。

「殿下、なりません！　人前で膝をつくなど！」

「殿下が膝をつくのは陛下に対してのみ！　お立ちください！」

しかしウィニィはどこ吹く風。

「お前たちは舞踏会に行ったことないのか？　レディの前で膝をつくのは自然なことだ」

そしてロザリーの手を取り、彼女の紫の瞳を見つめた。

「可憐《かれん》だ……僕は君のような人と出会ったことがない」

「えっ、えっ」

「夜の星々のような黒髪と、アメシストの瞳……剣技会でひと目見たときから僕の心は君の物になった」

取り巻きの一人がウィニィの耳元で苦言を呈した。

「……殿下。許嫁《いいなずけ》がおられるのですから、そのようなことはお控えに」

「親の決めたことだ。僕には関係ない」

きっぱりとそう言い、ウィニィはロザリーの手をぎゅっと握った。

「君のためなら家も捨てよう。どうだろう、僕の騎士になってくれないか？」

「ちょっと待ってください！　ええと、こういうときってどうすれば……」

と、そのとき。向こうからやって来た誰かが、強引に取り巻きたちを押しのけて、無理やり通り過ぎていった。

突き飛ばされる形になった数人のうちの一人がよろけて、ウィニィの背中を押す。

「うあっ？」

膝をついていたウィニィはバランスを崩し、その姿勢のまま横倒しに倒れてしまった。

倒れた状態でロザリーと目が合い、ウィニィの顔がみるみる紅潮していく。

ウィニィは勢いよく立ち上がると「失礼する！」と言い残し、耳まで真っ赤にして足早に去っていった。

「ああっ、殿下！　お待ちください！」

「誰だ、殿下に恥をかかせた無礼者は！」

「あいつだ！……あいつは剣技会の」

ロザリーが顔を上げて振り向くと、大柄な男子生徒が遠ざかっていくところだった。

(グレン……助けてくれたのかな？)

「ロザリーさん、ロザリーさんっ」

ロザリーの上着の裾を引っ張るロロの顔は、ニマニマと嫌らしい笑みで溢《あふ》れていた。

「王子様に言い寄られちゃいましたねっ」

「やめてよ、ロロ。許嫁がいるって言ってたよ？」

「ええ、知ってますとも。許嫁の方も同級生ですよ？」

「ええっ？　なのによくやるねぇ、王子様」

「王子様だからじゃないですか？　妾《めかけ》の一人や二人、王族なら普通のことですよ」

「えーっ。私は嫌だなぁ」

「いいじゃないですか。妾でも玉《たま》の輿《こし》ですよっ！」

「よくない。この話は終わり、いいね？」

「ええーっ。もっと話しましょうよぉ」

「だめ～」


――ロザリーは夢を見ていた。それは幼い頃の、あの暑い日の夢。

「おかあさんっ！」

母を求め、幼いロザリーが駆ける。

角を曲がり、細い裏路地を抜けて〝金の小枝通り〟に出る。

人の波は絶え間なく、母の姿は見つからない。

「お、か、あ、さ～～ん!!」

声を振り絞って叫ぶ。

行き交う人はぎょっとして、あるいは憐《あわ》れむような顔をしてロザリーを見る。

ロザリーは四方を見回し、母を呼びながら坂を駆け下りた。

何度も、何度も母の名を叫びながら。

ミストラルの丘の麓が近づき、城門がすぐそこに見えてくる。

「おかあさん！」

ロザリーはもう一度、母を呼んだ。人々が一斉にロザリーを見る。

雑踏の中で一人、背中を向けたままの女性がいた。

聞こえているはずなのに。

細い身体《からだ》に長い銀髪。顔は見えないが見間違えようはずがない。

「うぅ、おがあざん～」

堰《せき》を切ったように涙が溢れる。

滲《にじ》む視界の中で、女性は振り返った。

やはり母だった。冷たい手の、薔薇《ばら》の香りがする母。

振り返った母は、困ったように笑った。

駆け寄ってきて、抱きしめてくれる。冷たい指で、涙を拭ってくれる。

そんなロザリーのささやかな願いは叶《かな》わなかった。

母は再び背を向けて、城門の外へ向かった。

ロザリーはもう追わなかった。追ってはいけないのだ、と子供ながらに理解した。

ただ、心の中で母に問いかけた――

「――ザリーさん！　ロザリーさんっ！」

「はあ……っ！」

ロザリーは跳ね起きた。嫌な汗が首筋から背中へ流れていく。

「大丈夫ですか？　酷《ひど》くうなされていましたよ」

ロザリーはゆっくりとロロへ顔を向け、静かに頷《うなず》いた。

「私……夢を見てた」

「みたいですねぇ」

ロロはロザリーのベッドから離れ、窓のカーテンを開けた。

朝の暴力的な光が部屋に射《さ》しこみ、ロザリーは思わず顔を背ける。

「さあ、朝食に行きましょう。魔女学の授業に間に合わなくなりますから」

しかしロザリーは動き出す気配がない。そんな彼女をロロは手を叩《たた》いて急《せ》かし始めた。

「さ！　早く行きましょう！」

「ちょっと待って……」

「さ！　さ！」

ロザリーはのろのろと身体を起こし、恨みがましい目でロロを見上げる。

「ロロ、いやに熱心だね。魔女の本性が目覚めたの？」

「私が熱心なのは食事です！　あの豪華な食事を一食たりとも逃せるものですか！」

「ああ、そういうこと……」

ロザリーは立ち上がろうとしたが、頭に霞《かすみ》がかったようでうまく立ち上がれない。

「ごめん、先に行ってて。すぐ行くから」

「そうですか？　ではお先に！」

ロロはあっさりと引き下がり、部屋の入り口まで行って、「すぐ来てくださいねぇ～」と言い残して姿を消した。

しばらくしてロザリーはやっと立ち上がり、寝衣《ねまき》を脱いだ。

汗でぐっしょりと濡《ぬ》れている。

「はぁ。最悪」

そう毒づく間にも、幼い自分が繰り返し問いかけてくる。

――どうして私を置き去りに？

わかるはずもない。答えてくれる女性《ひと》はもう、いないのだから。

ロザリーは手早く制服に着替え、授業に必要なテキスト等を揃《そろ》え始めた。

そしてふと、手を止める。

「……あれ？　〝金の小枝通り〟？」

赤のクラスではそれからしばらく、魔女学の授業ばかりが続いた。

ヒューゴが化けた女性教官――ミシルルゥの授業は、危険な魅力に満ちていた。同時に厳しくもあり、生意気な男子生徒が実際にカエルに変えられたりもした。

ロザリーも初めこそ抵抗があったが、いつしか違和感なくミシルルゥを教官として受け入れていた。

今日もミシルルゥが生徒たちに語りかける。

「さあ。いよいよこの時間からまじないの実践に入る。みんな心の準備はいいかしら？」

途端、生徒たちは緊張感に包まれた。その様子を見てミシルルゥが微笑《ほほえ》む。

「初めては誰しも胸が高鳴り、軽く吐き気を覚えるもの。でも初めては貴重よ？　一度しかないから」

そしてミシルルゥは、おどけた調子で指揮をするように指を動かした。

「ちちんぷいぷい♪　痛いの痛いの〜飛んでいけ〜♪　これが俗に言う〝おまじない〟ね。誰でも使えて、それによって気分を変えることが主な効能。でも我ら魔女が使う〝まじない〟は違う。正式には魔女術《ウイッチクラフト》と呼ばれ、実際に効果がある」

そうしてミシルルゥは生徒たちを見回し、一人の生徒に目を留めた。

「オズ。私にまじないをかけなさい」

呼ばれた男子生徒は背筋を伸ばした姿勢で固まった。

「で、できません」

「なぜ？」

「やり方がわかりません」

「やり方はテキストに書いてあるわ。その通りにやればいい」

オズは言われるがままに、魔女術《ウイッチクラフト》のテキストを開いた。

「どのまじないを、ですか？」

「何でも。好きなまじないを私にかけなさい」

オズがテキストのページをめくる。

そのうちに彼は何かにハッと気づき、乱暴にページをめくり始めた。

しばらくして、あるページでオズの手がピタリと止まる。

オズの前の席の男子生徒が、そのページを覗《のぞ》きこむ。

「こいつ、【惚《ほ》れ薬《ぐすり》】のまじないをかける気だぜ！」

途端、男子生徒の囃《はや》し立てる声と、女子生徒の非難する声が教室を埋め尽くす。

「だって。何でもって！」

オズは口を尖《とが》らせてテキストを閉じた。

「はいはい。静かに」

ミシルルゥが手を叩いて騒ぎを静める。そしてオズを見つめて妖艶な笑みを浮かべた。

「オズ。いいのよ？　好きにしても」

ミシルルゥは教卓に腰かけ、これ見よがしに脚を組んだ。

オズの視線が、短いスカートからはみ出した脚の根元に釘付《くぎづ》けになる。

彼は先ほどのページをもう一度開き、そこにあるやり方通りにまじないを始めた。

一つ一つ順を追って、もたつきながら指先を宙に動かす。そして最後に呪文を唱えた。

「飲めば、思いのまま！」

オズの様子を見つめていた生徒たちの目がミシルルゥへと向かう。

まじないをかけられたミシルルゥは、いっそう艶っぽく笑った。

「おお！」「ええ？　ほんとに？」「効いたのか？」

皆が固唾を呑《の》んで見守る中。ふいに間の抜けた声が教室に響いた。

「あふぅ〜〜」

生徒たちの目が再び声の主――オズへと向かう。

「おい、オズ？」「やだ！　気持ち悪い！」

オズはとろんとした顔で宙を見上げていた。

身体は弛緩《しかん》し、目は潤み、口元からはよだれが垂れている。

ミシルルゥが言う。

「魔女のまじないとは、呪《まじな》いであり呪《のろ》いである。いかに対象に損害を与えるか、不幸をもたらすか。これが魔女術《ウイッチクラフト》の重要なテーマである。では、まじないが失敗したらどうなるのか？」

ミシルルゥは何事もなかったように立ち上がり、黒板に〝代償〟と板書した。

「因果応報。人を呪わば穴二つ。言い方はいろいろね。要は、まじないによって放たれた悪意が術者自身に返り、大きな代償を払うことになるということ」

次にミシルルゥは、呆《ほう》けているオズを手で指し示した。

「未熟な彼は、私に【惚れ薬】のまじないをかけた。しかし私は彼より優れた魔女騎士《ウィッチ》だった。結果、まじないは失敗。因果は巡り、悪意は倍となってオズに返った。今の彼は、自分が好きで好きでたまらない王国一のナルシストよ」

ミシルルゥの言い様に生徒たちが笑う。

「代償を減らす方法もあるわ。生贄《いけにえ》に代表されるような〝犠牲の先払い〟。そして儀式のように多人数で一つの術を成す〝リスクの分散〟が主な方法として挙げられる」

そこまで話して、ミシルルゥの瞳が真剣味を帯びたものへと変わる。

「【惚れ薬】のまじないなんて、誰しも使ってみたくなるものよ。オズでなくてもね。でも軽々に使ってはならない。【惚れ薬】を上回る危険な術ならなおのこと。もしオズが【惚れ薬】ではなく、恐ろしい呪詛《じゅそ》を選んでいたら？」

生徒たちは唾を呑み、オズの弛緩しきった顔を見た。

彼は相変わらず、にへらにへらと笑っている。

「そう。今頃オズは生きてはいない」

冷たいものが生徒たちの喉を落ちていく。もうオズを笑う者はいなかった。

「まじないは危険。怖《おそ》ろしい呪詛なら、なお危険。確実に代償を避ける方法は一つ。まじないを使わないこと。では、魔女はまじないを使うべきではないのか？」

ミシルルゥは生徒たちを見回して、それから続けた。

「いいえ。危険だから訓練する。慣れておくの。あなたたちにはそのための時間が用意されている。それがこの授業というわけ。わかるかしら？」

生徒たちはミシルルゥの眼差《まなざ》しに応えるように、一様に頷く。

「みんな理解してくれたようね。優秀だわ」

ミシルルゥは黒板の〝代償〟の文字を消した。

「しばらくは物にかけるまじないを中心に教える。人にかけるまじないと違って、物は滅多に呪いを返さないから。ではテキストを開いて――」

「ミシルルゥ教官」

オズの前の席の生徒が手を挙げた。

「オズの奴《やつ》を忘れてます。元に戻してやらないと」

生徒の何人かから含み笑いが漏れる。しかしミシルルゥはあっさりと言った。

「そのままよ」

「えっ」

「わからない？」

生徒は困惑し、頭を掻《か》いた。

「えっ？　えっと、わかりません」

「彼はこの授業における〝代償〟よ」

そう言ったきり、ミシルルゥは何事もなかったかのように授業を進めた。

生徒たちはオズの「あはぁ～」「うふぅ」などというだらしない声を聞きながら、授業を受けるはめになった。

授業が終わる頃には、誰もが「自分はこうはなるまい」と肝に銘じていた。

入学式からひと月が過ぎた。

これまでは赤のクラスなら魔女学、青のクラスなら刻印学といったクラス専門の授業が行われてきたが、この頃になるとそれ以外の課目の授業も始まる。

校舎わきに設けられた屋外訓練場では、青と黄クラス合同の剣の授業が行われていた。

「待て！　参った！」

地面に膝をつき剣を捨てる同級生を前に、グレンは大きなため息をついた。

楽しみにしていた剣の授業だというのに、酷《ひど》く退屈だ。

つまらない。張り合いがない。それが素直な感想だった。

この授業ではペアを作って対戦し、勝負がつくと別の相手を探して再び対戦、この繰り返しだ。ペア成立は互いに目が合うことが条件なのだが、グレンはここで手を焼く。

皆が目を背けるのだ。貴族である彼らは庶民のグレンに負けたくない。一方で剣技会優勝者のグレンに勝てないことも自覚しているから、勝負自体を避けるわけだ。

稀《まれ》にうっかり目が合ってしまう者もいる。そういう者は一合か二合打ち合って、すぐに剣を捨ててしまう。負けはするが、手痛くやられるよりはいいと考えているようだ。

「赤と合同だったらな……」

しかし、ここにロザリーはいない。この退屈はいつまで続く？　ずっとこうなのか？

そう考えると、グレンは無性に苛立《いらだ》ってきた。次の相手を探す。

剣を交える生徒の中を歩き、手の空いた者を見つけた。

金髪の小柄な少年――ウィニィだ。

グレンが言葉なくウィニィを見つめると、意外にもウィニィは乗ってきた。

剣を構え、ウィニィを観察する。

落ち着きなく動く視線。華奢《きゃしゃ》な腕。構えも隙だらけだ。

どこからでも崩せる。反応さえしてくれないかもしれない。

普段なら様子見に軽く何合か打ち合うが、またそれで降参されるのも癪《しゃく》だ。

この剣は訓練用のものだし、大怪我《おおけが》はすまい。

ならば、とグレンは高々と剣を振り上げた。

そして剣先を唖然《あぜん》と見上げるウィニィ目がけ、力任せに打ちこむ。

「うっ、うあああっ！」

ウィニィはあからさまな上段からの振り下ろしを、剣の腹で受けた。

しかし勢いを殺せず、背中から地面に倒れてしまった。

「殿下！」「グレン、貴様っ！」「またしてもウィニィ様を！」

勝負の行方を見守っていたのであろう、ウィニィの取り巻きたちが集まってきた。

敵意むき出しで、ウィニィをかばいながら訓練用の剣をグレンへ向ける。

まるで賊に狙われた王子と、それを決死の覚悟で守る護衛たちのような構図だ。

「待ってくれ、俺は別に――」

――悪くない。そう言おうとしてグレンは言葉を飲み込んだ。

ウィニィがこうなることはわかってた。わかってて打ち込んだ。これは八つ当たりだ。

グレンは自分の剣を手放し、取り巻きたちの剣先の中、ウィニィに近づいていった。

「……大丈夫か？」

バツが悪そうにグレンが手を差し伸べると、ウィニィはキッと睨《にら》み、その手を払った。

「ウィニィ様、ご下命を！　我らが手打ちにいたします！」

「いらん！　バカ者共が！」

そう言ってウィニィは剣を杖《つえ》にして立ち上がり、その場を立ち去っていった。


学生棟にある食堂――カフェテリア〝若獅子《わかじし》〟。

「ロザリーさん、ロザリーさん！」

一人で食事中のロザリーに、ロロがニヤニヤしながら近づいてきた。

「遅かったじゃない、もう食べてるよ？　見てよ、限定メニューが取れたの！」

「そんなことはどうでもいいですから」

「えっ。食事が命のロロがどうしちゃったの」

「フッフーフ。理由はこれです！」

そう言ってロロは懐から一通の封筒を取り出して、ロザリーに手渡した。

「え？　私に？」

たしかに封筒の宛名はロザリーになっている。

裏返してみると、差出人はウィニィ。あの王子様からだ。

「ウフフフ！　これはあれです、恋文というやつに違いありません！　やりますねぇ、ロザリーさん！　よっ、青春まっただ中！」

「そういえばゴシップ好きだったね……」

ロザリーは封筒を大胆に破って、中の手紙を取り出した。

その文面を見て一瞬固まり、それから手紙をロロに向ける。

「え、私に見せてくれるんですか？　なになに、ええと……これは、決闘状!?」

手紙は恋文とは真逆の、決闘を申し込むものだった。

「ロロ。これどうしてあなたが持ってたの？」

「さっき渡されて。必ず本人に渡すようにって言われて……」

「王子様から？」

「いいえ、別の人です！　でも誰だろう、見覚えあるから同級生だと思うんですけど……ごめんなさい、わかんないです。うちのクラスでないことは確かですが」

「ふぅん。しょうがない、行ってみよう」

「え、今からですか!?」

「だって期日がこの昼休みになってるもん」

「わわ、たしかに。場所は……廃校舎裏ってどこでしょう？」

「わかんないから聞きながら行く」

「あ、待ってくださいよぅ！　私はまだ食べてない……」

「いいから行くよっ」

「そんなぁ～！」

廃校舎とは、その名の通りかつて使用されていた校舎のことだった。

十数年前に老朽化を理由に今の校舎へと移り、それ以来、取り壊しもせず放置されたままになっている。人気《ひとけ》なく、こっそり何かをやるにはもってこいの場所だった。

「ここね」

ロザリーは気づかれぬよう、茂みに隠れた。その背中にロロがくっつく。

「ロザリーさん、決闘って校則で禁止されてたはずです」

「だから人目につかないここなんじゃない？　あ、いた。たしかに王子様だね」

「取り巻きの皆さんもいらっしゃいます。まずいですよ、本当に決闘するんですかぁ？」

「そんなこと言われたって。私が決闘状出したわけじゃないんだよ？」

「それはそうですけどぉ」

「しっ！　誰か来た！」

茂みに身を隠し、様子を窺《うかが》う。現れたのは男子生徒一人。

「あれは、グレン？」

グレンは訓練用の剣を携えている。ウィニィたちを見つけ、人数を数え始めた。

「ひー、ふー、みー……七人か。足りるのか？　それで」

グレンの言い様に、取り巻きたちが一斉に色めき立つ。

しかしウィニィが「鎮まれ」とそれを制し、剣を持って一人歩み出た。

「勘違いするな、グレン。彼らは立会人。これは僕と貴様の決闘だ」

「……本気なのか？　勝てると思っているのか？」

「勝ち負けじゃない。これはプライドの問題だ」

「なるほど。王子様らしい答えだ」

「では始める前に決めよう」

「ん？　何をだ？」

「この決闘に賭けるものだ。僕がお前に求めるものは一つ！」

ウィニィが剣先をグレンに向けて宣言する。

「今後、ロザリーに近づくな！」

グレンは驚いた表情を浮かべたが、すぐに顔を引き締めた。

「なるほど、決闘のほんとの理由はそれか。……なら負けられないな」

それを見ていたロロが、ロザリーに後ろから囁《ささや》いた。

「いやあすごいです、ロザリーさん。さすが私の憧れ。モッテモテですぅ」

ロザリーは振り返らずともロロがニヤついているのがわかった。

「はあ。何なの、もう」

ロザリーはすっくと茂みから立ち上がり、ウィニィたちのほうへ歩き出した。

「やっほー、グレン」

　ロザリーがそう声をかけると、グレンは肩を揺らして驚いた。

「なっ！　なんでお前がここにいるんだ!?」

「ウィニィ殿下も、ご機嫌麗しゅう」

　ロザリーは膝を折って、貴族っぽくお辞儀をした。

「ロザリー……なぜ君が？」

　ロザリーは食堂で受け取った決闘状をぴらりと取り出して見せた。

「殿下からの決闘状。私にも来たので」

「なに!?」

　ウィニィは身に覚えがないようで、ハッと取り巻きたちを睨んだ。

　しかし、彼らも知らない様子。

「初対面があんな感じだったので、もしかしたら手の込んだデートのお誘いかもと思ったのですが……」

　するとグレンの目がみるみる吊《つ》り上がった。

「デッ……！　ウィニィ、何が近づくなだ！　初めから抜け駆けする気だったのか！」

「なんだ、抜け駆けって！　そうならここに貴様など呼ぶかっ！」

「じゃあなぜロザリーをここへ呼んだ！」

「いや、それは本当に知らない――」

「――嘘《うそ》をつけっ！」

　そのとき、取り巻きたちが耐えかねたように躍り出てきた。

「ふざけるな、グレン！」「殿下に向かって好き勝手言いやがって！」「もう許せん！」

「ちょ、ちょっと待てお前たち。余計にややこしくなるから！」

　ウィニィがそう言って止めに入るが、取り巻きたちは止まらない。

「やるぞ！」「かかれ！」「おらー！」

　ウィニィを除く六人が、一斉にグレンに襲いかかる。

　彼らは剣を持っていなかったが、頭に血が上ったグレンは容赦なかった。

　先頭の二人をひと振りでまとめてなぎ倒し、その次の二人も右、左と一撃ずつくれてやり、あっという間に四人が倒れる。五人目は背後から組みかかってきたが、手首を取って体《たい》を入れ替え、腹に膝を入れた。最後の一人は戦意を喪失して後ずさりしたが、捕まえて、腹を押さえてうずくまる五人目の上に投げ落とした。

「そこまで。やりすぎよ、グレン」

　ロザリーがたしなめると、グレンはふーっと深く息を吐き、取り巻きたちから離れた。

　入れ代わりにウィニィが取り巻きたちに近寄り、屈《かが》んでから彼らの痛めた場所へ手をかざす。そして何事か唱えると、ウィニィの手が淡い光を放ち始めた。

「それって……聖文術《ホーリーワード》？」

　ロザリーが尋ねると、ウィニィはこくりと頷《うなず》いた。そしてグレンへ目を向ける。

「お前は気に病むことないぞ。こいつらから手を出したんだからな」

　グレンはふん、と鼻を鳴らし、それから言った。

「そんなんでいいのか？　お前の大事な家来なんだろう？」

「こいつらが仕えてるのは僕じゃなくて僕の家だ。だから僕の言うことなんて聞きやしない。……まあ、それでも家来は家来だから治療くらいはしてやらないと」

「へえ。これでロザリーへの決闘状がなければ、お前を見直すんだがな」

「っ、だから！　僕はグレンには出したがロザリーには出していないっ！」

　ロザリーは自分の決闘状をぴらぴらと空にかざした。

「じゃあグレンの決闘状は本物で、私の決闘状は偽物……？」

「そういうことになる」

　そう言ってウィニィは頷くが、グレンは鼻で笑った。

「本当かぁ？　信用ならないな」

「なっ……グレン！　信用ならないとはなんだ！　僕は王族だぞ！」

「尚更《なおさら》だろ」

「何だとー！」

　摑《つか》みかかろうとするウィニィの首根っこを摑みながら、ロザリーは首を捻《ひね》った。

「じゃあこれ、誰が私に？」

チャンスはすぐに訪れた。王国史の授業だ。

週に一度のこの授業は、魔導性に関係がないので一年生全員が一堂に会して行われる。

ロロに決闘状を渡した人物が一年生なら、この場に姿を現すはず。

「……いました、あの人です」

声を潜ませ、ロロが言う。

「あの背の低い、ずんぐりした女の子？」

「はい。緑のクラスみたいですね」

二人がじっとその女子生徒を観察していると、ある瞬間、目が合った。

彼女は気まずそうに目を逸《そ》らし、友人たちの陰に隠れた。

「あの子だね」

「ええ、間違いありません」

問い質《ただ》すべく席を立ちかけたロザリーだったが、ちょうどそのとき教官が入ってきた。

王国史の担当は、陰湿な性格で知られるルナールである。

仕方なくロザリーは席に座りなおした。

ルナールは教壇に立ち、いつものように不機嫌そうな声で語りだした。

「この時間は王国史の時間だが、少し紋章学に触れておく」

そう言ってルナールは、生徒に紙を配布した。

紙には百を超える紋章と、その解説が記されている。

「諸君らは来年、実習へと赴くことになる。実習先は騎士団のいずれか。当然、多くの先輩騎士がいる。ここで重要となるのが名家の騎士を見分ける知識だ。媚《こ》びを売ってコネを作るにしろ、不興を買って疎まれるにしろ、相手は選ばねばならない。この紋章一覧が必ず諸君らの役に立つと保証しよう」

ルナールは紙が行き渡ったことを確認すると、一人の生徒を指差した。

「ジュノー＝ドーフィナ」

「はい」

立ち上がったのは背の高い女子生徒。肩にかかる翡翠《ひすい》色の長い髪は豊かで色鮮やかだ。

ロロが声を潜ませロザリーに耳打ちする。

（この人です）

（え、決闘状を渡したのってずんぐりの子でしょ？）

（そうではなく。このジュノーさんがウィニィ殿下の婚約者です）

（ああ！　この人が……）

（緑のクラス生。王国一の港湾都市を領地に持つ大貴族の出で、貴族ランクは9。ウィニィ殿下を除けば家格はダントツですね。容姿端麗なのは見ての通りですが成績も優秀で、魔導騎士としての素質も優れています。ロザリーさんとグレン君の陰に隠れてしまってますが、彼女も剣技会で入学希望者ながら好成績を残しています）

（……ロロってほんと貴族事情に詳しいのね）

（そうですか？　えへへ……）

（別に褒めてないけど）

ルナールがジュノーに問う。

「ユーネリオン王家の旗印はなんだ？」

「吼《ほ》え猛《たけ》る獅子《しし》です」

「その通りだ。では、かつての——王家となる以前のユーネリオン家の旗印は？」

「有翼獅子です」

「素晴らしい！　さすがはドーフィナ家のご息女だ、よく学んでいる。座ってよろしい」

ジュノーが座り、ルナールがまた一人の生徒を指差す。

「グレン＝タイニィウィング」

「はい」

グレンが立ち上がる。

「かつて有翼獅子だった旗印が、どうして吼え猛る獅子になった？」

「翼は皇国騎士の象徴だからです。皇国から独立しユーネリオン獅子王国となった際に、ユーネリオン家は翼を捨てました」

ルナールは目を見開き、大袈裟《おおげさ》に驚いてみせた。

「その通りだ！　よく知っているな、タイニィウィング。いや、当然と言うべきか？」

グレンは黙して答えない。するとルナールはさらに質問を重ねた。

「ちっぽけな翼《タイニィウイング》。お前の名に翼があるのはどうしてだ？」

「自分が鳥籠《とりかご》出身だからです。鳥籠出身者はみな、家名がタイニィウィングとなります」

「ふむ。では鳥籠とはなんだ？」

「戦災孤児となった皇国騎士の子を保護する施設です」

「そうだ。お前は翼を崇《あが》める敵国の騎士の子。卵のまま潰すこともできたのに、陛下はそうなさらなかった。鳥籠に入れて、雛鳥《ひなどり》のお前たちを育ててくださったのだ。陛下のご恩情に感謝しているだろう？」

「はい。感謝しております」

生徒たちの間から、クスクスと笑い声が漏れる。しかし、グレンは眉一つ動かさない。子供の頃から、この手の悪意を向けられるのは慣れっこだった。

ルナールは面白くなさそうに言った。

「ふん。まあいい、座れ」

グレンが座ると、いくつもの好奇の視線が彼に注がれた。

中には同情的な視線もあり、その一つはロザリーのものだった。

（グレン……出自に問題があるって言ってたの、こういうことだったのね）

貴族社会を知らず騎士団のありようもわからないロザリーだが、それでもグレンの出自が彼の将来にどう影響するかは想像できた。

敵国の子に従うことを良しとする騎士がどれだけいるだろうか？

自分の騎士団を持つというグレンの夢は、考えていたよりずっと高みにあるようだ。

そして、授業が終わり。ロザリーは帰り支度をしているジュノーの元へ向かった。

「ジュノー、ちょっといいかな？」

「あら。ロザリー、よね？」

「うん。まだ話したことなかったから声をかけてみたの。迷惑じゃなかった？」

「そんなこと！　私もあなたと話してみたいと思っていたの」

「ほんと？　じゃあ私たち、お友だちになれる？」

「フフ。もちろんよ、嬉《うれ》しいわ」

ロザリーが手を差し出して握手を求めると、ジュノーもその手を握った。

「よろしくね、ジュノー。いろいろ教えてね？」

「ええ、喜んで」

ジュノーは穏やかな笑みを湛《たた》えて頷いた。

「じゃあ一つ聞いてもいいかな？」

「さっそくね。何かしら？」

瞬間、ロザリーが腕を引いた。握手したままだったジュノーはバランスを崩し、前屈みになる。その俯《うつむ》き加減なジュノーの耳元で、ロザリーが囁《ささや》いた。

「……私に偽の決闘状を出したのってジュノーよね？　同じクラスのあの子を使ってさ」

ロロに決闘状を渡したずんぐりした子は、離れたところでこちらの様子を窺《うかが》っていた。

ロザリーに睨《にら》まれて、サッと視線を逸らす。

ジュノーはロザリーの手を振り解《ほど》き、完璧な笑顔を浮かべて聞き返した。

「だとしたら？」

するとロザリーのほうも人懐っこい笑顔を浮かべて、両手で手を振った。

「ううん！　ならいいんだ、理由も想像つくから。すっきりした、じゃあね！」

そう言ってロロを伴い教室を去っていくロザリーを、ジュノーは冷めた目で見送った。


ソーサリエの教官にはそれぞれに個室が与えられていて、個室が集まる校舎は教官棟と呼ばれている。呼び出されでもしない限り、生徒たちが近寄ることのない場所である。

その教官棟、黄のクラス教官室。扉が開いて、渋い顔のウィニィが出てきた。

「ウィニィ様」

「む。待っていたのか、ジュノー」

ジュノーはこくりと頷き、ウィニィと並んで歩き出した。

「まったく……なんで決闘のことがバレたのか」

「お叱りを受けましたか」

「というほどでもないが。怯《おび》えながら注意するくらいなら呼び出さないでほしいものだ」

「怯えるのは仕方ありませんわ、相手は王子様なのですから」

「王子様はよせ、ジュノー。癇《かん》に障る」

「失礼しました、殿下」

「……何も聞くことはないのか？　決闘の理由とか」

「私は殿下にお怪我《けが》さえなければ」

「ならいい」

事実、ロザリーに偽の決闘状を渡すよう仕組んだのはジュノーだった。

ウィニィの取り巻きの中にはジュノーの実家――ドーフィナ家が差し向けた者がいる。

その人物からウィニィの動向は逐一、ジュノーの耳に入っていた。

「ウィニィ殿下はグレンの奴《やつ》と決闘をやりたがっているみたいです」

それを聞いたジュノーは大いに困惑した。なぜ？　どういうつもりで？

決闘禁止の規則が心配なのではない。

ウィニィは王族なのだから、そんなものはどうとでもなる。

問題は相手だ。グレンの気性は武人のそれだ、強さも剣技会優勝の折り紙付き。

大怪我を負ったらどうする？　いや、生命の危険すらあるかもしれない。

かといって、ウィニィはジュノーがいさめたところで聞く性格ではない。

逆に意固地になるのが目に見えている。だが見過ごすこともできない。

気位の高いウィニィを傷つけず、かつ決闘を台無しにする方法はないか。

そこで考えついたのがロザリーを巻き込むことだった。

ウィニィが彼女を気にかけていることは知っていたし、グレンが唯一、心を許す相手だとも聞いていた。彼女が間に入ってくれれば決闘は流れるはず。

仲裁を頼んで引き受けてくれるだろうか？　いや、無理やりにでも巻き込んでしまえ。

そうして偽の決闘状がロザリーの手に渡ることになった。

教官に報《しら》せたのもジュノーだ。これでウィニィも再戦するとは言い出さないだろう。

「うまくいった……と言っていいのかしらね」

ジュノーは王国史の授業の後のことを思い出していた。

一瞬とはいえ、ロザリーに気圧《けお》された。

その事実が棘《とげ》となり、胸に刺さったままになっている。

ジュノーには野心がある。だから王子様はもちろん、他のものも誰にも譲る気はない。

「ロザリー＝スノウウルフ……少しだけ邪魔、かな」


――月日は流れ、半年後。

春の背中は遠く小さく、夏も盛りを過ぎ。王都ミストラルに秋の足音が聞こえてきた。

ロザリーは今日も魔女術《ウイッチクラフト》を学んでいる。

教壇に立つのはミシルルゥだが、雰囲気がいつもと違う。

生徒たちは顔を覆うようにマスクをし、室内には鼻をつく臭いが充満している。

部屋の中央には大人が五、六人は入れそうな大きな釜が据えられ、その周囲には薬草の束がいくつも吊《つ》り下がる。

壁際に目をやれば、部屋の端から端まである長い棚を、干からびた何かの生き物の成れの果てや、毒々しい色の液体に満たされた小瓶の数々が埋め尽くしている。

生徒の間を回りながらミシルルゥが声をかける。

「マージョラムは香りづけだからケチらなくていいわ。でも飛竜の干し爪はきっちり計って。いいわね？」

「ミシルルゥ教官。なんで飛竜の干し爪はケチるんですかぁ？」

「あぁ、オズ。あなたって本当に愚かねぇ。高価だからに決まっているわ」

生徒たちから笑いが起こる。

ここは〝大釜の薬草室〟。魔女学用の実習室だ。

魔女学とは魔女術《ウイッチクラフト》だけを指すものではない。占いや魔女の雑学なども含まれる。

この授業は薬学——薬と毒の調合について学ぶ授業だ。

ロザリーは小さな乳鉢の中にスプーンを入れた。

粉になった飛竜の干し爪をすりきりひとさじ。焼いて砕いた蜜蜂を一匹ぶん。温室から採ってきた叫び根草を搾って、出た汁をスポイトで三滴。マージョラムは少し多めに。

ロザリーの目は真剣だ。

「仕上げに月光蜜を混ぜる。扱いには注意して？　静電気でも引火するから」

ロザリーは琥珀《こはく》色の液体を、そっと実験用ビーカーへ注いだ。

それまでヘドロのような色と粘度であったビーカーの中身が、一瞬で青白く透き通った液体へと変容する。

　ミシルルゥはすべての生徒が工程を終えたのを見届けて、それから手を叩《たた》いた。

「これでエーテルが完成。さあ、飲んでみましょう」

　生徒たちは、これは本当に飲んでいいものなのかと怖気《おじけ》づく。

　しかしミシルルゥは、手本として作ったエーテルを片手に持つと、もう一方の手を腰に当ててグイッと一気に飲み干した。その様子を見て、生徒たちも続く。

「どう？　魔導が回復していくのを感じるかしら？」

　ロザリーは胸に手を当てた。

　心臓の辺りでトクン、トクンと満たされていくような心地がする。

「エーテルの服用によって回復する魔導はそう多くはないわ。でも、時間経過以外で魔導を回復する方法は限られている。騎士団でやっていく自信のない人は作り方をよく覚えておくことね。エーテルを調合できれば食べていくのには困らないから」

　そう言いながら、ミシルルゥは教卓の上の調合器具を片づけた。

「ミシルルゥ教官」

　一人の女子生徒が手を挙げた。

「なに？」

「オズ君の様子がおかしいです」

　見れば、オズの様子が確かにおかしい。首をグネグネと動かし、目は虚《うつ》ろ。

ミシルルゥは大きなため息をついた。

「魔導酔《トリップ》いよ。あれほど言ったのに、飛竜の干し爪を入れすぎたのね」

ミシルルゥはオズを指差して言った。

「配分を間違えば、薬は毒にも麻薬にもなり得る。彼を見て、よく心に留めておいて。では、授業を終わるわ」

そうしてミシルルゥは教室を去ろうとして、ハッと立ち止まった。

「うっかりしてた。来週の課外授業までにクラスの代表を決めなくちゃ」

そして生徒たちに向き直り、「誰にしようかしら」と生徒一人一人の顔を指でなぞっていく。代表になりたい生徒は一人もおらず、誰もがサッと下を向く。

グネグネ動くオズの顔の上で一度指を止めたが、ミシルルゥは自嘲の笑みを浮かべてまた指を動かす。そして——。

「あなたにするわ」

指されたロザリーは一瞬ドキリとした。しかし、よくよく見れば指先がわずかにずれている。指しているのは、ロザリーではなくその後ろの席。

「ロロ。よろしくね？」

「へぁっ!?」

ロロは奇声を上げて立ち上がった。すかさずミシルルゥが皆に言う。

「我がクラスの代表、ロクサーヌ＝ロタンに、拍手！」

すぐさまクラス中から大きな拍手が巻き起こった。

「ちょっ、ええっ!?」

ロロは猫背でオロオロするばかり。困惑の表情でロザリーを見下ろすが、彼女もまた拍手をしていた。ロロは泣きそうな顔でロザリーの机にすがりつく。

「な、なんで私なんです!?」

「う～ん。年長者だから？」

「私は無駄に年を取ってるだけですよ！　経験豊かとは違いますから！」

「そんなの私に言われてもさ」

「そうだ、ミシルルゥ教官！」

ロロが立ち上がって振り向くと、すでにミシルルゥの姿は影も形もなかった。

「……逃げたなっ」

ロロはそう呟《つぶや》き、決意の瞳でロザリーに言った。

「追いますよ、ロザリーさん！」

「えーっ」


教官棟。校舎の騒々しさは鳴りを潜め、ロザリーとロロは静かな廊下を歩いていく。

「ここですね」

ロロは、ある部屋の前で足を止めた。

〝ミシルルゥ＝サラマン〟とプレートがかかっている。

ロロは躊躇《ためら》いなく扉をノックした。しかし、しばらく待っても反応はない。

ロロはもう一度ノックし、「ミシルルゥ教官。ロクサーヌ＝ロタンです」と名乗った。

だが、やはり反応はない。

「帰ってないのかな？」

ロザリーがそう言うと、ロロは即座に否定した。

「ミシルルゥ教官は教室と教官室の往復しかしません。食堂にさえ顔を出しませんから」

「よく知ってるね……」

「居留守ですよ！　絶対に中にいます！」

ロロはガチャガチャと力任せにドアノブを回す。

「まずいって、ロロ！」

周囲を見回しながらロザリーが止めるが、ロロは聞く耳を持たない。

終《しま》いには壁に足を置いて、ドアノブを思いきり引っ張り始めた。

「うぐぐ……だめっ、開かない！」

ロロは肩で息をしながら、扉を睨《にら》んだ。

「はあ、はあ……尋常じゃない堅さだわ。きっと、まじないで閉じてあるのね」

そしてロロはロザリーを見つめ、扉の前から退《ど》いた。

「どうぞ、ロザリーさん」

「どうぞって、何？」

「【鍵開け】のまじないです。どうせ使えるんでしょう？」

「嫌《や》だよ！　私も共犯になっちゃう！」

「ということは、やはり【鍵開け】を使えるんですね？」

「うっ」

ロロはずいっ、とロザリーに顔を寄せた。彼女の眼鏡がキラリと光る。

「私の魔導騎士人生がかかっています。お願いします、友人を窮地から救うと思って！」

「そんな大袈裟《おおげさ》な……」

「なにが大袈裟なものですか。自分で言うのもなんですが、ソーサリエ史上、最低最悪の代表となること請け合いです。するとどうなるでしょう？　無能な代表の烙印《らくいん》を押され、みんなから失望され、やがて誰にも相手にされなくなり。そのうちに教官方にも無視され始め、ついにはロザリーさんも口を利いてくれなくなり……ああ！　そんなの炭焼き小屋で一人暮らししてた頃のほうがまだましよ!!」

「だからー。大袈裟だってば」

呆《あき》れたようにそう言うロザリーに、ロロは鼻が触れるほど顔を寄せた。

「私が代表になったとして、誰が私の言うことを聞くというのです！」

ロザリーは負けじと言い返した。

「私は聞くよ」

そう胸を張るロザリーに、ロロは目を丸くした。

嬉《うれ》しさのあまりニマニマと緩む口元を、必死になってへの字に曲げようとする。

やっとのことで笑みを押し殺したロロは、黙ってロザリーの前から退いた。

そして、扉を指差して言う。

「では代表命令です。開けなさい」

「うぐっ」

ロザリーは自分の発言を後悔したが、ロロはもう交渉の余地はないとばかりに腕組みして目を閉じている。ロザリーは仕方なく扉に向き合った。

(教官やってるときのヒューゴって、ほんとに教官ぽくて苦手なんだけど……)

細く白い指を波打つように動かし、両手を重ねる。

そして手先を尖《とが》らせ、鍵穴に向けて差しこむイメージ。

「開きそうですか？」

「確かにまじないがかけてあるね。でも——」

扉の鍵はこれまでロザリーが【鍵開け】を試みたどの鍵よりも複雑であったが、それでも数秒の内に全容を把握した。手の形を鍵の形に合わせ、そのまま左にねじる。

——ガチャリ。鍵が開き、扉がひとりでに開いた。

「すごい！　開いたっ！」

胸の前で小さく拍手するロロ。

「じゃ、私はこれで」

そそくさと帰ろうとするロザリー。しかしロロはロザリーの袖をむんずと摑《つか》み、

「ロロです！　入ります！」

と、臆することなく扉から入っていった。ロザリーも引きずられるように後に続く。

ミシルルゥの部屋は薄暗かった。

奇妙な形のオブジェや、薬品の入った瓶の数々。魔導書や巻物《スクロール》の類も多い。

だが雑然としているわけではなく、よく整理されている。

「やはり居留守でしたか」

ロロはすぐに目当ての人物を見つけた。

「……あなたたち。どうやって入ったの？」

椅子に座るミシルルゥは、驚いた様子で二人を見上げている。

手に持つティーカップからは湯気が立ち上っていた。

「ロザリーさんに開けてもらいました」

ロロはあっさりと白状し、椅子の対面にあるソファに勝手に腰を下ろした。

ミシルルゥがじっ、とロザリーを見つめる。

「【鍵掛け】してあったんだけど？」

「……すいません。【鍵開け】しました」

「ふぅん。学生のあなたが私の鍵を、ねぇ」

挑発的ともとれる目つきで、ミシルルゥはロザリーの全身を舐《な》めるように見る。

「鍵のことなんてどうでもいいんです！」

ロロは椅子の肘置きをダンッ！　と叩《たた》いた。

彼女の怒りはミシルルゥを前にしても鎮まる気配がない。

「どうして私なんですか！　代表なんて務まるわけがないでしょう！」

ミシルルゥは眉を寄せて笑った。

「ロロ。あなたがそんなに怒るなんて予想外だったわ」

「私が何されても怒らないと思ったから、誰もやりたがらない代表を押しつけたんですか!?」

「そうじゃないわ、落ち着いて。さ、ロザリーもお座りなさい」

ロザリーがロロの横に座ると、ミシルルゥは二人にティーカップを手渡した。

「薬草茶だけどいいかしら？」

「あ、お構いなく」

そう言うロザリーのティーカップに、香りの強いお茶が注がれる。

次にロロのティーカップにもお茶を注ぐが、ロロの視線はミシルルゥを射抜いたまま。

「ふふ。そんなに睨まなくても説明するから」

ミシルルゥはティーポットをサイドテーブルに置いた。

そして、胸の谷間を見せつけるように椅子から身を乗り出し、指先で宙に何かを書き始めた。指の跡はほのかに光っていて、光の軌跡は文字となり文章となる。

「んーと、青は鏡ばかり見つめ――」

ロザリーが口に出して読むと、続きをロロが引き継ぐ。

「――黄は他人の顔色ばかり窺《うかが》う。……何なんですか、これ？」

「慌てる魔女はまじないをしくじる。最後まで読んで？」

ミシルルゥの指先はまだ動いている。

「緑は空ばかり見上げ――」「――赤は振り返ってばかりいる」

ロザリーとロロは顔を見合わせて、同時に首を傾《かし》げた。

「これは魔導性別性格診断よ」

「魔導性別――」「――性格診断？」

再び二人が首を傾げる。

「魔導性ごとの性格を表したものよ。俗説だけど、結構当たってるの」

そしてミシルルゥは宙に浮かぶ文章をなぞりながら説明を始めた。

「青――刻印騎士《ルーンナイト》は個人主義者。勝気で自分のことが最優先。黄――聖騎士《パラディン》は集団主義者。社交的で、他者と足並みを揃《そろ》えたがる人たち。緑――精霊騎士《エレメンタリア》は空想家でマイペース。……そして赤――魔女騎士《ウィッチ》はね、嫉妬深くて根に持つ性格なのよ」

「はあ」

ロロは何とも言えない表情で頷《うなず》いた。ミシルルゥが文章に手をかざすと、説明する魔導の色に文字の色が変わった。

「青は一番強い生徒を代表に選ぶわ。黄は誰が代表になってもまとまる。緑はカリスマ性で選ぶわね。ただ赤は、誰が代表になっても揉《も》めるものなのよ」

「そんな……誰でも無理だから、私に押しつけたんですかぁ」

悲痛な面持ちで肩を落とすロロ。

「違うわ」

ミシルルゥはロロの両肩に手を置いた。

「あなたなら赤のクラスはまとまるかもしれない」

「へ？　なぜそうなるんです？」

「能力で選ぶならロザリーにするわ。でも間違いなく、あなた以外の生徒から支持を得られないわ」

「……貴族ではないですし、みんな嫉妬するでしょうねえ」

「じゃあ家格で選ぶとする。うちのクラスに高位貴族は少ないけど……ウィリアスあたりになるかしら？　彼でまとまると思う？」

「……難しいでしょう。高位貴族といっても、抜きんでて家格が秀でてるわけじゃないですから。それも僻《ひが》みの原因になります」

「その通り。そこであなたよ！」

ミシルルゥの手に力がこもる。

「成績は凡庸！　出自は貴族どころか炭焼き小屋！　その上、教官の私よりも年上ときてる！　妬む理由が皆無だわ！」

「ああっ、やめてください！　最後のは聞きたくなかったっ！」

耳を塞ごうとするロロの腕をグッと摑み、ミシルルゥは真剣な顔でロロを見つめた。

「現実から逃げてはダメ！　闘うのよ、ロロ！」

「うえぇぇ……」

ロザリーがロロの背後で口パクで「ほんとは五百歳のくせに！」と抗議すると、ミシルルゥはにっこり笑って口元で人差し指を立てた。

「それだけじゃないの。あなたの性格も赤の代表向きなの」

「私の……性格……？」

「噂《うわさ》好きで貴族事情に詳しいわね？　ロザリーを見なさい、貴族のことなんて何も知らない、興味もない。貴族でない者はそんなものよ。でもあなたは違う。一般出身でありながら貴族たちに気を配れる。それは媚《こ》びを売るのと似ているようで全く違う。気を配れるってことは、渡り合えるってことなのよ？」

ロロは難しい顔で考え込んだ。

「あなたを選んだ理由はすべて話したわ。これで納得いかないなら仕方ないけれど……」

ロロはしばし考え込んでいて、それからふと顔を上げた。

「ミシルルゥ教官。引き受ける代わりに、一つ条件を出してもいいですか？」

「わかっているわ。ウィリアスたち高位貴族には、私から根回ししておく」

「いえ、そうではなくてですね」

ミシルルゥはきょとんとしてロロを見た。

「じゃあ、なに？」

「私が代表をやりきって卒業したら、職場を紹介してください」

「……職場？」

「私、どこの騎士団でもやっていけない自信があるんです。できるだけ楽な職場がいいです、給金はほどほどで構いませんから。なんなら、授業でやったエーテル造りでも」

「別に構わないけど。……あなたって現実的ねえ」

ロロはすっくと立ち上がった。

「ミシルルゥ教官より大人ですから」

幕間　割のいいバイト

王都城下、〝金の小枝通り〟に面する大衆食堂、〈エイブズダイナー〉。

私服姿のロザリーが訪れると、店内は外から見ても賑《にぎ》わっていた。

ロザリーは店に入らず裏へと回り、裏口の戸を開けて店の主人に声をかける。

「こんにちは。荷運びでーす」

樽《たる》のような身体《からだ》つきの店の主人が、忙しく手を動かしながら振り向いた。

「よう、ロザリー！　いつもすまねえな」

「仕事ですから。これから倉庫に運び入れますので――」

「――覗《のぞ》くなってんだろ？　わかってるさ」

「じゃ、後で」

ロザリーはにっこり笑って会釈して、戸口から姿を消した。

その様子を見ていた新入りの店員が、主人に問う。

「彼女が荷運び屋？」

「ああ」

「あんな華奢《きゃしゃ》な女の子が？」

「そうだ」

「彼女、手ぶらでしたよ」

「だな」

「荷はどこに？　今から運ぶんですかね？」

「ロザリーはいつも手ぶらだ。でも荷はきちんと運んでる」

「なんです、それ」

「ソーサリエの学生だからな。荷運びの魔術かなんかだろうよ」

店員がプッと吹き出す。

「そんな俗っぽい魔術、あります？」

「知るか。運んでくれればなんでもいい。うちの荷は肉やら魚やら酒やら重いのばかりだからな」

「もしかして……ここの食材、全部あの女の子が？」

「そうだ。ほら、テーブル空いたぞ。片づけてこい」

「へーい」

学園生活に慣れてきたロザリーは、少し前からバイトを始めていた。ソーサリエにいれば宿代も食事代もかからないのだが、それでも欲しいものは出てくる。

多くの生徒は貴族の親にせがめばよいが、一般出身者は自分で稼ぐ必要があった。

そこでロザリーが選んだのが荷運び業だった。

ロザリーは裏口近くの倉庫小屋に入った。扉を閉め、念のため鍵もかける。

真っ暗になった小屋の中で、ロザリーは命令した。

「出てこい、〝野郎共〟」

暗闇に溶けたロザリーの影が波打った。

小屋の板張りの床に、白い髑髏《サレコウベ》が続々と浮き上がってくる。

髑髏は周囲を確認すると、整然とした動きで影から這《は》い出てきた。

かつて研究所で使った〝亡者共〟と違い、肉も皮もない。

完全に白骨化し、眼窩《がんか》だけが暗く光っている――いわゆるスケルトンだ。

ヒューゴは彼らのことを〝死の軍勢〟と呼んでいた。

普段は完全武装しているが、今は楯《たて》と武器の代わりに大きな木箱を持っている。

従順でよく働く彼らを、ロザリーは親しみを込めて〝野郎共〟と呼んだ。

「生モノはそっち。干し肉はここ。こら、果物の箱を乱暴に置いちゃダメだよ」

〝野郎共〟の面々は、木箱を指示通りに積み重ね、荷下ろしを終えたら整然と並んでロザリーの影へ戻っていく。

大都市ミストラルでは、荷運びは重要な仕事だ。毎日、数百の馬車によって何万もの木箱が運び込まれてくる。城門にある荷入れ倉庫に山と積まれた木箱は、荷運び業者によって城門から各住所へと運ばれる。荷運びはミストラルの隅々まで必要物資を行き渡らせる、いわば都市の血液のような存在だ。ただし、誰でも荷運びを雇えるわけではない。

ミストラルが丘の上にあることもあり、荷運びは過酷な職業で賃金も高かった。

だからこそ、ロザリーはそこに目をつけた。

城門の荷入れ倉庫で荷物を〝野郎共〟に持たせ、影に入れてから手ぶらで移動する。

そして指定の場所で影から〝野郎共〟を出して荷物を下ろす。これがロザリーのやり方だった。ヒューゴは「死の軍勢を荷役扱いするなんて」とこぼしていたが。

仕事を終えたロザリーは、裏口の戸を開けた。

「終わりました、エイブさん」

「えっ、もう!?」

新入りの店員が目を丸くする。

「いつも早いな」

店の主人はのっしのっしと腹を揺らして歩いてきて、ロザリーの手に銀貨を三枚、握らせた。ロザリーが主人の顔を見つめる。

「エイブさん、荷の確認がまだです」

「信頼してる。今日も間違いはない、そうだろう?」

ロザリーはにっこり笑い、銀貨をポケットに突っ込んだ。

店を後にしたロザリーは、軽い足取りで〝金の小枝通り〟を上っていく。

すると道の脇から聞き覚えのある声に名を呼ばれた。

「ロザリー」

ちょっと行き過ぎて、くるりと振り返る。

道の脇の石積みの塀に、大柄な少年が腕組みして寄りかかっていた。

「グレンじゃない。もう夜だよ、どうしたの？」

「お前を待ってたんだ」

「なになに？」

ロザリーは軽い足取りのまま、グレンに近寄った。

「明日、休みだろ？　ちょっと付き合ってくれ」

「えっ。……今度はグレンが抜け駆け？」

「違っ、デートじゃない！　もうすぐ課外授業だろう？　旅装の話がなかったか？」

「あった！　なんか、クラスで揃《そろ》いの旅装を買うんだって。あくまで生徒が自主的に買うから自費なんだって。で、それが貴族様価格なの！」

「うちのクラスもそうだ。蓄えはあるんだが、全部使っちまうのは心許《こころもと》なくてな」

「わかるー。私も出せることは出せるけど、バイト増やそうかなって考えてるとこ」

「で、だ。割のいいバイトがあるんだが、一緒にどうだ？」

「割のいい？　なーんか怪しい」

「危険ではある。だが俺とお前なら何も問題ない」

「ってことは荒事ね」

ロザリーが腕を組んで考え込む。

「危険だからこそ報酬はいい。でも無理にとは言わない。どうする？」

ロザリーはグレンを見上げ、ニッと笑った。

「やるっ！」


翌日。ロザリーとグレンは王都を歩いていた。

ミストラルは広大な街だ。その住居エリアは身分によって住み分けがなされている。

丘の頂上に建つ黄金城《パレス》は、王族の住む城。

その周囲には貴族の住む邸宅が並び、丘を下りるほどに住民の身分は低くなっていく。

また、〝獅子《しし》のあぎと門〟から黄金城《パレス》へまっすぐに延びるメインストリート〝金の小枝通り〟沿いも、比較的豊かな者が住んだり、繁盛店が店を構えたりしている。

つまり丘の麓に近くて城門から遠いほど、貧しく危険な区域となる。

今、ロザリーとグレンが歩いているのは、まさにそんな場所だった。

通りの脇には、ボロ布を被《かぶ》った老人や物乞いをする子供が多くいる。

「バイトって、ここで？」

「ああ」

グレンはまっすぐに前だけを見つめて歩いている。

「口入れ屋がいるんだ。今日はこの先の酒場にいるはずだ」

「へぇ」

ロザリーは頷《うなず》いた。

グレンが言うのだからきっとそうなのだろう。そう思うから、それ以上尋ねなかった。

するとグレンのほうが尋ねてきた。

「……不安か？」

ロザリーはまた頷いた。

「少し」

「ロザリーの怖気《おじけ》づく顔なんて、初めて見る気がするな」

愉快そうに笑みを浮かべる友人を、ロザリーは不愉快そうに睨《にら》んだ。

「報酬をちゃんともらえるか、不安なの」

「……そっちか」

すえた臭いのする道を歩いていくと、ある建物の前でグレンが足を止めた。

馬小屋を乱暴に増築したような建物で、中からは品のない笑い声が漏れ聞こえてくる。

「ここだ」

グレンは躊躇《ためら》う様子もなく、建物の扉を押し開いた。

ロザリーもあとに続く。中はいっそう酷《ひど》い臭いが充満していた。

安酒の臭いと、娼婦《しょうふ》のつける香水と、男たちの体臭の混じった臭いだ。

「あら、かわいい」「なんだ。迷い子か？」「こっち来て酌しろよ、嬢ちゃん！」

場に不釣り合いな若者二人に、好奇の目が注がれる。

グレンはそれら一切を無視し、建物を揺らしかねないほどの大声で叫んだ。

「口入れ屋のビンリューはいるか!!」

あまりの声量に、酔っ払いと娼婦たちは一斉に押し黙った。

と、同時に、酒場の奥を仕切っていた薄汚いカーテンが開く。

「ここだ、雛鳥《ひなどり》の小僧」

顔を出したのは、酔っぱらいと大差ない恰好《かっこう》の痩せた男。

ただ、目だけはギラギラと光っている。

「ほら、行け」

ビンリューは侍《はべ》らせていた娼婦たちの尻を叩《たた》き、そこから追い出した。

入れ代わりにグレンとロザリーがカーテンをくぐる。ビンリューが低い声で言った。

「あまり大声で俺の名を呼ぶな。ここにはいろんな種類の人間がいる」

「どうせ偽名だろう?」

「それでも、だ。……で、そっちの色白の嬢ちゃんは?」

「助っ人《すけと》だ。例の仕事は一人じゃ任せられないと言ったよな?」

グレンはロザリーに目で合図した。ロザリーが一歩、歩み出る。

「ソーサリエ生だな。名は?」

ロザリーが正直に答えるべきか迷っていると、グレンが「大丈夫だ」と、促した。

「ロザリー=スノウウルフ。ソーサリエの一年生」

「一年か。腕は立つのか?」

「グレンと同じくらいは」

ビンリューが疑いの視線をグレンへ向ける。

「間違いない。剣技会の決勝で俺の相手だったのがロザリーだ」

「はあん、若い娼婦が噂《うわさ》してたのは嬢ちゃんか。ってことは嬢ちゃんも庶民なんだな？」

ロザリーが目配《めくば》せで肯定すると、ビンリューはロザリーの全身をねっとりと見た。

「なぁるほど。こりゃ人気するわけだ」

「腕前だけじゃなく、ロザリーはまじないも使える。俺とロザリーなら問題ないはずだ」

「……いいだろう。まず一つ仕事を任せる。そこで結果を出せ。そうすればもっといい仕事を振ってやる」

グレンは静かに頷いた。


ロザリーとグレンは、ミストラルを出て北へ向かった。

遠く山の峰々に、早くも雪が積もっている。ロザリーが白い息を吐きながら呟《つぶや》く。

「寒くなってきたねー。こんな時期に課外授業だなんて、雪が積もったら最悪よね」

「雪は降らないさ。課外授業の行き先は王都南端だからな」

「そうなの？」

「ああ」

そこで会話が途切れた。グレンが無口なほうだからか、彼との会話はこうなりがちだ。

しばらく歩いて、またロザリーのほうから話しかける。

「賞金首の捕縛、ね。賃金じゃなく報酬って言ったのが気にはなってたんだよねー。……ん？　この場合、賞金のほうが正しくない？」

グレンが眉を寄せる。

「どっちでもいいだろ」

「いいけどさ。でも、これってバイトって言う？」

「学業以外の時間に働いて収入を得る。バイトと違うのか？」

「まあ、そうかも」

ロザリーはビンリューから受け取った手配書を眺めた。手配書には、悪い顔をした男の似顔絵、賞金首の名前と悪行の数々、捕縛した場合の懸賞金が書かれている。

「こいつ、一人かな？」

「それはないだろう。悪人ほど群れたがるもんだ」

「ふぅん。その場合、賞金首以外は捕らえてもタダ働き？」

「いや、一味と判断されれば別枠で報酬が出るはずだ。ま、最低限だと思うが」

「詳しいね、グレン。初めてじゃないの？」

「下調べしたんだ。この仕事をやりたくて、街の賞金稼ぎに聞きまわった」

「賞金稼ぎみたいな荒くれ連中が、よく話してくれたね」

「しつこく聞けば教えてくれる。みな、良い奴《やつ》だ」

ロザリーはその状況を想像してみた。

怒鳴られようが殴られようが、まったく引かないグレン。賞金稼ぎたちはついに根負けして、仕事のやり方を教える。教えるうちにまっすぐなグレンを気に入り、師弟のような関係になる。ただの想像だが、事実も似たようなものだろうとロザリーは思った。

「あれか」

グレンの声に、ロザリーは現実に引き戻された。ビンリューの情報にあった、放置された炭焼き小屋がある。明かりはなく、煙突からは煙も見えない。

「いると思う？」

「いるな」

グレンが小屋の裏手を指差す。そこには馬が五頭繋《つな》がれていて、湯気が上がっている。

ロザリーが呆《あき》れたように言う。

「私だったら、手配書が回った瞬間に王都圏から逃げ出すけどなあ」

「冬が来る前にもうひと稼ぎする腹だろう。さっきの話じゃないが、雪が積もれば奴らだって身動きがとれなくなるからな」

「馬はどうする？」

「足は封じたいが……逃がそうとして嘶《いなな》きに気づかれたら不意討ちにならなくなる」

「ん～……。じゃ、私がやってもいい？」

「いいが、どうやる？」

「馬は逃がさなくても、連中が小屋から逃げられなければいいのよね？」

「なるほど、そういうことか」

グレンが了承の意味で頷き、一歩下がる。

ロザリーは炭焼き小屋に向かい、右手を突き出した。そして宙で指先を遊ばせる。

不規則で奇妙な動きはしばし続き、最後に「縫い付け完了」と呟いた。

「魔女のまじない、か。入学前から使ってたが、どこで覚えたんだ？」

「んー、自己流」

ロザリーはとっさに嘘《うそ》をついた。

どこでと聞かれても困るが、誰からと聞かれれば、その答えはヒューゴだ。

王都に至る旅の道すがら、ヒューゴはたびたび簡単なまじないを教えてくれた。

剣技会でグレンの足を滑らせたのは【油溜《あぶらだ》まり】のまじないで、今使ったのは【縫い針】のまじないだ。

「扉から小窓まで全部縫い付けた。もうちょっとやそっとじゃ開かないから、連中は逃げられないよ！」

得意気にそう言うロザリーに、グレンが頷く。

「なるほど、逃げられないな」

「うん！」

「で、俺たちはどこから入るんだ？」

「……あっ？」

「考えてなかったか」

ロザリーは頭を抱えてしゃがみ込んだ。

「しまったぁ。【鍵掛け】にしとくんだったぁぁ」

「扉だけ解除したりできないのか？」

「【鍵掛け】なら【鍵開け】もあるからできるけど……開かないほうがいいと思って……あー、失敗したぁぁ！」

「扉をぶち破るしかないか」

「ううん、念入りに縫い付けちゃったから、それも大変だと思う」

「そうか。困ったな」

「う～、どうすれば……あっ、そうだ！」

ロザリーは手を叩いて立ち上がった。


炭焼き小屋の中には五人の男がいた。

小規模ではあるが、幾度も悪行を重ねてきた強盗団である。

特に賞金を懸けられたロボスという男は、殺しと金稼ぎを同時にできる強盗を天職だと言ってはばからない、残酷な男だった。

安楽椅子に深く身を沈める今も、今年最後の仕事はどこを襲うか、それを終えたらどこの村を襲って居座るか、血腥《ちなまぐさ》い計画を思い描いていた。

若い娘が多い村がいい。そうすれば冬の間中、楽しめる。そう結論付けた矢先、屋根の上からごそごそと物音がした。ちょうど暖炉の真上、煙突のあたりである。

「うう、急に冷えてきたな」

仲間の小男がそう言って、蠅《はえ》のように手をすり合わせながら歩き回る。

ロボスはどうもこの小男のことが気に入らなかった。

落ち着きがないし、口先ばかりで小胆だからだ。

「ロボス、火を起こしていいか？」

小男がそう尋ねる。気に入らないから蹴とばしてやりたい衝動に駆られたが、思いとどまった。奴の言う通り、たしかに冷える。

「その前に、屋根上のアナグマを追い払え」

「アナグマ？」

小男が驚いて天井を見上げた。

「……猫じゃないのか？」

「じゃあ、猫だ。なんでもいい、とにかく追い払え」

「ど、どうやって！」

「屋根に上れ」

「嫌だ！　この寒さじゃ、手がかじかんで落ちちまう！」

ロボスはため息をついた。お前は何ならできるんだと罵りたかったが、我慢した。役立たずだとわかったのだ。次の仕事の最中に、ついでに始末すればいい。

「煙突に向かって叫べ。そうすりゃ逃げる」

小男は頷《うなず》き、暖炉の中に上半身をつっこんだ。

しかしすぐに抜け出し、こちらを振り返った。

「驚いて猫が落ちてきやしねえか？」

ついにロボスはキレた。

「そんときゃ火にくべて焼き猫にしちまえばいいだろうが！　それともお前のほうが焼かれてえのか!?」

「お、怒るなよ、ロボス。やるよ、やるから……」

小男はもう一度暖炉に身体《からだ》をつっこみ、煙突に向かって叫んだ。

「わあーっ！　わあああーっ！……わっ、わわっ!?」

小男は足を滑らせたのか、暖炉の消し炭の中に倒れ込んだ。

小屋に大量の灰が舞い上がる。

「クハッ、コイツ何やってんだ」「笑える」「な？　入れて正解だったろう？」

他の三人が笑う中、ロボスは立ち上がった。

何ならできるのかなんて問う必要はない、こいつは何もできやしない。

現に、猫を追い払うことすらできないのだから。

目の据わったロボスに気づき、他の三人が押し黙る。

ロボスは暖炉に近づき、剣に手をかけた。

そして、ようやく気づいた。小男の首を、誰かのハーフブーツが踏みつけている。

「……誰だ。出てこい」

すると、暖炉の中からブーツの主が背中を曲げて出てきた。

女だ。長い黒髪で色白の、ゾッとするほど美しい少女。

「にゃ〜ん♪」

おどけた様子で笑う少女——ロザリーを、ロボスは測りかねた。

娘を見たらいつもなら、売ればいくらの値が付くか。売る前に味を見てみようか。

そうやって舌なめずりするのがロボスの常だ。しかし——。

ただの小娘がこんなところに、しかも煙突から入ってくるか？

自分たちのような悪党を見て、おどける余裕があるか？

ロボスはロザリーに一番近い場所に立つ仲間に、目で合図を送った。

男はわずかに頷き、そっと手斧《ておの》を拾い上げた。

「おらあ！」

ロザリーは振り下ろされた手斧を、鞘《さや》に入ったままの剣で受け流した。

間髪入れず剣を抜き放ち、男の肩口を貫く。

「あぐっ」

男は手斧を取り落とし、肩を押さえてうずくまった。

ロザリーは手斧を暖炉の中に蹴り入れ、煙突に向かって叫んだ。

「グレ～ン、まだぁ～？」

すると、煙突に反響した声が返ってくる。

「腰がっ、つかえて、入らな――くっ」

「早くしてよね～？　あなたが誘った仕事なんだからさ～」

新手の存在を知り、ロボスは素早く決断を下した。

「……囲め」

ロボスと残り二人が、三方向に分かれてロザリーを囲んだ。

背後は暖炉。正面のロボスは剣、右の賊はダガー。

左の敵は奴隷を捕らえるためのものであろう、鉄鎖を振り回している。

三人はじりじりと歩調を合わせてロザリーに近づく。

ロザリーは一人一人の目を見つめ、初めに倒すべき敵を見定める。

ロボスの経験上、まだ緊張状態が続く――そう思った矢先。

「う、うおおお！」

すさまじい大声とともに、重い何かが煙突から落ちてきた。

ドシン！　と轟《とどろ》くような音が響き、小屋全体が揺れる。

ロボスたちの意識がロザリーから逸《そ》れて、灰が舞い上がる暖炉へ向かう。

それはロザリーが待っていた瞬間だった。

「うっ！」「あぎっ!?」

まず左の敵の肩を貫き、返す剣で右の敵の手の甲を一突き。

ロボスが我に返ったときには、その首に剣先が突きつけられていた。


ロザリーとグレンは王都への帰路に就いた。

二人はそれぞれ馬に乗り、残り三頭も引き連れている。

賊の五人は奴隷用の鉄鎖で繋ぎ、両端を馬に繋いで引いていく。

「五人を生け捕り、馬も売れる。大収穫ね！」

ほぼ一人でやりきったロザリーの表情は明るい。

一方グレンは、すすで汚れた顔を、何度も袖口で拭っている。

「一人くらい残しとけよロザリー。俺、何もしてないぞ」

「やったじゃない」

「何を？」

「体格を生かして賊の注意を引いた。見事な囮役《おとりやく》でした」

「ふん、ぬかせ」

「そろそろ楽しい話をしよう。今日の収穫、いくらくらいになるかな？」

「そうだな、銀貨三袋……いや、もっとだな」

「嘘!?　そんなに!?」

「嘘なんて言ってどうする」

「じゃ、打ち上げしよう！」

「打ち上げ？」

「仕事達成のお祝い！　酒場か食堂でじゃんじゃん料理頼むの！　今夜くらいはウィニィよりも良いディナーを食べようよ！」

しかしグレンは首を横に振った。

「そいつは無理だ」

「えー。グレンって、お祝いとか嫌い？」

「無理なのはそこじゃない。〝ウィニィより良いディナーを食べる〟ってことだ」

「ああ、そこ？　別に今夜だけなら無理ってことはないでしょ？」

しかしグレンは再度、首を横に振った。

「知ってるか、ロザリー。ウィニィはソーサリエの規則に従い、寮生活をしている」

「そりゃあ同級生だし。王子様にはさぞかし辛《つら》い寮生活だろうけど」

「ところが、だ。……大教室、わかるよな？」

「王国史とか、学年全員が同じ授業受けるときに使う教室よね？」

「そう、それだ。ウィニィの部屋は、それより広い」

「……うん？」

「あいつの部屋は特別製。調度品が飾られ、大きな風呂もついてる。食事は専門の料理人がいるし、侍女だってついてる」

「待って待って。そんなのずるくない？　他の男子はそれ見てなんとも思わないの？」

「そもそも見ない。ウィニィの部屋は別棟にあるから」

「別棟!?」

「王族のために建てられた専用の建物だ。王族専用個人寮だな」

「はあっ!?　何よそれ！」

「わかったか？　たとえひと晩限りでも、王子様より良い食事なんて不可能なんだよ」

「不公平っ！」

「王族と公平なわけがないだろう」

「理不尽っ！」

「ああ、それには大いに同意するよ」

第二章　復讐の犬

王都ミストラル〝獅子《しし》のあぎと門〟前。

課外授業に出発する一年生四百名が集まっていた。

腰には長剣、足元には丈夫なブーツ、背中には大きめのリュックを背負っている。

傍らには荷車も用意され、折りたたまれた天幕や植物油、医療品などが積まれていた。

「ロロ、緊張してる?」

ロザリーが問いかけると、ロロは代表の証《あかし》である胸章を少し触って頷いた。

「ええ、まぁ。でもここまで来たら、なるようになれですよ」

ロロの表情は硬いが、腹はくくっているようだ。

「それにしても……聖騎士《パラディン》の格好、高価そうですねぇ」

ロロが言うのは旅装のことだ。

普段から着用する制服こそみんな同じだが、上に羽織るものがクラスごとに違う。

青のクラス――刻印騎士《ルーンナイト》は騎士らしい茶色のなめし革のマント。

緑のクラス――精霊騎士《エレメンタリア》はガウンのようなゆったりと長いローブ。

ロザリーたち赤のクラス――魔女騎士《ウィッチ》は真っ黒なフード付きマント。

そして黄のクラス――聖騎士《パラディン》は白いなめし革に金の留め金がついたコートだ。

「聞いた話ですが、あれ金貨十枚くらいするらしいです」

「……は？　銀貨二十枚で金貨一枚だから……銀貨二百枚!?　嘘《うそ》でしょ!?」

「マジです」

「うわ……私だったら買えないよ」

「私だって。黄のクラスでなくて本当によかったです」

そのとき、野太い声が辺りに響いた。

「騎士候補生、傾聴！」

雑談していた生徒たちの視線が、声の主に向かう。

木箱を並べて作った壇の上に、茶色の短髪で筋肉質な大男が立っていた。

刻印騎士《ルーンナイト》担当教官のウルスだ。

剣技会決勝の審判をした人物であり、ロザリーたち一年生の筆頭教官でもある。

ウルスは行き交う人々がつい振り返るほど、大きな声で話し始めた。

「諸君らはこれより課外授業へと出立する！　王都へ戻るまでの十日間、教官の助けは一切ない！　自ら判断し、自ら行動する。問題が起きれば仲間と話し合い、自分たちで解決する。それがこの課外授業の目的だ！」

生徒たちは黙って聞いている。

が、その目には浮き立つような心持ちがありありと見える。

たった十日間とはいえ、寮生活から解放されるのが嬉《うれ》しくて仕方ないのだ。

ウルスは諦めのため息をつき、次へと進む。

「では遠征を指揮する四人を紹介する。青のクラス代表、グレン＝タイニィウィング！」

青のクラス生を中心に拍手が起きる。ロザリーは拍手に応じながらも驚きを隠せない。

「グレンが代表？　リーダー向きじゃない気がするけど、大丈夫かな……」

ロロが答える。

「大丈夫なんじゃないですか？　ミシルルゥ教官の言う通りなら、青の代表は強くないと務まらないってことですし。彼に強さで張り合えるのって、それこそロザリーさんくらいでしょう？」

二人が話していると、グレンが壇上に上がってきた。彼が生徒たちに向かって一礼すると、拍手がまた大きくなった。ウルスが両手を広げ、拍手を制する。

「次に黄のクラス代表、ウィニィ＝ユーネリオン！」

わっ！　と拍手が巻き起こる。やはり人気と知名度は群を抜いているようだ。

「聖騎士《パラディン》は王子様ね」

「ま、そうなりますよね」

ウィニィが壇上に上がると拍手はさらに熱を増した。黄色い声まで飛んでいる。

彼は王族らしく雅《みやび》やかに一礼し、ウルスが次の名を呼ぶ。

「緑のクラス代表、ジュノー＝ドーフィナ！」

ロロが拍手しながらロザリーに耳打ちする。

「私、ジュノーさん苦手です。先日、代表四人で顔合わせがあったんですが……」

「あ、そうなんだ。嫌な感じだった？」

「そういうわけじゃないんですが……ジュノーさんって完璧なんですよね。完璧すぎて私みたいな人間は引け目を感じてしまって。ロザリーさんはどうですか？」

「苦手ではないけど。決闘のことがあるからね、仲良くなる感じでもないかな」

「王子様を奪い合う間柄ですしねぇ」

「そんなこと」

反論しようとロロの顔を見ると、彼女はほくそ笑みながらこちらを見ていた。

「身分違い。道ならぬ恋。いやあ、燃えますねぇ」

「……ロロぉ？」

ロザリーが眉間に皺《しわ》を寄せると、ロロは慌てて両手を振り、降参の意を示した。

「冗談ですよ、冗談。怒らないでください。ロザリーさんには私がいますから大丈夫！」

「何が大丈夫なのかわからない」

「じゃあ言い換えます。ロザリーさんにはグレン君がいるから心配いらないで〜す♪」

ロザリーはキッと睨《にら》み、目にもとまらぬ速さでロロのおでこを指で弾《はじ》いた。

ロロは「おぐぅ」と呻《うめ》いて、おでこを押さえてうずくまった。

「ごめん、ロロ。思いの外、きれいに入っちゃった」

「うぐぐ……酷《ひど》いです、ロザリーさん……」

そんなうずくまったロロの背中を、誰かがつついた。

ロロとロザリーが振り返ると、同じクラスのウィリアスだった。

周りの他の生徒も、なぜかロロを見つめている。

「なんですか、ウィリアス君？」

ロロが彼に尋ねたとき。壇上のウルスから、地面を揺るがすような怒声が轟《とどろ》いた。

「赤のクラス代表！　ロクサーヌ＝ロタン!!　いないのかっ!!」

思わず耳を塞いだロロに、ウィリアスが言う。

「さっきから呼ばれてる」

「あ、あわわ……」

顔面蒼白《がんめんそうはく》でロザリーを見るロロ。

ロザリーはロロを優しく立たせ、髪をきれいに整えてやり、眼鏡も直した。

そして彼女の身体《からだ》をくるりと壇上へ向け、背中をグッと押す。

たたらを踏んだロロは、まばらな拍手の中、いつも以上の猫背で壇上へ歩いていった。


一年生の一団がミストラルを出発した。

最初の目的地は王国南端の洞窟。南端といっても王国自体が東西に細長い地形なので、そう遠いわけではない。ソーサリエ生の身体能力なら三日あれば十分踏破できる距離だ。

洞窟の調査が任務となるが、これは毎年恒例の任務で難しいものではない。

洞窟に問題がないことを確かめたら、それを第二目的地である近くの砦《とりで》に報告。そのまま二日間、砦に駐屯し業務に従事してから帰路に就く。課外授業の主な目的は生徒だけでそこまで行って帰ることにあり、いわば行軍訓練の一種となる。

「おっ、野イチゴが生《な》ってる。ちょっと採ってくる！」

「ああ、オズ君！　隊列を離れないでください！」

「すぐ戻るって、ロロ代表！」

ロロの制止を振り切り、オズは近くの茂みに分け入っていく。ロザリーが言う。

「オズには言っても無駄だよ。教官の言うことだって聞かないんだもん」

「そうは言ってもですね、ロザリーさん。きちんと隊列を組んで進むと他の代表と決めたんですよ。赤のクラスだけ適当なことはできません」

どのように行軍するかさえ、教官たちは指示しなかった。

四人の代表は話し合い、縦に長い隊列を組んで行軍することにした。隊列はクラスごとに青、黄、緑の順に並んでいて、ロザリーたち赤のクラスは最後尾だ。

「このくらいなら問題ないんじゃやない？　ほら、あれ見て」

ロザリーは前を行く緑の精霊騎士《エレメンタリア》の隊列を、あごで指し示した。

「マイペースな精霊騎士《エレメンタリア》なんてもう、全員がオズ状態」

緑の隊列は無秩序に横に広がり、ただ集団で歩いている状態だ。

「確かにそうですねぇ。……はっ!?　ウィニィ殿下が、緑は最後尾にするべきではない、って言ってたのはこのため!?」

「なるほど。迷子が出ないように、誰かが後ろから見てなきゃいけないわけね」

「自分のクラスのことさえ手に負えないというのに！　あ、オズ君は？　すぐ戻るって言ったのに……誰かオズ君を見てませんかぁ～!?」

「だから落ち着きなって、ロロ」

「いいえ！　出発直後に迷子なんて困りますから！」

そう言ってロロは、オズを捜しに一人で来た道を戻っていった。

「代表って大変ね。それにしても……ん～っ！　いい天気！」

ロザリーは大きく伸びをして空を眺めた。

先日の賞金稼ぎのときの冬の気配はどこへやら。

日差しは暖かく、街道から見える草原は青々としている。

こうして気分良く歩いているのはロザリーだけではなかった。

周りの誰もが足取り軽く、表情は明るい。

それもそのはず。一年生は入学以来、忙しい日々がずっと続いてきた。

その日々に比べれば、ただ行軍するだけの訓練がいかに楽か。その上、教官の監視もないときている。行く手にははるかな草原と、のどかな田園風景が広がるだけ。

皆が遠足気分となるのも無理はなかった。

「見つけましたよ、オズ君！」

ロロの大声が聞こえてきて、ロザリーは振り返った。

見れば後方にある街道沿いの高台の頂上に、なぜだかオズが仁王立ちしている。

「早く降りて合流してくださーい！」

ロロはその高台の麓から、オズに声をかけている。

しばらくしてもオズに降りてくる気配がないので、ロロが高台を上り始めた。

するとオズは何を思ったか、反対側の斜面へ駆け出した。ロザリーがロロに叫ぶ。

「ロロ！　追っかけるとオズが逃げる！」

「獣か何かですか彼は！　逃がしませんよぉ！」

「だから追っかけると……」

「うおおお！　見よ！　炭売りで鍛えたこの脚力!!」

「……ロロって案外、足速いんだ」

しばらく経《た》って、ロロは腋《わき》の下にオズを捕らえて帰ってきた。

争いの激しさを物語るように、二人の黒マントは草だらけになっている。

オズは往生際悪く、まだジタバタと暴れている。

「離せよっ、くそっ」

「ロザリーさん。手足の自由を奪うまじないを使えますか？」

「あるにはあるけど」

「ちょっ、やめろよロザリー！　横暴だぞ！」

「オズ君。もう逃げませんか？」

「逃げない！　逃げないよ！」

「仕方ありませんねぇ」

やっと拘束を解かれたオズは、首を回してふーっと息を吐いた。

「まったくよお。こんなおてんばやってたら、嫁の貰《もら》い手《て》がなくなるぜ？　ロロはただでさえ年増《としま》なんだからさあ」

「……ロザリーさん？」

「任せて」

ロザリーはオズに向けて怪しげに指を動かし「縫い付け完了」と呟《つぶや》いた。

「！　んー っ！　んん～っ!!」

縫い付けたのはオズの口。彼はくっついて離れない唇を必死に開けようともがいている。

ロロは目を丸くして、それからおかしそうに笑った。

「面白いまじない！　今度教えてください、主にオズ君に使いますから！」

「いいけど、失敗すると自分がどこかにくっついちゃうから気をつけてね」

「そうか、穴二つルールですね。ではもう少し先にします」

「それが良いと思う。てかさ……フフッ」

ロザリーはオズを見て、思わず吹き出した。

「オズってなんか貴族っぽくないよね？　野イチゴ採ったり、逃げ回ったりさ」

「オズ君って貴族ランク1ですからね。暮らしぶりは庶民と大差ないでしょう」

「あ、そういうものなの？」

すると突然、オズが妙な動きをし始めた。服を脱ぐ真似《まね》をしたり、手足を擦《さす》って見せたり。何かを身振り手振りで伝えようとしているようだ。

「……何か言いたいようですね」

「縫い付け、解いてみる？」

「できますか？」

「うん。軽く縫っただけだから」

ロザリーが先ほどと逆の動きで指を動かすと、オズの口が「プハッ！」と開いた。

そしてすぐに、どこか自慢げに話し始めた。

「俺の家には風呂がない。入寮するまで風呂に入ったことがなかった」

ロザリーとロロが顔を見合わせる。

「貴族なのに？」「冗談ですよね？」

「本当だ。二日にいっぺん川で洗ってた。川はやべえ。特に冬の川はやべえ」

ロザリーが首を傾《かし》げる。

「貴族なら、せめて水を汲《く》んでこさせて家で洗えばいいじゃない」

「使用人なんていねえよ。水を汲みに行くのは俺だ、だからついでに川で洗うんだ」

「ああ、そういうこと」

「もうあんな暮らしはこりごりだ。庶民相手にふんぞり返っておいて、暮らしはその庶民以下ときてる。虚《むな》しいったらねえ。だからどうしても上に行かなきゃならないんだ」

「上に行く？　偉くなるってこと？」

「上に行って金持ちになる。そして綺麗《きれい》な嫁さんもらう」

「ふふっ、なるほどね」

ロロが呆《あき》れたように言った。

「なーんだ。オズ君も私のこと言えないじゃないですか」

「ちげーよ。お前ら庶民と違って、貴族には縛りがあるから必死なんだよ」

「縛り？」

「魔導って血で受け継ぐだろ？　だから魔導持ち同士、貴族同士でくっつけるのが貴族の鉄則。つまり選択肢が狭いわけよ。俺みたいな底辺貴族となれば、選ぶ余地もねえ」

「はー、なるほど。で、上に行けば選択肢が広がると」

「そういうこと。ああ、でも——」

オズはふいに真剣な顔になって、ロザリーを見つめた。

「——ロザリーが嫁に来てくれるなら、貴族じゃなくても文句はねえ」

「私？」

「ああ、ロザリーはすごく綺麗だ」

草塗《くさまみ》れの格好で歯の浮くような台詞《せりふ》を言うので、ロザリーはまた吹き出してしまった。

「オズがお邸《やしき》に住むようになったら考えるわ」

一行は日暮れまで歩き、野営の準備に入った。

クラスの中で五人一組の班を作り、一班ごとに天幕とランプが配られる。

クラスごとに円を描くように天幕を配置し、円の中央に大きな焚《た》き火《び》を起こした。

夕食は各自が持つ保存食。干し肉と硬いパンだけだが火に炙《あぶ》れば幾分マシになった。

歩哨《ほしょう》も立てることにした。班ごとの当番制にして野営地の外を見張る。

一日歩き通しだったが、みな疲労は感じなかった。

全員が魔導騎士の卵であるから、この程度でくたびれはしない。

そうなると夜こそ旅行気分が高まるというもの。こっそりと葡萄酒《ぶどうしゅ》を持ち込んだ者までいて、生徒たちはつかの間の自由を噛《か》みしめていた。


王都を出て三日目。隊列の先頭を猫背で歩くロロが、テキストを片手に音読する。

「――ハイランド。王国の東と南一帯をとり囲む、絶壁の高地である。王国にとって国境線であり、不壊《ふえ》の城壁でもある」

「やめろよ、ロロ代表。王国史の授業を思い出しちまう」

後ろの誰かがそう言うと、すかさずロロは王国史教官ルナールの声真似を始めた。

「これから向かうハイランドを知ることは、必ず諸君らの役に立つと保証しよう」

すると後ろの赤の隊列は元より、前を行く緑の隊列にも笑いが起こった。

気を良くしたロロは、意地悪な教官の声真似を続ける。

「ハイランドができたのは大昔のことだ。大地の奥底に眠る巨龍が寝返りを打った。大地は海より深く亀裂が走り、あるいは雲よりも高く隆起した。そうしてできたのが、現在の地形であり、ハイランドもその一つである」

「どんだけデカい龍だよ」

また誰かがつっこむが、素知らぬ顔でロロは続ける。

「始祖レオニードがこの地に国を建てたのは、ハイランドの大絶壁があったからだ。この天然の要害の内側に国を建てれば、敵は容易には侵入できないと考えたのだ。五百年経った今でも健在の獅子《しし》王国とハイランドが、レオニードの思惑の正しさを証明していると言えよう」

最後まで読み終えると、ぱちぱちと拍手が起きた。

ロロは軽く手を挙げてそれに応え、満足げにテキストを背中のリュックへ突っ込んだ。

ロザリーが冗談めかして言う。

「ミシルルゥ教官に仕事の斡旋《あっせん》お願いしてたけど……教官がいいんじゃない？」

「それも悪くないですねぇ」

満更でもない表情で、ロロは頷《うなず》いた。しかしすぐに、それが険しい顔へと変わる。

「どうかした？」

「あの生徒」

ロロは前を行く緑の隊列を指差した。

緑の隊列は前にも増してばらけていて、列と呼ぶのさえ躊躇《ためら》われるものになっている。

ロロが指差したのは、その中でもとりわけ端っこを行く一人の女子生徒だ。

小麦色の肌に、勝気そうな瞳。肩の上で切り揃《そろ》えた青い髪が揺れている。

「彼女、ラナ＝アローズです」

「……ごめん、誰だっけ」

「覚えていませんか？　魔導の色を見る儀式で〝色無し〟と判定された子です」

ロザリーは、ハッと顔をこわばらせた。

「思い出した。貴族で一人だけで、校長の脚にすがりついてた……」

ロロが神妙な顔で頷く。

「なぜここにいるの？」

「どうも色無しだからって入学できないわけではないらしいんですよね。ただ、入学したところで進級も卒業もできないから、ほとんどの色無しが入学しないと。……入学試験で一緒だった双子のロブとロイ、覚えてます？」

「うん、覚えてる」

「彼らも入学自体はしてるはずです」

「えっ!?　そうなの!?」

「入学すれば三年間は食堂や魔導図書館《グリモアール》などの学校施設を利用できるんです。彼らが不合格になると知りながら試験を受けたのは、それが目的だと思います」

「たしか、残念賞があるって言ってた……！」

「おそらく、そのことです」

「そっかあ。……んっ？　でもロブロイは課外授業に来てないよね？」

「ええ。進級できないのに授業に出る意味はないですから」

「ということは、ラナは……」

「卒業する気なんだと思います。課外授業は必修ですから」

「卒業を目指すなら色に拘《かか》わらず出なきゃいけない、か」

ロロは不安そうな眼差《まなざ》しで、遠くのラナを見つめた。

「クラスごとの行軍と決めた後に、彼女の存在に気づいたんですよねぇ。だから彼女はああして一人っきりで隊列を組まなければならなくなり」

「ああしてると、緑の隊列にいるようだけどね」

「昨日までは青と黄の間にいたそうです。ただ、周囲から彼女をなじる声も多かったそうで。昨日の代表会議で話に上がり、ジュノーさんが緑の隊列に入れると言ったんです」

「おぉ、かっこいいねジュノー」

するとロロはぷうっと頬を膨らませた。

「私だって申し出ようと思ったんですよ？　ジュノーさんのほうが早かっただけで……」

「はいはい。でも、それなら万事解決でしょ？　なぜそんな難しい顔してるの？」

「彼女、どんどん離れていくんです」

ロザリーがラナに目を戻す。ラナは一人きりで、けれども凛《りん》と胸を張って歩いている。

まるで誰の手も借りる気はない、と宣言するかのように。

あるいはまるで行き先が同じだけの、赤の他人であるかのように。

「もし何か起きたら、同じクラス生と互いを守り合うでしょう？　そのために隊列を組んで移動しているといってもいい。バラバラな緑の隊列だって、いざとなればそうするでしょう。……でも、ラナさんは？　列から離れ、同クラス生もいない。そもそも色無しだという理由で蔑む生徒がほとんどです。彼女の身に何か起きたら、私はどうすればいいのでしょうか」

「……赤の隊列に入れる？　端じゃなくて、中のほうに」

ロロの顔がいっそう険しくなる。

「いや、うちのクラスにだって無色を蔑む者はいるはずです。ミシルルゥ教官の魔導性別性格診断でいえば、魔女騎士《ウィッチ》にこそ多いかもしれない」

「んー、だよねぇ。まあ、私だって――」

「――蔑んでいますか？」

ロロのまっすぐな問いかけに、ロザリーは首を横に振った。

「それ以前ね。色無しは入学できないと思い込んでて、それを何とも思ってなかった。ラナのことだって、儀式の日以来、ずっと忘れてた」

ロロはロザリーの言葉を咀嚼《そしゃく》するように、ゆっくりと頷いた。

「私も同じです。自分のことだけで、彼女のことなんてちっとも考えたことなかった」

「ラナを視界に入れるようにしておくね。彼女に何かあったらすぐ動けるように」

「ありがとう、ロザリーさん。心強いです」

「いえいえ。……何か、急に冷えてきたね。いよいよ冬の女王の到来かな?」

肩を抱いて震えるロザリーに、ロロがポンと手を打って答えた。

「ああ、影に入ったんですよ」

「影?」

「ハイランドの影ですよ」

ロロが遠く前方を指差した。

南の空は灰色の雲に覆われていて暗く、見通しが利かない。

「ハイランドは常に雲と霧に覆われていて全貌は見えません。見えませんが確かに天高くそびえ立っていて、陽光を遮っている。この寒さがその証拠です」

ロザリーが目を凝らす。

雲と大地の間。立ち塞がる絶壁の高地がぼんやりと見えてきた。

「あれが、ハイランド……」


ハイランドに近づくにつれ、辺りはいっそう暗くなっていった。

不安に駆られてか、あるいは目的地が近いせいか、緑の隊列も自然とまとまってきた。

赤の隊列にも緊張感漂う中、のんきな男子生徒の声が響く。

「なあなあ。なんで洞窟なんて調査するんだ？」

話しかけられた女子生徒が迷惑そうに答える。

「うるさいわよ、オズ」

「教えてくれよ、なんでなんだ？」

「それが任務だからでしょ。洞窟調べて近くの砦《とりで》に報告しろって、説明受けたじゃない」

「だからー、なんのために洞窟なんて調査するんだよ」

「知らないわよ」

「見ろよ。あの馬鹿デカい壁があるのに敵兵がいるわけないじゃん。調査する意味なくね？　なくね？」

「知らないったら！　代表に聞きなさいよ」

「おっ、そうだな！　代表！　ロロ代表ぉー！」

「……うるさいですねぇ」

ロロが不愉快そうに後ろを振り返る。オズが隊列を割って、先頭までやって来た。

「なあなあ。なんで――」

「聞こえてましたよ。洞窟を調査するのは、それがハイランドを貫く地下道だからです」

「ハイランドを貫く!?　それって敵国の魔導皇国に繋《つな》がってるってことか？」

「ええ、まあ。そういうことだと思います」

「やべえじゃん！　敵、来ちゃうじゃん！」

「さっきと言ってることが違いますねぇ……」

「だって敵、来ちゃうだろ？」

「いや、封鎖されていますから、来ないと思いますが」

「だいたい、なんでそんな地下道あるんだよ！　危ねえじゃん！」

「なんで？……う～ん、ロザリーさん知ってます？」

ロザリーは苦笑いで答えた。

「私、ハイランドに来たのだって初めて」

「私も遠目に見たことしか。う～ん……」

ロロが唸《うな》っていると、後ろを歩いていた男子生徒が口を挟んだ。

「昔、お祖父様《じいさま》に聞いたことがある」

赤のクラスきっての高位貴族、ウィリアスだ。

ロロによれば貴族ランク6の生徒であり、赤のクラスの副代表でもある。

「洞窟は、王国ができる前から存在する地下水道らしい。大昔からそこにあって、独立戦争のときに抜け道として使われていたそうだ」

オズが怯《おび》えた様子で尋ねる。

「今も繋がってるのか？　敵兵来ちゃうのか？」

「いや、終戦後に王国皇国両側から埋められて、もう使えないはずだ。それでも定期的に巡回するのが慣例になっていると聞いた。洞窟の調査もその一環だろう」

オズはふーっと息を吐き、しみじみと言った。

「なーんだ、やっぱり敵兵来ねえじゃん！　人騒がせだな！」

するとの周囲のクラスメイトが声を合わせて言った。

「「オーズ！　いい加減、黙れ！」」

オズはまた怯えた様子で小さくなった。


「ロロ……私たち、小さいね」

「ええ……ちっぽけです、ロザリーさん」

二人は立ち止まり、目の前の絶壁を見上げていた。

風が吹き、霧と雲の切れ間にハイランドが見えたのだ。

切り立った断崖は仰《の》け反るほど見上げてもなお頂上は見えず、雲の中へと続いている。

「行きましょうか」

ロロが思い出したように歩を進めると、赤のクラスの面々もそれに続く。

時々、上を見上げながら。

ハイランドの麓が近づくと、前を行く緑の列が乱れ、崩れてきた。

座って休む黄のクラス生の姿もそこらにある。

「目的地に着いたようですね」

ロロは後ろを振り返った。

「皆さん、お疲れさまでした。しばし自由行動とします。霧が出てますので、遠くへは行かないように。――特に、オズ君！」

名指しされたオズは、口を尖《とが》らせた。

「わっ、わかってるよ」

「なら、結構。私は前の様子を見てきます。ロザリーさん、一緒に来てくれますか」

「もちろん」

ロロとロザリーが絶壁へと向かう。

雑談する生徒たちの中を抜けると、絶壁を前に人垣ができていた。

ロザリーはその中に、腕組みした友の姿を見つけた。

「グレン」

グレンは振り向き、こぶしを作って腕を伸ばしてきた。

「ロザリー」

ロザリーはそのこぶしに自分のこぶしをぶつけ、グレンの横に並んだ。

「何の騒ぎ？」

「洞窟の入り口が開かないんだ」

人垣の隙間から前を覗《のぞ》くと、大きな扉が崖肌にくっついていた。

扉は金属製で、表面に不可思議な紋様が描かれている。身体能力に自信のある青のクラス生が数人がかりで扉に挑んでいるが、押しても引いても開かないようだ。

ロザリーが扉を指差して言った。

「グレン、自分でやってみないの？」

「代表が真っ先に挑むようなら、そいつには代表の資質がない」

「へえー！　グレンの口からそんな台詞《せりふ》を聞く日が来るとはね」

「自分が代表になれなかったからって僻《ひが》むなよ」

ロザリーがわざとらしく驚いてみせる。

「私、僻んでる？」

「フ。ああ、僻んでる」

「そっか。ふふっ」

ロザリーとグレンが笑い合っている間にも入れ代わり立ち代わり扉に挑んでいるが、やはり扉は開かない。そのうちさらに人が集まり、ロザリーの後ろにも人垣ができてきた。

赤のクラス生の姿も見える。黙って見ていたロロが、ぼそりと呟《つぶや》いた。

「これも課外授業の一環なんですかねぇ」

「あー。開かずの扉を工夫して開けろ、みたいな？」

「ですです。なにか仕掛けがあると思うのですが……」

そのとき、勝気そうな少年が金髪をなびかせて歩いてきた。

「あっ。ロザリー」

「ウィニィ様」

ロザリーが軽く会釈すると、ウィニィはキョロキョロしながらロザリーの目の前までやって来た。そしてロザリーとロロに言う。

「あれって魔女術《ウイッチクラフト》で開かないかな。たしかそんな術、あったよな？」

「ああ、【鍵開け】のまじないですね。ロザリーさん、やってもらえます？」

ロロにそう言われたロザリーは、腕組みして考え込んだ。

「やるのは構わないけど……。うーん」

「気が乗りませんか？」

そうロロに問われて、また「うーん」と唸るロザリー。

「気が乗らないとかじゃなくて……」

ロザリーが腕組みして悩んでいると、人垣の別のところから、一人の赤のクラス生が扉の前に出てきた。

「あーあー、もう。しょうがねえなあ」

オズである。

「下がってろお前ら。しっ、しっ」

扉に挑んでいた青のクラス生を邪険に追い払い、オズは人垣に向かって立った。

「魔女騎士《ウィッチ》じゃねえお前らにはわかんねえだろうが、この扉には【鍵掛け】のまじないがかけられている」

　ざわっ、と騒ぐ声が広がる。

「聞いたことがあるわ」「妙な紋様はそれか？」「どうすりゃいいんだ」

　オズは両手を掲げ、鎮まるように促した。そして偉そうに話し出す。

「まじないってのは奥が深くてな？　術者の力量によって効果が変わる。型通りにはいかねえんだ。【鍵掛け】でいえば、掛けた魔女騎士《ウィッチ》の魔導量と創意工夫によって、鍵の難易度が変わるわけ。わかる？」

　ふんふんと聞き入る他クラス生たち。

　一方、赤のクラス生の間からは、クスクスと笑い声が漏れていた。

　オズの台詞はほとんどミシルルゥの受け売りで、そんな彼の軽口を他クラス生たちが真剣に聞いているのがおかしかったのだ。

「だが安心しろ。魔女術《ウィッチクラフト》には【鍵掛け】に対応する【鍵開け】ってまじないがある。わかったか？　力任せに開けようなんざ、愚の骨頂なんだよ」

　そう言ってオズは、扉に挑んでいた青のクラス生たちを嘲るように見た。

　青のクラス生たちはバツが悪そうにしていたが、そのうちの一人が言う。

「じゃあ、開けてくれよ」

「んっ？」

「その【鍵開け】とやらで早く開けてくれ」

「あー、うん。えーと、そうだなあ……」

突如、挙動不審になるオズ。それを見て、どうしたのかと不思議がる他クラス生たち。

赤のクラス生だけは理由がわかり、みんな下を向いて笑いを堪《こら》えている。

「奴《やつ》はどうしたんだ？」

グレンがオズを見たまま、ロザリーに尋ねる。

ロザリーも、笑みが漏れる口元を手で隠しながら答えた。

「【鍵掛け】と【鍵開け】のまじないは、まだ理論しか習ってないの。実践は課外授業から帰ってからの予定」

「あいつ、結局開けられないのか」

グレンは呆《あき》れ顔《がお》でオズを見つめた。一方のオズはどうしたものかと考えあぐねていた。

だがふとロザリーと目が合うと、途端に瞳を輝かせた。

余裕綽々《よゆうしゃくしゃく》な態度で扉に寄りかかり、ロザリーを指差す。

「ロザリー。どうだ、やってみるか？」

赤のクラス生たちが口々に囁《ささや》く。

（うわ、ロザリーに押しつけやがった）（サイテー）（あいつ、考えて喋《しゃべ》れないの？）

人垣の目がロザリーに集まる。しかしロザリーは、その場を動かず腕組みしたままだ。

「どうした、ロザリー？　ちゃちゃっと開けちゃえよ。お前ならできるよ、簡単だって」

オズが親指で扉を指差すが。

「いや……う～ん」

「なんだよ。自信ないのか？」

「あのさ、オズ。まじないがかけられた物って、見てると何となくわかるの。これは難しい【鍵掛け】だなー、とか。あー、これはまじない罠《わな》がありそうだ、とかさ」

「へえ、そうなんだな。……ってことは、この【鍵掛け】、お前でも難しいのか？」

「そうじゃなくて」

ロザリーは人垣の最前列まで進み出て、もっと近くで扉を眺めた。

そして確信に至り、一つ頷《うなず》く。

「この扉、何のまじないもかかってないと思う」

「へっ？」

驚いたオズが、そう言った瞬間。

「へあああああっ!?」

扉に寄りかかっていたオズが、肩透かしをされたように横向きに倒れた。

横開きに開いた扉と共に。

グレンが人垣の前に出て、ぽっかりと口を開いた洞窟を確かめる。

「引き戸だったのか。どう見ても両開き扉なのに」

「先入観に囚《とら》われるな、ってことかもね」

ロザリーはそう言って、倒れたオズを見下ろした。

オズは横倒しに倒れたまま、ロザリーに向かって親指で洞窟の入り口を指差した。

「なっ？　開いたろ？」


洞窟の前に三人の代表が集まって話し合いをしている。

グレンとウィニィ、それにジュノーだ。

「もう夕刻だ。調査は明日にするか？」

そうグレンが問うと、ジュノーが答えた。

「二年の先輩に聞いたのだけど、すぐに行き止まりになっているのだとか。一時間もかからなかったらしいわ」

「じゃあ日暮れまでには出てこれるな。……よし、やるか」

「でもこの洞窟、全員で入るには狭すぎない？　クラスごとに入る？」

グレンが首を捻《ひね》る。

「そもそも、全員で入る必要はあるのか？　選抜隊で調査したほうがよくないか？」

「任務としては必要ないわね。でも、これは課外授業よ。全員が経験しておくべきではないかしら？」

「む、そうか」

「けど、選抜隊はいいアイディアかもしれない。クラスごとに入る前に、先にルートを確認しておけば効率的ね」

「下見しておくわけだな」

「そう。となると選抜隊に代表の四人は確定。あとはそれぞれのクラスから二、三人？」

「問題ない。念のため、副代表は残していこう」

「そうね、残る者を指揮する人間も必要になるわね」

ジュノーがウィニィに言う。

「ウィニィ様もそれでよろしくて？」

するとウィニィは、静かに首を横に振った。

「選抜隊の案まではいいけど、その人員には異論がある。入るのは代表四人と、黄のクラスから八人だ」

グレンとジュノーが顔をしかめる。

「ウィニィ。こんなところで張り合おうとするな」

「グレンの言う通りです。ここは平等に人員を出しましょう」

しかしウィニィはそれに答えず、腰に下げていた剣を外して、目の前に掲げた。

「光、あれ！」

聖なる文言に応え、剣が眩《まばゆ》く輝きだした。

光はランプを数個集めたより明るく、周囲を照らし出す。

「……聖騎士《パラディン》の聖文術《ホーリーワード》か」

グレンが呟くと、ウィニィは得意気に微笑《ほほえ》んだ。

「洞窟は真っ暗だ。松明《たいまつ》をいくつも用意するより、聖騎士《パラディン》がいたほうが効率的だよな?」

グレンが言い返せなくなってジュノーを見ると、ジュノーは仕方なさそうに頷いた。

ウィニィが満面の笑みで両手のひらを合わせる。

「決まりだ! ロロもそれでいいな?」

ウィニィは振り返り、ロロに問いかけた。

ロロはというと、洞窟の入り口で地面に這《は》いつくばっている。

その横には同じように這いつくばるロザリーがいる。

「っていうかお前ら。さっきから何をしているんだ?」

その問いかけも、二人の耳には届いていない。這いつくばった二人が囁き合う。

「……どう思います、ロザリーさん?」

「どれも武装した人間のものだと思う」

「ああ、それでやけにくっきりと残ってるんですね」

「ほら、あそこ。あれ馬だよ」

「わっ、本当ですねぇ」

「でも……多すぎない?」

「ええ。それに新しい」

「洞窟の外にはないよね?」

「どうでしょう。草むらですし、私たちには判別できないだけかも」

「あっ、砦《とりで》の兵士かな？　ここを巡回するから、そのときに」

「それこそ多すぎですよ。巡回なんてせいぜい十人程度では？」

「そうかも。山暮らしの長かったロロから見て、どのくらい前のものだと思う？」

「見立てに自信があるわけではないですが……一週間は経《た》っていないと思います。せいぜい三日か、あるいは――」

「つい最近？」

「ええ」

「なんか、すごく嫌な予感が……」

「私もです……」

二人がごくりと唾を呑《の》んだとき。後ろからウィニィが叫んだ。

「お・ま・え・ら！　何をやっているんだ⁉」

二人は同時にビクン！　と跳ね、恐る恐るウィニィを見上げた。

「脅かさないでよ、ウィニィ様……」

「漏らしかけました……」

「いいから。何をしてたのか答えろ」

ロロは洞窟の、ぬかるんだ地面を指差した。

「足跡があるんです。それも、無数に」

暗い洞窟を選抜隊が進む。

中の地形は複雑で、聖文術《ホーリーワード》の光をもってしても死角が多い。

「うわー、なんだか不気味……」

「ぬかるみ酷《ひど》いな……くそっ、ブーツ新品なのに！」

「パメラ、念のために後方も照らしてくれるか？」

「了解です、ウィニィ代表」

選抜隊の人数は当初の案の二倍に増えていた。

青のクラスからは、グレンと彼が選んだ腕利き七名。

黄のクラスからは、ウィニィと照明要員十二名。

緑のクラスからは、ジュノーと彼女が選んだ一名。

赤のクラスからは、ロロとロザリー。

総勢二十五名の中でも目立つのは、ジュノーの連れてきた緑のクラス生——ポポーだ。

赤毛でずんぐりとした体形の彼女は、土の精霊と親しむ精霊騎士《エレメンタリア》だった。

ロロが声を潜ませてロザリーに話しかける。

「ロザリーさん。あの人、私に決闘状を渡した人です」

「わかってる。今は気づかないふりしよう」

そんな会話がなされているとは露知らず、ポポーはのんびりとした口調で話し出した。

「んーと。最近、人がたくさん通ったのは間違いないみたいですねー」

ジュノーがふんふんと頷き、ロロを見る。

「ロロの見立て通りというわけね」

「でもー。土の精霊の言う最近って、幅が広いからー」

「幅が広い？」

「土の精霊ってとても長生きなのでー。十年前くらいは最近のうちなんですー」

「ああ……なるほどね」

すると黄のクラス生のうち、二人が笑った。

「聞いたか？　こりゃあてにならないな」

「のろまのポポーなんざ、初めからあてにしちゃいないさ」

ウィニィがキッ、と自クラス生を睨《にら》みつける。

「黙れ、お前ら！」

「申しわけありません、ウィニィ代表」「以後、気をつけます」

黄のクラス生の二人は謝罪こそしたが、それはウィニィに向けてのみ。

ポポーへ謝る様子はない。ウィニィがポポーの横に並ぶ。

「悪いな、ポポー。気を悪くしたよな？」

「いいえー、ウィニィ殿下。私がのろまだからいけないんですー」

「そんなことはない。お前はのろまなんかじゃないし、それどころか僕らの中でこの地形に最も適した魔導騎士だ。なんなら、あの二人を土の精霊に頼んで生き埋めにしてくれたって構わない」

先ほどの二人がギョッとしてウィニィを見る。

「そんなことできませんよぅ、殿下」

「殿下はやめろ。ウィニィでいい、同級生だからな」

「えええ……無理ですよぅ、殿下ぁ」

「ウィニィ」

「うぅ……ウィニィ」

最後は消え入るような声だった。ウィニィが満足げに頷く。

「素直でよろしい」

「うぅー」

ポポーは恥ずかしそうに下を向いた。

「他の者も、僕のことを殿下と呼ばないように。いいな？」

そう言いながらちらりとロザリーを見て、目が合うと慌てて視線を逸《そ》らした。

次いでウィニィは、誰に言うでもなく言った。

「僕は教官の仕込みだと思う」

ジュノーが聞き返す。

「足跡が、ですか？」

「そうだ。足跡を見た僕たちが、どう反応するかをどこからか見ているんじゃないか？」

「ああ……いかにもありそうではありますね」

「だろう？　ジュノーは足跡をどう思う？」

ジュノーは洞窟の天井を見上げ、思案する。

「……私は巡回する兵士のものだと思います」

「それには多すぎるって話じゃなかったか？」

「この洞窟はほとんどの時間、扉で密閉されている。ロロの見立てを疑うわけではないけれど、足跡が保存されやすい状況下にあると思います」

「なるほど、繰り返しついた足跡が劣化せずに残ってるってわけか。……ロロは皇国からの侵入者のものだって考えてるんだよな？」

ロロは眉を寄せて頷《うなず》いた。

「そうでないことを祈っていますが」

「グレンはー？」

ウィニィが先頭を行くグレンに問いかけると、彼は首だけで振り返った。

「一つには絞らない。すべての可能性を頭に入れておくべきだ」

ロザリーが言う。

「グレンはあれよね？　退屈な任務が少し面白くなったとしか考えてないんでしょ？」

グレンはそれに答えず、ただニヤリと笑った。

そのときだった。ポポーが血相を変えて、激しい声で言った。

「近いですっ！」

「何がだ！　行き止まりが、か？」

先頭のグレンがそう尋ねると、

「いえっ、掘りたての匂いがしますっ！」

と、ポポーは前方を指差した。

「掘りたて……？」

ウィニィが光の灯《とも》った剣を掲げる。

吸い込まれそうな洞窟の奥に、うっすらと立ち塞がるものが見えた。

「行こう」

グレンが先頭を切り、皆が続く。

洞窟は行き止まりになっていた。

人の手で塞がれたというよりは、落盤によって埋まったように見える。

グレンがその様を眺めて言う。

「ずいぶん前に埋まったようだな。何か、高威力の術を使って落盤させたのか？」

ジュノーが頷く。

「そのようね」

黄のクラス生十二人がかりで照らし出し、行き止まりを隅々まで探る。

土砂は通路を隙間なく、完全に塞いでいた。調査を終えたウィニィが結果を口にする。

「異常なし。ロロは外れだな、蟻《あり》の子一匹通る隙間もない」

ロロが頷く。

「外れてくれてよかったです」

ただ一人、ポポーだけが首を傾《かし》げている。

「おかしいです……掘りたての匂いがするのに……」

「どうせ、十年くらいは掘りたてのうちだって言うんだろう？」

またそう毒づく黄のクラス生がいて、それをウィニィが「黙れ」と叱責する。

それからポポーの肩に手を置いた。

「最近、落盤した箇所があるんじゃないか？　見るからに乱暴に埋め立ててある」

「そう、ですね。きっとそうです」


選抜隊が洞窟を出ると、外は日暮れが迫っていた。残った生徒たちが妙に騒々しい。

「何事でしょうか？　ロザリーさん」

「わかんない。でも何かあったのは間違いないね」

訝《いぶか》しむロロとロザリーの元へ、一人の生徒が歩み寄ってきた。

「戻ったか。よかった」

赤のクラスの副代表、ウィリアスだ。

「何があったの？」

ロザリーが単刀直入に聞くと、彼は言いにくそうに答えた。

「オズの奴《やつ》が――」

その名を聞いたロロが大袈裟《おおげさ》にため息をつく。

「またオズ君ですか。今度はいったい何を？」

「――死体を見つけた」

「しっ、死体ですって!?」

驚いて口を手で覆うロロ。ロザリーが小声で聞き返す。

「それって人間の？」

ウィリアスが神妙な顔で頷く。

「詳しいことはわからない。今、黄の副代表が調べに行ってる」

ロロがウィニィたち他の代表三人を振り返ると、話を聞いていた彼らはすぐに頷いた。

「私たちも行きましょう」

ロロとロザリーは、すぐさま現場へ向かった。

現場は洞窟から十分ほど歩いた、茂みの奥だった。

黄のクラス生が六名、それと赤のクラス生一人が何かを囲んでいる。

「オズ！」

ロザリーが叫ぶと、彼は今にも泣き出しそうな顔でこちらを向いた。

「ロザリぃ～！　怖かったよぉ～！」

駆け寄って抱きつこうとするオズ。だがロザリーは寸前で彼の頭頂部を押さえ、抱きつかせない。そのままの姿勢でロザリーが問う。

「なんで死体なんて見つけたの」

オズは口をへの字に曲げながら、説明を始めた。

「俺、トイレ行きたくなって。そしたら茂みから死体がぁ」

「それにしたって、なんでこんな奥まで」

「大きいほうだからだよ、言わせんな！」

「ああそう。次からは誰かに付き添ってもらうのね」

「わ、わかったよ」

ロザリーは死体のそばまで来て、その場にしゃがみ込んだ。

死体は上半身のみで、損傷が激しい。

衣服もわずかにしか残っておらず、男性であること以外は年齢もわからない。

「……野犬か？」

死体に残された歯型を見て、グレンが言う。しかしジュノーは首を捻《ひね》った。

「犬にしては歯が大きいわ。もっと大型の肉食獣の仕業に見えるのだけど」

「そんなの、この辺にいるものなのか？」

「この辺にはいなくても上にはいるのかも」

ジュノーはそう言って、絶壁の高地を見上げた。

「ハイランドの上は周囲から隔絶されているせいで生態系がまるで違うと聞くわ。私たちの知らない大きな野獣が存在して、それがなにかの拍子に下りて来たのだとしたら」

「……まだ近くにいるかもな」

ウィニィが黄の副代表を呼んだ。

「ロイド」

「ハッ」

「お前の意見は？」

「死体はボロボロですが新しいものです。三日と経《た》っておりません。素性は不明です」

ウィニィはふと、死体を見つめるロザリーのことが気になった。

しゃがみ込んだきり一言も発さず、微動だにしていない。

「ロザリー。どうした？」

返事はない。死体を凝視し、凍りついたように固まっている。

「おい、ロザリー！」

ウィニィがロザリーの肩を摑《つか》んで揺らすと、彼女はハッとウィニィを見上げた。

「……ごめん。あんまり酷《ひど》くて、頭が真っ白になってた」

「大丈夫か？」

「ん。ちょっと風に当たってくる」

そう言ってロザリーは立ち上がり、その場を去ろうとした。

だが、その背後になぜかオズがピタリとついてくる。

「……何よ、オズ」

「さっきはさ、死体見つけて、引っ込んじゃったんだよ」

「はぁ？」

「だーかーらー。まだ用を足してないんだよ、言わせんなよ恥ずいだろ」

「……だからなんなの？」

「一緒に。な？」

「冗談よね？　気分の悪い私にもっと気分悪くなれって？」

「いいだろ～？　じゃなきゃここでやるぞ？　いいのか？　ほれ、やるぞ？」

「……はあ。わかったよ、もう」

ロザリーは渋々、オズに応じた。

「二人とも、あまり奥まで行かないでくださいよー？」

ロロの呼びかけに後ろ向きに手を挙げて、ロザリーとオズは茂みの奥へ消えていった。

「ロザリーさんって案外繊細なんですねぇ」

ロロの言葉にグレンが首を捻る。

「あいつが繊細……？」

「話を戻しましょう」

とは、ジュノー。

「死体《彼》は場所から言って、洞窟巡回の兵士でしょう。この近くに村落はないはずだから」

グレンが頷く。

「となると一人じゃないな。他の者はどこだ？　まだ生きているかもしれないぞ」

「そこは重要ではないわ、グレン。代表《私たち》の使命は率いる四百の命を守ること。いるかどうかもわからない生存者の探索は後回しよ」

「俺たちは魔導騎士だぞ？　獣ごとき返り討ちにすればいい」

「あなたにはそれができるでしょう。でも他の者は？　殺されないと断言できる？」

「それは……」

グレンの頭にオズの顔が浮かぶ。臆病な彼には少し難しいかもしれない。

ジュノーが続ける。

「私たちは四百人の群れよ。そのうち誰か一人欠けても私たちの負け。ならば危険は回避しなければ」

「ジュノーが正しい」

ウィニィは賛意を示し、両手を腰に当てて面々を見回した。

「残りの生徒による洞窟内の調査は取《と》り止《や》め。すぐに砦《とりで》へ向けて出発しよう」

「ウィニィ様。相手は獣、夜の移動こそ危険です」

ジュノーがそう言うが、ウィニィは首を横に振る。

「夜通し歩くわけじゃない。この辺は茂みが多くて見通しが悪い。開けた場所を見つけて、そこで野営すべきだ」

グレンが頷《うなず》く。

「日暮れ前に出たほうがいいな。縦隊は止め、ある程度固まって動いたほうがいいだろう」

「すぐに方陣を組めるくらいにな。いっそ、クラスをミックスしちゃうか？　前衛を戦闘能力の高い青のクラス生で固めて、治療ができる黄のクラス生は二列目」

「悪くない。緑のクラス生には使い魔を従える者もいるんだよな？　使い魔を斥候に出せば突発的な危機を大幅に減らせるはずだ」

「いいな、それ採用！」

その様子を見ていたロロが、しみじみと言った。

「いいですねぇ。魔導性を超えて協力し合うなんて、何だか夢みたいです。――あっ」

感心していたロロがふいに、思いついたように手を打った。

「足跡が教官の仕込みなら、もしやこれも？」

グレンとジュノーは目を丸くして、死体を見下ろした。

「では、死体《これ》は偽装《フェイク》か？」

「本物にしか見えないけれど」

ウィニィだけはその可能性が頭にあったようで、まるで驚かなかった。

彼はおどけて言った。

「どちらにしても同じことさ。わあー死体だぁ！　生徒だけで何とかしなきゃ！　こういうときこそ協力だあ！……って具合に乗ってあげなきゃ教官たちがかわいそうだろう？」

「ふふ、確かに」

ロロも、他の者たちもおかしそうに笑った。と、そのとき。

「ただいまぁー」

すっきりとした声が帰りを告げた。

「オズ君。遅かったですねぇ」

「それがさ、聞いてくれよロロ代表。ロザリーの奴、用足してる俺を置いて、一人で帰っちゃったんだぜ？　酷くね？　心細くてちびりそうだったよ」

「用を足してるときにちびりそうってのも妙な話ですが。……ん？　ではロザリーさんは今どこに？」

「お？　いないのか？　先に戻ってるとばかり。じゃあ、みんなのところに帰ったのか」

そう言ってオズが洞窟のほうを向いたとき。

彼の背中に貼り付いていた小さな紙がぴらりと落ちた。

「これは……」

ロロが拾い上げ、それを皆が覗《のぞ》きこむ。

先に砦へ向かいます　捜さないでください　ロザリー

「ロザリーさん、どうしてっ！」

ロロはわなわなと手を震わせ、その紙を握り潰した。ジュノーがグレンに問う。

「協力し合おうと決めた矢先にこれね。追いかけて連れ戻す？」

しかしグレンは首を横に振る。

「追いつく追手がいない。俺も速さでは太刀打ちできない」

「すいません、皆さん！　まさかロザリーさんがこんなことを……」

赤の代表として、そしてロザリーの友人として深く頭を下げるロロ。

それをウィニィは遮り、頭を上げさせた。

「まあ、いいじゃないか。考えなしにこんなことする子じゃない。目的地は同じなんだ、無事に合流できるさ」

ジュノーが目を細める。

「何も手を打たない、と？　ロザリーの身に何かあってもよろしいのですか？」

「大丈夫だよ、ジュノー。さ！　僕らは洞窟前まで戻って出発の準備に取りかかろう！」

その言葉に皆が頷く。洞窟前へと急ぐ道中、ウィニィは一人呟《つぶや》いた。

「ロザリー。何に気づいた？」

その呟きを聞く者は、だれ一人いなかった。

時は少しだけ遡る。ロザリーが無残な遺体を前にしゃがみ込んでいた、あのとき。

あのわずかな時間で、ロザリーは夢を見ていた――。

××××××××

――ロザリーは高原に立っていた。夜空が近い。

高原は四方を険しい峰々に囲まれ、まるで神の創った箱庭のよう。

足元には白く儚《はかな》げな花が咲き乱れ、夜風が芳香を空へ運ぶ。

再び見ることはないと思っていた、浮世離れした光景が目の前に広がっている。

「ここは――」

夜風が後ろから吹き抜けた。その後を追うように、背後から声がした。

「――エリュシオンの野」

ロザリーが振り向くと、そこにヒューゴが立っていた。

「また来てしまったねぇ」

「……【葬魔灯】。二度目もあるのね」

「そりゃそうさ。一度目があるなら二度目もある。三度目も四度目だってあるのが道理というものさ」

そしてヒューゴは、力なく首を横に振った。

「……でも僕は、君にもう【葬魔灯】を見てほしくない」

「なぜ？」

「死の淵《ふち》に立つと、人は変わる」

ヒューゴの銀髪が夜風を孕《はら》む。彼は目を細め、遠く峰々を眺めた。

「最初に君を変えた僕が言うのもなんだけどね。僕は今のままの君でいてほしい。君にもう、変わってほしくないんだ」

「私はただ、遺体と会話できたらと思って。子供の頃、遺跡の館でやってたみたいに」

「そうしたら、ここへ引っ張られたんだね」

ロザリーがこくんと頷く。

「遺跡から発掘される遺体と違って、死にたては雄弁だ。それに対して君は無防備すぎた。もう少し気をつけないと」

そこまで話し、ヒューゴはふざけた様子で口をへの字に曲げた。

「それにさあ？　どうせ見るならもっとマシな相手にしてくれないかな。ボンクラ騎士の【葬魔灯】を見たって受け継げるものは何もないんだから」

ロザリーが目を細める。

「そんな言い方しないで」

「死者を冒瀆《ぼうとく》するなって？　気にすることはない、僕だって死んでる」

ロザリーは目を逸《そ》らし、ため息をついた。

「まあ、何を言っても今更だ。とにかく彼の最期を見てみよう」

ヒューゴが手をかざすと、そこに窓が現れた。

何の支えもなく窓枠だけが宙に浮かんでいる。ヒューゴが窓に手をかけ、開け放つ。

「これは……ハイランドね？」

右手にハイランドの絶壁を見ながら、十騎ほどの騎馬の集団が進んでいる。

「西から来てる。砦の騎士かな」

窓は集団の先頭を行く男を映し出した。

三十代前半。落ち着いた雰囲気で、胸に獅子《しし》の騎士章を着けている。

「この人が、あの遺体の？」

「そのようだね。魔導騎士は彼を含め三名か。残りは魔導のない兵卒だ」

ロザリーはもう、窓から見える光景から目を離せなくなっていた。

意識のすべてが男性へ向かう。

ヒューゴの声が、ロザリーの意識を窓の中へ誘《いざな》う。

「この男はどんな人間で――どんな最期を迎えるのか」

「死してなお、彼が伝えたいこととは何なのか」

「君は魂を重ね、身をもって知ることとなる」

「ハジマリ、ハジマリ……」

ロザリーの意識は、窓の中へ飛び込んでいった。


「グンター小隊長」

後ろから声がかかり、ロザリーが振り向く。

とび色の瞳をした、活発そうな女性騎士の笑顔が目に飛び込んできた。

「お子さんがお生まれになるんですよね？」

ロザリーの意思に反し、頭が頷く。続いて、自分の喉から男性の声が響いてきた。

「もうすぐだ。待ち遠しいよ」

「マジすか。つーか小隊長、嫁さんいたんスね」

妙な敬語で口を挟んだのは、女性騎士の隣を行く男性騎士。

二人とも若く、ソーサリエを卒業して数年であろう年頃に見える。

「カールなんてどうスかね？」

「何の話だ、ネルコ？」

ロザリー――グンター小隊長が聞き返すと、ネルコと呼ばれた若騎士は真顔で答えた。

「お子さんの名前ッス」

「私の、か？」

「もちろんス」

グンターの動揺がロザリーにも伝わる。

「……なぜお前が私の子の名前を決めるのだ？」

するとと女性騎士が口を挟んだ。

「そうよ、ネルコ。なぜ息子さんと決めつけるの？　娘さんかもしれないでしょ」

「いや、そういうことではなくてだな」

眉をひそめるグンターを無視して、男女二人の若騎士による口論が始まる。

「別に決めつけてないぞ」

「決めつけてる。カールって男の名前じゃない」

「女の名前はこれから言おうとしてたんだよ」

「へえ。なんて？」

「……ノーラがうるさいから忘れた！」

「ほうら決めつけてた」

「っ、じゃあノーラが娘さんの名前を考えればいいだろ」

「それもいいけど……男女兼用の名前でもいいんじゃない？」

「あ〜……ノエルとか？」

「そうそう。クリスとかさ」

「クリスいいな！　それがいい！」

ノーラはにっこり笑い、こちらを見た。

「ご報告します、小隊長。クリスに決まりました」

グンターは肩を落としてため息をつき、何も言わずに前を向いた。

馬を進めること、数時間。樹木が生い茂り、視界が悪くなってきた。

草の丈も高く、これでは何かが潜んでいても容易には気づけない。

「洞窟周りを少し、刈り込んでおくか」

グンターはそう言うと、後ろの兵卒を率いる頭《かしら》に目配《めくば》せした。

彼らは戦闘以外の多くの仕事をこなす何でも屋で、様々な道具を馬に積んでいる。

頭《かしら》が手際よく指示すると、それぞれが手斧《ておの》や草刈り鎌を手に、方々に散っていった。

グンターが残った若騎士二人に言う。

「私たちも手伝うぞ」

すると二人は一斉に不満の声を上げた。

「魔導騎士の俺たちが草刈り!?　冗談っスよね!?」

「任務は洞窟内の安全確認のはず！　任務外の命令には従いたくありません！」

しかし、グンターは首を横に振った。

「早く済ませたいんだ。どうも気になってな」

「何がッスか」

「出がけに、砦長《とりでちょう》から忠告された。占いで不吉な結果が出たから注意するように、とな」

「あの陰湿な男が忠告なんてするわけありません！　きっと人望のある小隊長を妬んで、

嫌がらせで言ってるんです！」

「そう言うがな、ノーラ。彼の占いはよく当たるんだ。……特に、悪い占いはな」

それでもノーラとネルコは不満顔を崩さなかったが、グンターが馬から降りて茂みに向かうと、渋々といった様子で後についてきた。

グンターが笑って言う。

「お前たち、さては草刈りしたことないな？　こうやるんだ」

そうして腰を屈《かが》め、手近な草を束にして握る。

「ほんとにやるんスね」

「やだなあ、もう」

ぶつぶつ文句を言う部下たちを尻目にグンターは剣を抜き、握った草束に刃を当て——

草を刈らずに立ち上がった。若騎士二人が不思議そうにこちらを見る。

「どうしました、小隊長？」

「わかった。実は小隊長も草刈りしたことないんスね？」

「シッ」

口元に指を立て、前方を睨《にら》む。茂みが動いている。

よくよく目を凝らすと、方々に散ったはずの兵卒たちが一か所に集まろうとしているのがわかる。左右に目を走らせながら、彼らの元へ向かった。

「どうした」

グンターは小さな、しかしはっきりした声で尋ねた。

見れば、グンターよりも年嵩《としかさ》で、経験豊富な頭《かしら》が顔を青ざめさせている。

「非常事態です」


グンターは、報告された非常事態を自分の目で確かめることにした。

まず頭《かしら》以外の兵卒には、その場に待機を命じた。

それから頭《かしら》に先導させ、次にグンター、その後に若騎士二人が続く。

茂みの中、腰を屈め、音を立てないように注意しながら。

やがて頭《かしら》の足が止まり、草と枝葉の隙間から場所を指差す。

「あれを」

そこはまさに、グンター一行が向かっていた洞窟の入り口だった。

非常事態の内容は、経験の乏しい若騎士たちにもひと目でわかった。

「どこの騎士団ッスか、あれ！」

「なんでこんな国の端っこに、こんなに人が」

そこには武装した人間が多数、ひしめいていた。

全容は把握できないが、十や二十ではない。何百か、それ以上。

グンターたちから見れば、大軍勢といって差し支えないものだった。

砦長の忠告がグンターの頭をよぎる。

「……外れてくれればいいものを」

そう呟《つぶや》いてから、グンターは頭《かしら》に小声で尋ねた。

「何人いる?」

「摑《つか》みで三千。すべてが魔導騎士とは思いませんが、相当数いるでしょう」

「我が国の騎士団には見えないが」

「洞窟を抜けてきたと考えれば、ハイランドの向こうのどこかでしょうな」

「抜けられるのか?」

「さて。ここに大部隊がいるというのがその証左に思えますが」

グンターが「確かに」と頷《うなず》く。

「よく訓練されているな。これだけいて騒がない」

「同感ですな。作戦を帯びた精鋭部隊に見えます」

グンターは腰を落とし、三人を手招きした。四人が顔を寄せ合う。

「命令を伝える。頭《かしら》は部下と合流し、砦へ戻れ。砦長の魔女術《ウイッチクラフト》で王都に報《しら》せよ」

頭《かしら》は頷き、「小隊長は?」と尋ねた。

「私たちは援軍が来るまでここで監視を続ける」

頭《かしら》がもう一度頷く。

「行け」

頭《かしら》はくるりと身を翻し、草むらに消えた。

グンターは腰を浮かせ、再び正体不明の部隊に目を向けた。

それからしばらく、正体不明の部隊に動きはなかった。

時が過ぎて日が傾き、やがて夕日が洞窟を照らし始めた頃。

「……援軍、いつ来ますかね」

そう尋ねたのはノーラ。彼女もまた、草陰から部隊を睨んでいる。

グンターは短く答えた。

「援軍は来ない」

ノーラが眉を寄せてこちらを見る。

「は？　どういう意味でしょう？」

「だから、私たちが伝えなければならない」

「おっしゃる意味がわかりません、小隊長」

「じきにわかる」

不審がるノーラに一度だけ目配せして、グンターはまた部隊に目を向けた。

すると、ネルコがボソッと呟いた。

「……やっぱりそうだ」

「何がだ、ネルコ？」

「馬の鐙《あぶみ》ッス」

「鐙？」

グンターは騎馬を探し、騎乗するために足をかける鐙に注目した。

「……変わった形をしているな」

「あれはハイランドの向こう側——草原の民が使うやつッス。子供のときは鐙無しで乗るんスけど、弓を許される年になったらあの鐙を与えられるんス。成人の証《あかし》みたいなもんで、彫刻とかスゲー凝るんス」

「ほぉ。よく知ってるな」

「俺の親父《おやじ》がその辺の馬装とか集めるのが趣味で。ロマンがどうとか……ま、俺にはわかんねーッスけど」

「草原の民か。どこの部族だろうか……」

グンターが呻《うめ》くように言うと、ネルコがあっけなく答えた。

「アトルシャン公国ッスね。部族というか国ッスけど」

「なぜわかる」

「草原の民の鐙は、たいてい馬か鷲《わし》を彫刻するんス。それが彼らを象徴するものだから。数少ない例外の一つがアトルシャンの犬の彫刻ッス」

「……たしかにどの馬の鐙も、犬の彫刻だな」

「まず間違いないッス」

グンターは手を伸ばし、ネルコの頭をガシガシと乱暴に撫《な》でた。

「お手柄だ、ネルコ」

「へへ、あざーす」

照れ笑いするネルコに、父親のような顔で笑うグンター。

と、そのとき。部隊に動きがあった。

内容は聞き取れないが報告と命令が飛び交い、兵が慌ただしく動いている。

「何かあったんスかね」

「移動するみたい。どこへ向かうんでしょう」

するとグンターは、自分の装備の点検を始めた。

「えと、どうしたんスか、小隊長？」

ネルコがそう尋ねると、グンターは手を止めることなく答えた。

「頭《かしら》たちが見つかったんだ。私たちも動くぞ、準備しろ」

ノーラは命令通りすぐに準備を始めたが、ネルコは凍りついたように動かなかった。

「どうした、ネルコ。早くしろ。魔導充塡薬《エーテル》は持っているか？　取り出しやすくしておけ、命綱になる」

「たっ、助けに行くんスか？　あの大軍相手に三人ぽっちで？　自殺行為ッスよ！」

そんなネルコを、ノーラが鼻で笑う。

「何を怖気《おじけ》づいてるのよ、ネルコ。草原の田舎者なんて恐るるに足りないわ。どうせ騎士の数も知れてる。奇襲をかければ十分に勝機はあるわ」

しかし、グンターは首を横に振った。

「いいや、助けにはいかない。王都へ向かう」

今度はノーラが動きを止める。

「見捨てるのですか？」

「そうだ」

「頭《かしら》たちは、小隊長の命令で危機に陥ってるのですよ!?」

「そうだな」

グンターの平然とした態度に、ノーラが眉を寄せる。

「……まさか。彼らを囮《おとり》にした？」

グンターはあっさりと認めた。

「その通りだ」

ノーラは目を見開いて、グンターの胸ぐらを摑んだ。慌ててネルコが割って入る。

「よっ、よせ、ノーラ！　反逆罪になっちまうぞ！」

しかしノーラは聞く耳を持たない。グンターに対して非難の言葉を連ねる。

「あなた……っ、それでも指揮官!?　見損ないました！　こんな奴《やつ》を尊敬してた自分がバカみたい！」

「だから離れろってノーラ……あーっ、力強いな！」

「私は誇り高き騎士です！　魔導のない兵卒を捨て石にして逃げたりはしません！　それが命令であっても！」

正義感に燃えるノーラに、グンターはぽつりと言った。

「私たちもだ」

「はあ!?　何を言って――」

「私たち自身も囮だ」

ノーラとネルコは顔を見合わせ、それからグンターを見つめた。

グンターはノーラの手を解《ほど》き、襟を正す。

「私たちはこれから、三手に分かれて王都へ向かう。目的はこの事態を王都へ報せること。誰か一人の報せが届けばいい、残り二人は囮だ。仲間の悲鳴が聞こえても、決して振り返るな。ただ前へ進め。自分が敵に捕捉された場合は、できるだけ時間を稼げ。その分だけ、仲間が先に進める」

若騎士二人もようやく事態の深刻さを理解したのか、引きつった顔で頷く。

「ネルコはまっすぐ北へ向かえ。刻印騎士《ルーンナイト》のお前なら、一晩走ればロスコー男爵領に着くはずだ。この事態を男爵に伝えたら、その足で王都へ走れ」

ネルコは小刻みに震えながら頷く。

「ノーラは北東だ。いつも薬品類を調達する村、わかるな?　小さな村だが魔導院の魔女《ウィッチ》騎士小隊が駐屯している。魔女術《ウイッチクラフト》で王都に連絡してもらい、それから王都へ。街道には出るなよ、ネルコが使う。お前は迂回《うかい》路を行け」

ノーラは神妙な面持ちで頷いて、「小隊長は?」と尋ねた。

「私は北西だ」

グンターたちの拠点である砦《とりで》があるのがここから西。

頭《かしら》たちが向かった先、そしてそれを追う敵部隊が向かうのも西だ。

グンターの行く方角が最も危険であることは、若騎士二人もすぐにわかった。

「よし。行くか」

グンターが立ち上がると、二人も続いた。

「でも――」

ネルコが一度口ごもってから、言葉を次いだ。

「――三人揃《そろ》って王都に着いちゃうかもしれないッスよね？」

敵は精鋭だ、それは厳しい。

そう喉まで出かかったが、グンターはその言葉を飲み込んだ。

「かもしれんな」

「三人で飲みましょうよ、小隊長の奢《おご》りで！　俺、王都の良い店知ってるんスよ！」

「ダメよ、ネルコ」

「なんでだよ、ノーラ」

「先にクリスを見に行くの」

「ああ！　確かにそれが先だな」

「いいですよね、小隊長？」

グンターは腕組みして、遠く王都の空を眺めていた。そうしたまま、呟く。

「何ということだ。こうなるともう、クリスで決まりか」

若騎士たちは顔を見合わせ、顔をほころばせた。

「やった！　俺たち名付け親だ！」

「言いましたからね、小隊長！」

「ああ」

そうして、三人は向かい合って立った。いずれも覚悟を決めた顔をしている。

「二人とも、武運を祈る」

「小隊長の部下になれて光栄でした」

「それじゃ今生の別れみたいだぜ、ノーラ」

「そうね、ネルコ。では、また王都で！」

「ああ！」

「王都で！」

三人は背を向けあい、それぞれの道へ走り出した。

グンターが北西に走り始めてしばらくして。

日はとっぷりと暮れ、森を暗闇が支配している。走りにくいが逃げるには好都合。

危機的状況がそうさせているのか、グンターの肉体は数年ぶりの好調さだった。

「このぶんなら、本当に逃げおおせてしまうかもしれないな」

背後に追手の気配はない。グンターは頭《かしら》の次の囮は自分だと決めていたので、具体的な目的地を決めていなかった。

「わざわざ分散したのに砦に戻るのは悪手か。魔導が枯渇する前に辿《たど》り着ける村は……いや待て、魔導充填薬《エーテル》が三本ある。あと一時間走って追手がかからないなら、そこからまっすぐ王都を目指しても——」

瞬間、視界の左端に明かりがチラついた。

足を止めてそちらを凝視すると、幾人もの気配と松明《たいまつ》が見える。

「頭《かしら》たちにかかった追手か？」

百人はいる。明かりの群れは人魂《ひとだま》のように彷徨《さまよ》い、草むらがあちこちで揺れている。

「頭《かしら》たちを見失ったのか？……それは楽観的過ぎるな。おそらく他に仲間がいないか捜索しているのだろう」

グンターは後ろを振り返った。依然として追手はなく、森は静か。

「こいつらを釣れば、アトルシャン部隊全体をこちらに引っ張れるか？」

それは部下二人の生存率が上がることを意味する。グンターに迷いはなかった。

「光あれ！」

グンターの左手に眩《まばゆ》い光が宿る。彼はそれを敵部隊に向かって大きく振った。

「こっちだ！　ここにいるぞ！」

敵部隊と距離があるせいか、気づく気配がない。

「何をぼんやりしてる、お前らは精鋭だろう？　気づけ、こっちだ！」

すると、グンターは光を振り、声を張り上げた。

すると、次第に散らばっていた明かりが集まり始めた。

「そうだ！　俺はここだ！　指揮官に報告を忘れるなよ！」

敵は、気づいてからは素早かった。

暗闇に蠢《うごめ》く敵の列が、おぞましい虫の大群が押し寄せてくるように感じる。

「よし」

グンターは敵に背を向けて、再び走り始めた。

「ついてこい、ついてこい！」

グンターは内心、怯《おび》えていた。彼は戦を経験したことはない。

賊の討伐がせいぜいだ。当然、こんな大勢の敵に追われるのは初めてのことだ。

それでも自己犠牲的行動に出たのは、若い後輩たちのために他ならない。

「あの二人は見どころがある。ノーラの情熱も、ネルコの知識と臆病さも、指揮官には大事な資質だ。……生き残ってくれ！」

そう、願いを口にした直後だった。

右後方、遠くから地面を揺るがす轟音《ごうおん》がとどろいた。

思わずグンターが振り返る。それは洞窟からまっすぐ北に行った方角だ。

「まさか……ネルコ!?」

考える暇はなかった。背後に迫る大軍の気配が、グンターを前へ走らせる。

そして、数分が過ぎて。

「ッ!!」

再びの轟音。今度は先ほどよりずっと遠く。はるか東の方角からだった。

「ノーラ……っ！」

それを合図にして、背後の部隊の進軍速度が上がった。

じりじりとグンターに迫る。もはや敵兵の人相がわかる距離だ。

「……クソッ。クソッ、クソーッ!!」

グンターは意を決した。急停止ののちに反転し、剣を抜き放つ。

追いついてきた敵部隊は、そのまま襲いかかってはこなかった。

左右に分かれ、グンターを厚く包囲する。四方を睨《にら》みつけ、グンターが叫ぶ。

「道連れになりたい者はかかってこい！」

敵は動かなかった。といってもグンターの覇気に押された、という様子でもない。

冷静で、余裕さえ窺《うかが》える顔つきばかり。

(……こいつら、何かを待ってる?)

その瞬間。訝《いぶか》るグンターの鼻に、強烈な獣臭が漂ってきた。

こんなときでなければ、反射的に顔を背けるほどの悪臭だ。

「っ、どこから……!?」

熱く激していたグンターの背中に、氷のような冷たい汗が落ちる。

ハッ、とグンターは上を見上げた。

それは黒ぐ、巨大な獣であった。よだれを垂らし、牙を剝《む》いて見下ろしている。

「うっ!?　ぐあああっ！」

グンターは腹に喰《く》いつかれた。そのまま宙に持ち上げられ、肉に牙を立てられる。

ブチブチと臓物が食い破られる感触が、魂を重ねるロザリーにも伝わる。

（う、ぐぐぐうぅぅ）

やがてぶつりと両断されたグンターは、それでも生きていた。

宙から落ちるグンターは愛《いと》しい人の名を呼んだ。

次に守ってやれなかったノーラ、ネルコ。そして最後に、まだ見ぬ我が子。

「クリ、ス……」

ゴッ！　と落下の衝撃が頭蓋骨に響き、ロザリーの意識は真っ黒に染まった。

××××××××××

ロザリーは夕闇の荒野を全速力で駆けていた。

身体《からだ》が軽い。

自分を幾重にも捕らえていた重い鎖が外れたかのようだ。軽すぎて転びそうになり、慌てて逆の脚を前に出す。その繰り返しだけでぐんぐん前に進む。

風を切り裂き、周囲の景色が星のように流れていく。

「気分、いいな」

ロザリーは思わず、そう漏らした。

王都に来てから、こうして全力で走ることなど一度もなかった。

ヒューゴの言いつけに従い、目立たぬよう魔導を抑えてきたからだ。

久しぶりに膨大な魔導が流れる感覚は身体中の細胞を目覚めさせ、ロザリーの頭を隅々まで澄み渡らせていった。

『困った子だ』

心の内から声がした。

「ヒューゴ、来たんだ」

『仕方ないだろう？　御主人様が戦に赴こうとしているときに、下僕が遊んでいるわけにはいかないヨ』

「ソーサリエは？」

『抜かりはないヨ。腐肉の術で拵《こしら》えた身代わりを置いてきた。……で。グンターを殺した敵部隊を討つつもりなンだね？』

「あんなの見せられたら、ね。ヒューゴは反対？」

『本心では。だが避けられないということも理解してる』

「あの部隊は二日前までこの辺りにいたの。あんなのと学生の集団がかち合ったら、ただじゃすまない。死人が出るわ」

『アトルシャン、だったか。アレはたしかに作戦ヲ帯びた精鋭部隊だろうヨ。特にグンターを殺した騎士は手練《てだ》れダ』

「騎士？　大きな獣に襲われたけど」

『アレは精霊騎士《エレメンタリア》の仕業だよ。使役する魔獣を差し向けたのか、あるいは獣の形の精霊なのか……いずれにせよ、残酷で獰猛《どうもう》な騎士だ』

「でも……まだこの辺にいるのかな？　王都へ向かった可能性もあるよね？」

『どうかな。精鋭とはいえ、王都ヲ狙うには少ない気がする。それに、もしそうならキミたち学生の集団とどこかでかち合ったのではないかな』

「街道を外れて迂回《うかい》してたとか」

『あり得るが、それは考えなくていいだろう？　キミにとって大事なのはお友だちヲ守ること。そのために飛び出してきたんだよネ？』

「そうね、王都に向かうなら王都の騎士団に任せればいい。この辺りにいるなら、みんなとぶつかる前に私が排除する」

『排除か。クク、楽しみだねェ。だが一つだけ注意してくれ。キミは人々が忌み――』

「――わかってる。死霊騎士《ネクロマンサー》だってバレないようにうまくやるから」

『ならいいンだが……』

「とりあえず第二目的地の砦《とりで》に向かうね」

『了解』

それっきり、心の内のヒューゴは黙った。

代わりにロザリーの頭にグレンやロロの顔が浮かんできた。

彼らは自分が死者を操る死霊騎士《ネクロマンサー》だと知って、変わらず友人でいてくれるだろうか？

ロザリーにはわからない、なぜなら二人は初めての友人なのだから。


月が高く昇った。ロザリーは高台に立ち、遠くへ目を凝らす。

「砦は健在ね」

眼下に見えるは課外授業で向かう予定だった砦。

砦は静かで、城壁にいくつも篝火《かがりび》が見える。

「アトルシャンの狙いは砦じゃなかったってこと？　やっぱり王都に向かったのかな」

「それはどうかナ」

ヒューゴがロザリーの影からズズッとせり上がってきた。

夜の冷気を吸い込み、大きく伸びをする。

「あァ……久しぶりにソーサリエの外に出たヨ。んンっ……」

「いいから。続きを聞かせて？」

ヒューゴは月光の香りでも嗅ぐように、スンスンと鼻を鳴らした。

「戦の匂いがする」

「戦って匂いがあるの？」

「無粋だねェ。気配がするって意味サ」

「それってただの勘じゃないの？」

「勘だヨ？　幾多の戦を経験してきた、このボクのね」

ロザリーは言い返せなくなり、周囲を見回した。

砦はやはり静かで、それを囲むようにある森も静けさに包まれている。

月に照らされ明るいが、目立って動くものは見えない。

「仕方ない。カラス使おっと」

ロザリーは口笛を吹いた。

高く微《かす》かなその音色は、ロザリーの足元──彼女の影へと吸い込まれていく。

次の瞬間。影がぐらぐらと沸き立った。

闇が煮えくり返り、千切れた闇があぶくとなって次々に空へと向かう。

あぶくは上昇するにつれて、鳥の形へと変化した。

やがて夜空に至ると、幾千羽のカラスとなって四方へと飛び去った。

──墓鴉《ハカガラス》。ロザリーの使い魔であり、れっきとした不死者《アンデッド》である。

戦闘能力はほとんどなく、その能力は情報収集に特化していた。

無数に散った墓鴉《ハカガラス》の視界は統合され、ロザリーの頭に映し出される。

ロザリーは両目を手のひらで覆い、瞼《まぶた》を閉じた。

自分の視界を断ち、カラスの視点に切り替えて辺りを見回す。

「ああ、よく見える。これなら見つけられる」

横に立つヒューゴが、彼女に言う。

「初めから使いなヨ」

「酔うから嫌なの」

「キミってほんと繊細だよねェ」

「ほっといて。……んっ？」

何かを見つけたロザリーは、墓鴉《ハカガラス》の見せる光景に意識を集中した。

「……見つけた」

アトルシャン部隊は森の中に潜伏していた。木々や土肌に溶け込むような保護色のマントを身に着けていて、ひと目では人とわからない。

「二千じゃきかない。三千……いや、もっと？　見えづらくて数えにくいな」

「兵ノ数はいい。魔導騎士ノ数は？」

「そんなのわかんないよ。見分け方あるの？」

「騎士章つけてなイ？　胸につけるバッジみたいな」

「誰もつけてないっぽいけど。マントの下かなぁ」

一瞬、ヒューゴは言葉を詰まらせた。

「それは……本気だネ」

「本気？」

「魔導騎士という人種は、自らの権威をひけらかすものなンだ。騎士章なんてその権威の象徴。マントで隠れるなら、十人中九人はマントの上に騎士章を着けるネ」

「ええ？　それって偏見じゃないの？」

「純然たる事実サ。なのにそれを隠すということは、それだけ本気だということ」

「本気だと騎士章隠すの？」

「騎士章って目立つから。隠密行動《おんみつこうどう》を徹底するなら隠すンじゃないかナ」

「あぁ、なるほど」

ロザリーは集団の一人一人に目を配った。

行動から騎士を判別しようと試みるが、うまくいかない。

「あ、ちょっ！　んーっ、あっ、もう！」

「……なにを急に変な声を出してンだい？」

「こいつらのマント変なの。注意してても見失っちゃう。なんだか、動くたびに模様が変わってるような」

「もしかして」

ヒューゴがふと思いついたことを口にする。

「【隠者のルーン】かもしれない」

「刻印騎士《ルーンナイト》の使う刻印術《エンハンスルーン》？」

「そうそう。自分の姿をとても見えづらくするってだけなんだケド」

「でも、だとすればあの三千人がすべて刻印騎士《ルーンナイト》ってことになるよ？」

「あり得ないネ。騎士三千なんて獅子《しし》王国ですらポンと出せやしない。属国一つには到底無理な数だし、それを刻印騎士《ルーンナイト》で揃《そろ》えるなンて不可能だ」

「じゃあ刻印術《エンハンスルーン》じゃないじゃん」

「魔導具というモノがある。超常的な力を持つ道具で、そのほとんどは特定の魔術の効果を再現するもの。見えづらいのは人でなく、マントなンだよね？」

「そうか、じゃあマントが【隠者のルーン】を再現した魔導具、ってこと？」

「おそらくネ」

「ふ～ん。私も一つ欲しいな」

「魔導具は貴重ダ。買い集めるにしろ、自国で生産するにしろ、三千も揃えるには相当苦労したはず……彼らはそうまでして気配を隠して、いったい何をする気なンだ？」

「何って砦攻めじゃないの？　砦の前にいるんだしさ」

「攻めてないじゃないか」

「これから攻めるんじゃない？」

「時が合わない。二日前には洞窟前にいたンだろう？　いくらでも攻める機会はあったと思うがネ」

「それは……攻めあぐねてる、とか？」

「そんな強固な砦に見えるかイ？　ボクなら三十分で落とせる」

「あなたと比べてもさ」

ロザリーは瞼から両手を下ろし、目を開けた。

「酔ッタ？」

「少し」

こめかみをグリグリと押しながら、ロザリーは砦に背を向けた。

「何にせよ、ここにいてくれたのは好都合ね。みんなとも距離あるし、今のうちに……」

「サクッと殺《や》るつもりかイ？　ダメだよ、この人数だから何人かは取り逃がしてしまう」

「いいじゃない、一人や二人」

「その一人が逃げた先で王国の騎士団に捕らわれたら？　キミの本性がお友だちにバレてしまうがそれでいいのかイ？」

「それは……困る。じゃ、どうする？」

ロザリーが尋ねると、ヒューゴはニヤリと笑った。

「先に退路ヲ断つ」

「退路――洞窟ね」

ヒューゴは静かに頷《うなず》いた。


ロザリーは再び洞窟へと向かった。

風のように走る彼女の背後に、ヒューゴもピタリとついてくる。

やがて洞窟が近づき、速度を落とす。

同級生たちの気配はない。すでに移動したようだ。

「よかった、皆に向かってくれたみたい。オズに書き置き作戦、大成功！」

満足げなロザリーに、ヒューゴが言う。

「あの書き置きはどうかと思うがネ。『捜さないでください』なんて書かれたら、捜してしまうのが人情じゃないか？」

ロザリーが口を尖《とが》らせる。

「じゃあ『捜してください』って書くの？　それこそ捜すじゃない」

「フフ、それもそうダ」

洞窟の前に着いた。ロザリーが横開きの扉を開ける。夜の洞窟はいっそう暗い。

「ここが侵入経路なのは間違いないよね？」

念のためロザリーが問うと、ヒューゴは頷いた。

「同時に脱出路でもあるはず。おそらく唯一の、ね」

ロザリーは暗闇に構わず、歩を進めた。

彼女は夜目が利く。ヒューゴによると、死霊騎士《ネクロマンサー》の特性だという。

そのため、灯《あか》りがなくとも洞窟の岩肌がありありと見えた。

相変わらずぬかるみが酷《ひど》いが、それも気にしない。

そうしてしばらく行って、行き止まりに辿《たど》り着いた。

「ポポーは『掘りたての匂いがする』って言ってた。どこかにトンネルがあるのよ。さっきは見落としたトンネルが……」

ロザリーは目の前の土砂に目を走らせるが、異常は見当たらない。

「ヒューゴ、わかる？」

するとヒューゴは微かに頷いた。

「キミにもわかるはず」

「やめてよ。講義を始める気？」

ヒューゴは取り合わず、目を閉じた。

「目に頼らず、魔導の気配を探るンだ」

「もう。わかったよ」

ヒューゴに倣い、ロザリーも目を閉じた。

彼女にも魔導の気配というものが、少しずつわかるようになってきていた。

【鍵掛け】された扉がわかるのも、その一つ。ロザリーはじっ、と魔術の気配を探った。

「……そこね」

ロザリーが気配の元へ進む。

それは通路を塞ぐ土砂の一部分で、近くで見てもおかしなところはない。

ロザリーは、剣を鞘《さや》ごと腰から引き抜いた。そしてそのまま、壁に突き入れる。

すると剣はほとんど抵抗なく、壁へと吸い込まれた。

突き刺さるわけではなく、壁が皺《しわ》を作りながらへこんでいく。

「わからないものね」

ロザリーは剣をそのままクルクルと回転させた。

すると壁は剣に巻き取られ、後にはぽっかりと空洞が現れた。

「マントと同じ、魔導具の布よ」

「お見事です。御主人様」

そう言ってヒューゴが拍手した。入学前の旅暮らしの頃にたびたびこの手の講義があって、ロザリーがうまくできたときには敬語でロザリーを褒めるのがお決まりだった。

ロザリーは講義自体より、この瞬間がむず痒《がゆ》くて苦手だった。

だから今回も、素知らぬ顔で空洞を調べ始めた。指を舐《な》め、空洞に向ける。

「……風が来る。トンネルね」

ヒューゴも近づき、空洞を覗《のぞ》きこむ。

「思っていたより狭いナ」

ヒューゴがそう言うと、ロザリーが空洞の天井へ手を伸ばす。

「でも、高さは二メートルくらいある。これなら馬も通れる」

ヒューゴはしゃがみ込んで、地面に手をついた。

「踏みしめられた土がまるで石のようだ。ここを三千人が一列に通ってきたンだね」

なおも二人が空洞を調べていると、背後がぼんやりと明るくなった。

「あーあー。何で見つけちまうかなあ」

二人の背後に立ったのは、頭巾で顔を隠した怪しげな男。その後ろに四人の子分たちを引き連れていて、それぞれが松明《たいまつ》と得物を持ち、危険な雰囲気を漂わせている。

「ついてねえな、お前さん方。見ちまったからには始末するしかねえ」

空洞のほうを向いたまま、ロザリーが言う。

「ヒューゴ、気づかなかったの？」

ヒューゴもまた、空洞のほうを向いて答える。

「キミこそ」

「私は、見張りがいるなら魔導騎士だと思ってたの！　だから魔導のない三下の気配なんて気にもしてなかった」

「おあいにく様、ボクだってそうだヨ。それより三下なんて呼び方はやめたまえ。彼らに失礼だ」

「それもそうね。……一般人、とか？」

「雑魚とか。馬の骨とか」

「……それ、三下より酷くない？」

頭巾の男が声を荒らげた。

「てめえらッ！　何をコソコソ言ってる！　こっちを向けッ!!」

ゆっくりと二人が振り返る。

「ホーラ、気を悪くさせたじゃないか」

「ええ？　私のせい？」

「いつまで喋《しゃべ》ってんだ、てめえらッ！」

よほど頭に来たのか、頭巾の男がめったやたらに松明を振り回し始めた。

「親分！」「落ち着いて！」「冷静、冷静！」「ほら深呼吸！」

子分らしき四人に言われ、頭巾の男は大きく息を吸って、吐いた。

「……死に方くらいは選ばせてやる。どうやって死にたい？」

ロザリーとヒューゴは顔を見合わせた。

「どうする？」

「御主人様、お先にドウゾ」

「そう？」

ロザリーは頷き、剣を抜いた。

「てめっ、逆らう気か！」

頭巾の男が慌てて腰の得物へ手を伸ばす。その瞬間、ザアッと風が吹き抜けた。

「風？　どこから――」

それを確かめる間もなく。後ろにいた子分たちがバタリ、バタリと倒れていく。

「何だ!?　何が起きた!?」

その答えは、子分たちのさらに後ろにいた。ロザリーは剣を一振りし、鞘に納める。

「てめえ、いったい何を――」

頭巾の男がそうロザリーに向けて問いかけたとき、彼のうなじの辺りから声がした。

「――質問するのはわ・た・し。あなたじゃない」

「ウッ!?」

驚き振り返ると、瞬《まばた》きの音が聞こえるほど近くに女の顔があった。

赤い巻き毛に、白く柔らかそうな肌。少しだけ濡《ぬ》れた唇に、情欲をそそる瞳。

彼女の髪が微《かす》かに男の頬に触れ、思わず仰《の》け反った男に美女がさらに顔を寄せる。

「あなた、アトルシャンの人ね？」

すると頭巾の男は目を細めた。

「俺を残したのは間違いだったな」

「なぜ？」

「何も言うことはねえ」

そう言ったきり、頭巾の男は目を閉じてしまった。

「素敵。男らしいのね」

赤毛の美女――ミシルルゥが男の胸板をつい、と撫《な》でると、頭巾の上からでもわかるほど男は鼻の下を伸ばした。ロザリーがため息交じりに言う。

「ねぇ、ヒューゴ。遊んでないで手早く聞き出して？」

「あら、いいじゃない」

「じゃあ退《ど》いて。私が自白用のまじないを使うから」

「せっかちね。それではつまらないわ」

ミシルルゥは男の手を取り、大事そうに自分の豊かな胸に重ねた。

そしてますます鼻の下を伸ばす男に言う。

「聞いて？　私ね、拷問が得意なの」

不穏な台詞《せりふ》に、頭巾の男が薄目を開ける。

ミシルルゥは頬を赤らめ、まるで恋する乙女のように熱く思いを語る。

「いえ、得意なんて言葉は相応《ふさわ》しくない。大好き。愛してると言ってもいい。だってあなたのような男らしい人が苦しむさまを見ていると――」

ミシルルゥがニイッと笑う。するとその瞬間、彼女の顔半分がドロリと溶け落ちた。

男が触れていた彼女の胸も。男の手が溶けた肉に沈み、骨に触れる。

「ヒィッ」

か細い悲鳴を上げた男に、半分骸骨となったミシルルゥが顔を寄せる。

「──コンナ私デモ、生キテイルッテ錯覚デキルモノ」

頭巾の男は白目を剝《む》き、後ろへ倒れてしまった。

「あら？　やりすぎちゃった？」


しばらくして。目覚めた男はもう逆らう気概を持ち合わせていなかった。

自ら武器を捨て、頭巾を脱ぎ、ロザリーの足元にひれ伏して、薄くなった頭を深々と下げている。

ヒューゴはミシルルゥの姿のまま洞窟の壁に背をもたれ、男の様子を眺めている。

男はちらちらとミシルルゥを気にしながら、自白を始めた。

「あっしはセーロと申しやす。アトルシャン公国騎士団の者でさ」

「ふぅん。……待って、あなた、魔導騎士じゃないでしょう？」

「……騎士団に雇われたごろつきでさ」

「それでいい。情報は正確にね。でないと──」

ロザリーがミシルルゥを親指で指し示すと、彼女は妖しく微笑《ほほえ》んだ。

セーロは跳び上がって正座になり、何度も激しく頷く。

「答えます！　何でも正確に答えやすぜ、ロザリーの親分！」

「親分って何、意味わかんない。……じゃあそうね、騎士団の総数から聞こうかな」

セーロの目が宙を数える。

「魔導のない兵卒が二千八百。騎士が百五十ってとこですか」

「百五十！」

思わず驚いた反応をしたロザリーだったが、ふと疑問に思いミシルルゥに尋ねた。

「騎士が百五十人って多いのかな？」

「質によるわね。あなたたちのような学生の集団であれば、経験不足で取るに足らない烏《う》合《ごう》の衆。でも精鋭揃《ぞろ》いなら、かなりの戦力だと言える。砦攻《とりでぜ》めはもちろん、王都での暗殺や破壊工作も可能ね」

「総勢三千ってことは砦付近に潜伏してるので全部と見ていいか。馬の蹄《ひづめ》の跡もあったけど、騎馬は何騎？」

「馬ですかい？　騎士の人数分と、あと公子様のぶんですな」

「公子様？」

「アトルシャン公国のお世継ぎ、ジョン公子でさ」

「そいつが指揮官ね」

するとセーロは首を捻《ひね》った。

「名目上はそうですが……実質的な大将はボルドークの旦那でしょうな」

「そのボルドークって何者？」

「ご存じない？　アトルシャンの英雄、〝黒犬〟のボルドーク。皇国圏ではわりと名の知れた方ですが……」

「黒犬……」

オズが見つけた死体の惨状がロザリーの頭をよぎる。

「公子様はなんてえか、こう……世間知らずなところがあって。ご気性があまりよろしくない。この作戦は公子様の発案らしいんですがね、公国内では反対が多かったようでさ。ボルドークの旦那が乗らなければ、立ち消えになってたでしょうなあ」

「多数の反対を押し切れるくらい、影響力のある人物ってことね」

「なんせ〝英雄〟ですからね」

「私も聞いていいかしら？」

ミシルルゥが壁から背を離して歩き出すと、セーロは何でも聞いてくれ、とばかりにコクコク頷《うなず》いていた。ミシルルゥは行き止まりにぽっかり空いた空洞を指差した。

「このトンネル、通すの大変よね？」

「ですね」

「どうやって掘ったの？」

ロザリーがプッと噴き出した。

「そりゃ、つるはしとかスコップなんかを使ってじゃないの？　その質問、いる？」

ミシルルゥは赤毛の奥で眉を寄せた。

「あなたは知らないでしょうけど。ハイランドって高さだけじゃなく、けっこうな厚みもあるのよ。つるはしなんて使ってたら何十年とかかるわ」

「そうなんだ？　じゃあ、魔導騎士が掘ったとか」

するとセーロが呆《あき》れた様子で言った。

「いやいやいや。騎士の方々は土木工事なんてやりませんぜ」

「そうなの？　私なら〝野郎共〟に年中無休で掘らせるけど」

ミシルルゥがますます眉を寄せる。

「あなたってほんと、僕《しもべ》を便利に使ってくれるわよね？」

「えへへ、そうかな？」

「褒めてないから。で、公子様はどうやって掘ったの？」

セーロの答えは実にあっさりしたものだった。

「実はそんなに掘ってないんでさ」

「どういうこと？」

「洞窟全体がこういうふうに埋まってるわけじゃないんで。むしろ埋まってるのは一部だけで、大半は空洞のまま。それを繋《つな》ぐように掘るだけなんで」

「なんだ、そういうことなのね」

「ま、それでも大変には違いないんですがね。掘りに掘って、やっとトンネルが通ったのが――」

「二日前ね？」

ロザリーが言葉を被《かぶ》せると、セーロは目を瞬かせた。

「いや。去年の今頃には通っていやしたぜ？」

「……去年？」

「あ、直前まで来てた、が正確ですね。すいやせん」

「それはいい。なぜ直前まで来てるのに、すぐに王国に入ってこなかったの？」

「そりゃ、時期を待ってたからでさ」

「時期……？」

ロザリーはある可能性が頭に浮かび、ハッと目を見開いた。

セーロの胸ぐらを摑《つか》み、激しい口調で問い詰める。

「作戦の目的は何だ!?　お前たちは王国に侵入して、何をしようとしている！」

セーロはすべてを覚悟した面持ちで、作戦の目的を白状した。

「課外授業で砦を訪れる、王国第二王子ウィニィ＝ユーネリオンを攫《さら》うことでさ」

ロザリーが洞窟を出ると、白々と夜が明け始めていた。

「ああ、もう！　こんな簡単なことに気づかないなんて！」

ロザリーが歯ぎしりする。

「課外授業はソーサリエの恒例行事！　行き先がハイランドなのも毎年恒例！　今年の参加者にウィニィがいることも、年齢を調べればすぐにわかる！　洞窟が抜けられると知っていれば、王子様を攫う絶好の機会じゃない！」

ヒューゴが小首を傾《かし》げる。

「先手を打ったはずが後手に回ってしまったねェ」

他人事《ひとごと》のようなヒューゴの物言いに、ロザリーは苛立《いらだ》った。

「洞窟に戻るって言い出したのはあなたじゃない！」

「落ち着きなって、御主人様。状況はそう悪くないヨ」

「どこが！」

「ボクらは今、敵の脱出路にいる」

「あっ……そうか」

「王子を攫ってもここを通らねば、奴《やつ》らは帰れない。ここで待ち伏せするのが最良だとボクは思うが……それではキミは納得しないよネ？」

ロザリーは頷き、唇を噛《か》む。

「次に奴らがここへ来るときって、ウィニィを攫ったあとだもの。それは、みんながアトルシャン部隊とぶつかるってこと。絶対負傷者が出る。たぶん、死者も……」

「であれば、ここを塞いで奴らヲ追おう。最悪でも王子を連れ去られることはなくなる」

ロザリーが洞窟を振り返る。

「……どのくらい崩すべき？」

「扉に【鍵掛け】で十分サ。敵部隊に大魔導の鍵を開けられる騎士はいないだろうし」

「扉ごと壊されない？」

「【鍵掛け】された扉は一種の呪物ダ。木製の扉であっても壊すのは簡単ではない」

「そう。わかった」

ロザリーは洞窟の横開きの扉を閉めた。そしてまじないの準備に入る。

「念のため、魔導ヲ多めに使うといい。それだけ扉が強固になるから」

「ん……」

ロザリーは普段のまじないでは使わない、大量の魔導を身体《からだ》に流した。

次にその魔導を指先に集め、指を波打たせて練り上げる。

錠前をイメージし、その中に多層構造の迷路を作り上げていく。

「よし……いい出来……」

イメージの中に作り上げた錠前で、扉をロックする。

最後にロザリーは扉に手をかけ、開かないことを確認した。

「退路は断った。これでウィニィを攫っても脱出できない」

「あとは敵を蹴散らすだけダ。でも急いだほうがいい、ずいぶん時間を食ッタから」

「そうね。……グリム！」

ロザリーは右足を振り上げ、地面を強く踏みしめた。

大地の奥底から、馬の蹄音と嘶《いなな》きが近づく。ロザリーの影が大きく揺らぎ、黒い骨馬が躍り出た。青白い炎のたてがみを摑み、ロザリーが骨馬にまたがる。

「行け、グリム！」

黒い骨馬――グリムは、大地を揺らしながら駆けていった。

その頃、砦近くの森。早朝の野営陣を歩く男がいる。

鋭い眼光に、針金のように硬い髭《ひげ》。

歳《とし》は六十を超えているが、がっしりとした身体は生気に溢《あふ》れている。

彼の名はボルドーク。〝黒犬〟の二つ名で知られるアトルシャンの英雄だ。

ボルドークは野営陣に一つだけある天幕の前で立ち止まった。

「――公子殿下」

天幕の中から返事はないが、衣擦《きぬず》れの音がする。

「ウィニィ＝ユーネリオンの位置を捕捉しました」

途端、ドタドタと足音が響き、貴族の青年が天幕から顔を出した。

「まことか、ボルドーク！」

「砦へ向かってきております。昼過ぎにはこの付近に到着するかと」

「自ら罠《わな》に飛び込んで来るとは！　愚かな王子だ！」

「あとはここで待ち伏せるか、狩りに出向くかですが」

「無論、狩りだ！　気取られたかと案じておったが、要らぬ心配であったな！」

「左様で。すぐに向かいましょう」

ジョン公子は宙に視線を泳がせ、それからボルドークに命令した。

「兵を集めよ。演説を行う」

「は？」

ボルドークは目を見開き、慌てて翻意を促した。

「いけません、殿下。みだりに騒げば砦の王国軍に気づかれるやもしれません。兵を無闇に集めるのも承服しかねます」

するとジョン公子は、ボルドークの頬をバチッ！　と打った。

「みだりに騒ぐだと!?　高貴な私の声を下々の兵にも聞かせてやると言っておるのだ！　私の声を聞けば、兵は士気を高め、力の限り戦うことだろう！　違うか、ボルドーク！」

「……ハッ」

ボルドークは顔を伏せたまま、後ろ向きに公子の前から下がった。

天幕を離れると、部下の一人――隻眼の騎士が出陣の準備を指揮していた。

ボルドークは隻眼の騎士を呼び止め、演説のことを伝える。

「演説？　今からですか？」

「そうだ」

「本気ですか？　機を逸するのでは」

「そうならぬよう、急いで兵を集めてくれ」

「善処しますが……まず、お止めしたほうがよろしいかと」

「時間の無駄だ。ああなっては折れぬお方だ」

「ああ。癇癪《かんしゃく》を起こされましたか」

ボルドークは肯定も否定もせず、明るむ空を見た。

まだ太陽の姿は見えないが、木々の枝の間から陽光が射《さ》している。

「時が惜しい。兵を騒がせず、迅速に集められるか？」

ボルドークの苦慮を見て取った部下は、己の胸板をドン！　と叩《たた》いた。

「お任せください。迅速かつ粛々と兵を集めます」

「すまぬ、カーチス。無理を言う」

去りゆく部下の背中を眺め、ボルドークは自問した。

(聡明《そうめい》でお優しいお子であったのに……なぜ、ああも気難しく育ってしまわれたのか)

(……違う。聡明で優しかったから、あの惨事でねじ曲がってしまったのだ)

(すべては十三年前の戦のせいだ)

十三年前。ソーサリエの王国史でも語られぬ戦があった。

第二次獅子《しし》鷲《わし》戦争——通称、獅子侵攻。

獅子王国が兵を挙げ、皇国へ攻め入ったのだ。

皇国は連邦国家である。魔導皇国バビロニアを宗主国として〝大盟約〟で結ばれた多数の国・地域・都市で形成される。

荒ぶる獅子に真っ先に立ち向かうことになったのは、獅子王国と領地を接する北部の連邦諸国。アトルシャン公国は、そんな北部の国の一つだった。

王国の攻めは凄《すさ》まじかった。先陣を切るのは、長子〝黒獅子〟ニド率いる精鋭騎士団。王国の主だった魔導騎士のほとんどが従軍し、総大将は獅子王エイリス自身。

王国にとっても総力戦と言っていいものだった。

緒戦は王国軍の連戦連勝。北部諸国の軍はあっという間に打ち負かされ、王国軍の侵攻路となった地域は散々に蹂躙《じゅうりん》された。

戦地からの一報が届くたび、皇都バビロンの民は震え上がった。

しかし、獅子の牙が皇都に及ぶことはなかった。

皇国最強の魔導騎士〝颪のミルザ〟が戦地に襲来し、すべてを覆したのだ。

王国軍は深刻なダメージを負い、撤退を余儀なくされる。

かくして獅子侵攻は王国側の敗戦で幕を閉じた。

国を挙げて臨んだ戦での敗戦は、王国内に暗い影を落とした。

治安を守る騎士と働き手となる青年層を多く失ったことで王国の秩序は大いに乱れた。

王国史の授業で触れられぬのも、その傷の深さの表れだ。

一方で、王国以上に深い傷を負った者たちもいた。

最初に立ち向かった北部の諸国である。中でもアトルシャン公国の被害は甚大だった。

魔導騎士の多くを失い、民は略奪、陵辱されるがまま。さらには時のアトルシャン公までも討ち取られていた。

「諸君！　ついに雪辱を果たす時が来た！」

ジョン公子の声が響く。集められた三千弱の兵の目が、馬上の公子へと集まる。

「──あのとき。私は初陣で、十二の少年だった」

ボルドークの部下カーチスのお陰か、兵からは咳《しわぶき》一つ、聞こえない。

「華やかな騎士たちが魔導を駆使して鎬《しのぎ》を削る──そんな夢見た戦場とは程遠かった。そうだな、ボルドーク？」

問われたボルドークが即答する。

「控えめに言って、あれは地獄です」

ジョン公子が頷《うなず》く。

「そう。地獄。これより相応《ふさわ》しい言葉はあるまい」

噛みしめるようにそう言い、公子は続ける。

「実を言うと、あの戦のことはあまり覚えていない。思い出せないのだ。雄叫《おたけ》びと悲鳴。血飛沫《ちしぶき》。立ち上る臓物の臭い。思い出せるのはそんなものだ。このボルドークが私を救い出してくれたらしいのだが、公都へ逃げおおせても私はずっと呆《ほう》けたままだったそうだ」

ジョン公子が兵を見回す。兵の中には、十三年前の戦の生き残りが多くいた。

その一人一人に向けて、公子は語る。

「人は言う」

「もう終わったことだと」

「終わった？」

「ではこの痛みは何だ？」

「この憎しみは？　帰らぬ家族や友への想《おも》いは？」

惨状を思い出し、涙を拭う者もいる。

「あの地獄を経験してなお、私について来てくれた卿《けい》らには感謝の言葉もない。王国の地を踏むだけで重圧を感じる者も多かろう。この私もそうだ。……だが、それも今日までのこと！」

ジョン公子が宙に向かって手を伸ばす。

「今！　我らの手の届くところに、にっくきエイリスの息子と、四百を超える仔獅子《こじし》がいる！　悪夢にまで見た、獅子の仔らが！」

兵は未《いま》だ、静寂を保っている。

しかし公子の熱量に当てられ、今にも破裂しそうなほど昂《たかぶ》っていた。

「我々は王国へ来た。何のために？　長く暗い地下道を抜け、獣のように森に隠れているのは何のためだ？　十三年の時が過ぎてもなお我らを苦しめる、忌まわしい記憶を消し去るためであろう！」

ジョン公子の激情が、兵を焚《た》きつける。

「血祭りだッ！　仔獅子共の血で、悪夢を真っ赤に塗り潰そうぞッ!!」

「「ウオォォォーッ!!」」

ついに兵たちは弾《はじ》け、獣のような咆哮《ほうこう》を上げた。

こぶしを振り上げ、激しく地面を踏み鳴らす。

ジョン公子はふうっと息を吐き、傍らのボルドークに言った。

「どうだ、ボルドーク」

「はっ。見事な演説でございました」

事実、ボルドークは感心していた。やはり公子は聡明なのだと再認識した。

ただ、最後の言葉だけは聞き流せなかった。

ボルドークはジョン公子から離れ、カーチスを呼んだ。

「申しわけありません。結局、大騒ぎとなってしまいました」

「お前のせいではない」

「公子があれも演説がお上手とは……砦《とりで》の敵に気づかれたやもしれませんので、急いで出立の準備を進めております」

「……うむ」

「他に何か？」

「あくまで狙いはウィニィ王子の誘拐。他は二の次だ」

「わかっております」

「お前はそうでも、公子の言葉に乗せられて血を求める者もいよう」

カーチスが兵たちの表情に目を走らせる。

「……かもしれませんな」

「王国の民が何人死のうと知ったことではないが、ここはその王国だ。目的を忘れてはしゃぎ回っておると、たちまち囲まれて、十三年前と同じ光景を見ることになる」

「おっしゃる通りかと。騎士の間で作戦の確認をしておきます」

「兵にもだ。公子の耳に届かぬようにな」

「ハッ」


黒い骨馬――グリムが駆ける。手綱を取るのはヒューゴで、ロザリーは彼の背中に顔を埋《うず》めていた。墓鴉《ハカガラス》と視界を繋《つな》ぎ、空から同級生たちの居所を探っているのだ。

「川沿いにもいない。砦に向かったんじゃないの？　いったいどこへ……」

焦りを滲《にじ》ませるロザリーに、ヒューゴが言う。

「あの子たちは、死体は獣ノ仕業だと思っているはずだよネ？」

「そうだと思う。……そっか、獣と出くわしそうな場所を避けてる？」

「川や湖のような水場。それに視界ノ悪い森や茂みも避けているかもしれない」

「ちょっと視界を広げてみる」

ロザリーの意識と連動し、墓鴉《ハカガラス》の群れが高度を上げる。

「――いた」

天空からの広い視野に、野を行く人の列が映った。まだ砦まで距離がある。

「ずいぶん遠回りしたのね。右よ、ヒューゴ。二時の方向」

「二時ネ、了解」

ヒューゴは手綱を右に動かし、それからロザリーに問う。

「間に合いそうかイ？」

「たぶん、ね。砦の近くに潜伏してるアトルシャンの軍勢とは距離があるから――」

そう言ってロザリーは、砦上空を旋回する墓鴉《ハカガラス》の視界に意識を向けた。

「――いない!?　いったいどこへ……あーっ、もうっ！」

「素っ頓狂な声を上げて。何事だい？」

「アトルシャン部隊のほうが動いてる！　もう、みんなのすぐそばまで来てるっ！」

「……捕捉されたネ。墓鴉《ハカガラス》のような使い魔か、あるいはあの死体に警報系の術が仕掛けられていたか」

「んっ？　部隊が動きを止めた。例のマントで身を隠して森の中で待ち伏せる気みたい」

「あの子たちは？」

「森を避けてるからぶつからないと思うけど……っ、みんなも森へ!?　何で!?」

「急いだほうがよさそうだ」

「ええ！」

「何か……あったな」

前を見つめ、ウィニィは呟《つぶや》いた。

四百名のソーサリエ生は前軍と後軍の二つに分かれて行軍していた。

前軍はグレン以下青のクラス生の腕利きが前衛・側面を固め、中に黄と緑の選抜生徒を入れた総勢二百二十名。前軍を指揮するのはジュノー。

残りの百八十名は後軍で、指揮するのはウィニィ。

遠回りしつつも、計画通り砦へ向かっていたはずだった。なのに今、突然の足止め。

前軍の歩みがピタリと止まってしまったのだ。ウィニィの元へ、ロロがやって来た。

「まだ動きませんか」

「ああ」

「私が様子を見てきましょうか？」

「ちょっと待て。……動く」

「あ、本当ですね」

動きを止めていた前軍が再び歩き始めた。だが、その進行方向を見てロロが首を捻《ひね》る。

「方向が変わった？」

「森へ向かっているな」

「そのようです。森や川には近づかないという取り決めでしたよねぇ？」

「～っ、ダメだ。森に入ってはダメだ」

ウィニィはすぐさま決断を下した。

「確かめてくる。ロイド、パメラ！」

「はっ！」「はい！」

呼ばれた黄のクラス生二人が歩み出る。

「二人は僕についてこい。ロロ、その間の後軍の指揮を頼めるか？」

「わかりました。ウィニィ殿下、お気をつけて」

「あとを頼む！」

ウィニィは後軍を抜け出し、急ぎ足でジュノーの元へ向かった。

すぐに前軍の最後尾に追いついた。隊列は特に乱れなく進んでいる。

ウィニィは列に入らずに、その横を急いだ。先頭はもう森の中へ入っている。

先頭付近の生徒はどこか、緊張感が漂っているように見える。

誰もが周囲を警戒し、頭上の枝葉にまで目を配る者もいた。

（やはり、何かあったな……）

ウィニィは背伸びして、捜し人の位置を探った。

「ジュノー！」

ウィニィが叫ぶと、反応があった。大柄な生徒——グレンが群れの中で手を上げ、手招きしている。同時に、ウィニィとグレンの間の生徒が道を空けた。

「なぜ森へ入った？」

ウィニィはグレンに近寄るなり、彼にそう尋ねた。グレンが簡潔に答える。

「使い魔を出していた緑のクラス生が昏倒《こんとう》した。だから森へ入ることになった」

ウィニィが苦笑する。

「グレン、それじゃさっぱりわからない」

「む、そうか」

グレンは逡巡《しゅんじゅん》し、言葉を選びながら言い直した。

「鳥の使い魔を呼び出して偵察させていたんだが、呼び出した奴《やつ》がいきなり昏倒した。ジュノーが言うには、使い魔からの感情逆流だと」

「感情逆流？」

「使い魔が殺されると、その負の感情が主《あるじ》へ流れるらしい」

「ふむ。それが森に入ることと何の関係がある？」

「鳥の使い魔だ。脅威は空にいる可能性が高い」

「ああ、空の敵から隠れるために森へ入ったってわけか。……だが、空からとは限らないんじゃないか？　鳥を落とすなら、弓とか」

「俺もそう言ったんだが、ジュノーが違うと断言した。もっと恐ろしいものだと」

「恐ろしいもの？　いったい何が――」

そのとき、先頭のほうから悲鳴が上がった。

遅れて「敵襲！」の声。隊列の動きが止まり、前は騒然としている。

「俺が行く。ウィニィはジュノーのところへ」

グレンはそう言い残し、先頭へと向かった。先頭では青のクラス生が一人うずくまり、それを守るように他の生徒が囲み、周囲を警戒している。

グレンも先頭から出て辺りを見回すが、敵の姿はない。

「どこだ?」

グレンが尋ねると、警戒する生徒が背中を向けたまま答えた。

「矢だ！　やっぱりグレンが正しかった！　森に入るべきじゃなかった！」

グレンはうずくまる生徒の横へしゃがみ込む。矢は生徒の二の腕に突き刺さっている。

「すまん、グレン」

「謝るな。隊列に入って治療を受けろ」

「いや、抜いてくれ。浅い」

「わかった」

グレンが矢を握り力を込めると、たいした抵抗もなく矢は抜けた。

矢傷を負った生徒が、強がって笑う。

「賊は魔導騎士じゃないぜ。矢が貧弱すぎる」

「賊、か」

シィイイッ、と風切り音がした。

グレンは立ち上がるなり剣をすらりと抜き、飛来した矢を難なく打ち払った。

グレンのやりようを見て、前衛に立つ青のクラス生の目が鋭くなる。

グレンにできるなら自分も、と闘志を燃やしているのだ。

そしてそれを証明するように、続々と飛来する矢を、前衛は跳ね返し続けた。

だがそのうちに、ある事実に気づく。

「……賊は何人いるんだ？」

矢は一度に十も二十も飛んでくる。それも、あらゆる方向から。しかし敵は見えない。

グレンは木立が震えるほど大きな声で命令した。

「円陣を組め！　外側は青で固めろ！」

そして低い声で言った。

「これは賊じゃない。軍隊だ」


そのときロザリーは、グレンのいる森のちょうど反対側まで来ていた。

手綱を握るヒューゴが、後ろのロザリーに問う。

「どうだイ？　間に合いそう？」

ロザリーが苦渋に満ちた顔で言う。

「……もう、始まってるっ」

「アララ」

「ヒューゴ、急いで！」

しかしヒューゴは肩を竦《すく》めるだけで、急ごうとしない。

「ヒューゴ!?」

「う〜ん、気が進まないなァ。このまま行けば、お友だちの前で戦うことになるヨ？　バレないようにうまくやるって話だったはず」

「それは……でも、もう時間がないの！」

「ネクロは人が忌み嫌う〝死〟を術とする。疎まれ、蔑まれる宿命にあるンだ。知られれば、学校はおろかお友だちだって失うことになる」

「あ〜っ、もう！　またそれ!?」

ロザリーは墓鴉《ハカガラス》の視界を遮断し、懐から大きな布を取り出した。

長い黒髪を小さくまとめ、その上から布を頭に巻いていく。

きれいに巻き終わると、布の色が変化を始めた。覆面姿のロザリーの頭が、わずかにはみ出した黒髪と目元を残して、周囲の景色に溶け込んでいく。

「それは……洞窟の通路を偽装してた、魔導具の布？」

「捨てるのももったいないと思って持ってきたの。これでどう？」

ロザリーは黒いフード付きマントを着た胴体の上に、紫の目だけが浮いているという、この上なく怪しい出《い》で立《た》ちになっている。

ヒューゴは上半身をロザリーから離し、彼女を上から下へ何度も眺めた。

「……どうだろう。そうだナ、不審過ぎて逆にロザリーっぽくはないノかも」

「十分！　じゃあ行くよ、グリム！」

ロザリーはヒューゴから手綱を奪い、グリムに命令を下す。

グリムは待っていたとばかりに、勢いよく森へ突入した。

グリムは森の中でも平原のように走る。木々を踏み越え、あるいはなぎ倒し。

森を直線に進むと、武装した兵士がまばらに見えてきた。アトルシャン部隊の最後尾である。誰もが驚き、呆気《あっけ》に取られたようにロザリーを見ている。

「〝野郎共〟！」

ロザリーの影と、それに繋《つな》がる木立の影が一斉に蠢《うごめ》いた。冥府の底から呼び出された〝死の軍勢〟が、影から這《は》い出てくる。荷運びで使うときとは、数も装備も違う。すべての骸骨が武器と楯《たて》と鎧《よろい》を身に着け、整然と隊列を組んでいく。ロザリーが前へ進むたびに蠢く影は広がり、〝死の軍勢〟の数はあっという間に一万余となった。

「ずいぶん出したねェ」

「敵も三千だから多過ぎはしないわ。まだ余裕もあるし」

ロザリーは剣を抜き、前方へと掲げた。

「進め、〝野郎共〟！　敵を打ち破れ！」

彼女の命令は言葉が届くより早く、すべての骸骨たちへと伝わった。

暗い眼窩《がんか》に意思が宿り、死の軍勢が一斉に動き出す。

「ヒッ」「う、うあ……」

森は一瞬で地獄と化した。死の軍勢は敵を恐れず、死を怖れない。

淡々と歩を進め、粛々と敵を殺戮《さつりく》する。

「ギャッ！」「嫌だ、嫌だぁぁ」

アトルシャンの兵士たちは、ただただ逃げ惑うか、あるいは殺されていった。


「――むっ」

背後からの異様な気配に、ボルドークは思わず振り返った。

森のざわめきの奥に微《かす》かに聞こえる、悲鳴、戦音楽。

周囲の騎士たちも、にわかにざわめき出した。

「静まれ」

ボルドークは低く怒鳴り、前を指差した。

「仔獅子《こじし》狩《が》りはどうなっている？」

隻眼の騎士――カーチスが答える。

「ボルドーク様の狙い通り、自ら森に入ってきました」

「使い魔を喰い殺したのが効いたな」

「はっ。兵は対騎士戦の定石通り、弓で足を止めております。展開・包囲が済み次第、騎士による獅子狩りへ移行します」

「どのくらいかかりそうだ？」

「さて。後続の仔獅子がなかなか森に入らないようで、森を出てまで包囲すべきか兵隊長が迷っておるようです」

「ウィニィ王子がどちらにいるかによるな」

「おっしゃる通り」

「しかし――じっくりと考える暇はないようだ」

後ろから、叫びながら駆けてくる騎馬がいる。

「急報！　急報ー！」

「何事だ、騒々しい！」

カーチスが駆けてきた馬の轡《くつわ》をむんずと摑《つか》み、無理やりに騎馬を止める。

伝令は転がり落ちるように下馬し、ボルドークの前に膝をついた。

「敵襲です！」

ボルドークは伝令の無能さに苛立《いらだ》った。

「そんなことはわかっている。敵は？　砦《とりで》の騎士か？　数は？」

「敵は、敵は……」

伝令は唾を呑《の》み、目を見開いた。

「あ、不死者《アンデッド》の軍勢です！」

「……何だと？」

「数は、わかりません！　そこら中に、無数に……」

カーチスがぬらりと剣を抜いた。

白刃を伝令の首元に突きつけ、凄《すご》みを利かせた声で言う。

「戦時における誤報・虚報の伝達は死罪に値する。伝令役なら知っているな？」

伝令は唇を一文字に噛《か》みしめて、それから目を血走らせて頷《うなず》いた。

「私はこの目で見たのです、不死者《アンデッド》の大群を！　仲間が骨の兵隊に縊《くび》り殺されるのを！

あれが間違いならどれほどいいか！」

カーチスがボルドークに視線を送ると、彼は静かに頷いた。

「待ち伏せのはずが挟撃される形となったか。戦とは思い通りにいかんものだ」

「不死者《アンデッド》の溜《た》まり場《ば》に偶然踏み込んでしまったのでしょう。ですが軍勢という言葉が気になります。砦の騎士が何らかの方法で追い立てて、こちらに向かわせたのでは？」

カーチスに問われ、ボルドークは首を横に振る。

「わからん。だが――」

ボルドークは後方に目を細めた。

「ああ、この距離まで来るとわかる。強力な魔導騎士がいるな。尋常ならざる敵だ」

「……勝てますか？」

恐る恐るそう問うカーチスに、ボルドークは朗らかに笑った。

「勝たずともよい」

「は？」

ボルドークはカーチスに尋ねた。

「公子殿下は？」

「兵隊長の近くに布陣しております。血に逸《はや》っておいでででしたので」

「ならばカーチス。お前は公子殿下と共に、ただちに洞窟へ向かえ。そのままアトルシャンへ離脱するのだ」

カーチスは信じられない、というふうに目を剝《む》いた。

「そりゃあんまりです、騎士長！　俺はまた逃げ出すためにあんたについてきたわけじゃない！」

「なんと。お前も案外、十三年前を引きずっておるのだな？」

そう言って、ボルドークはまた笑った。

「我らの勝利はウィニィ王子を拉致し、アトルシャンへ連れ帰ることだ。そうだな？」

「おっしゃる通りです」

「では、我らの敗北は？」

カーチスはすぐに答えに至ったが、口にしたくなかった。

ボルドークに目で促され、渋々と答えた。

「公子殿下が捕縛、あるいは討ち取られることです」

「その通りだ。副長！」

「ハッ！」

白髭《しらひげ》をもくもくと生やした、老齢の騎士が進み出た。実直で遂行力に優れた騎士で、ボルドークはカーチスではなくこの男に副長を任せていた。

「後背の敵はお前に任せる。騎士をすべて充ててよい」

「ハッ！」

短く返答する副長に、ボルドークは少し不安になった。

「……何をすべきかわかっているか？」

副長はドン！　と胸を叩《たた》いた。

「尋常ならざる敵！　勝たずともよい！　以上のご発言から導き出されるご命令の意図は、無理に戦わず時間稼ぎ！　亀のように堅く守ることでございましょう！」

「うむ！」

疑った自分を恥じながら、ボルドークは馬首を返した。

「赤の狼煙《のろし》を合図とする。確認し次第、即時撤退。赤だ、見逃すな」

「ハッ！」

副長は敬礼し、配下の騎士たちの元へ向かった。ボルドークにカーチスが尋ねる。

「騎士長はどうなさるので？」

ボルドークはニヤリと笑った。

「私は王子を獲《と》る」

ロザリーは森を攻め進んでいた。敵の抵抗は、あるもなしも関係ない。

死の軍勢は波が打ち寄せるように、一方的に敵陣を侵食していく。

だが、その波を阻むものが現れた。

天上から降り注ぐ光のカーテン。光はオーロラのようにうねりながらアトルシャンの兵たちを包み込み、それは護壁となって骸骨たちを退けている。

「これは……何?」

眉をひそめるロザリーに、ヒューゴが囁《ささや》く。

「耳を澄ましてごらン」

「耳?」

「いいから」

言われた通りにロザリーが耳を澄ます。

すると、どこからか場違いな旋律が聞こえてきた。

「……歌?」

その旋律は、賛美歌のような荘厳な響きであった。ヒューゴが頷く。

「合唱聖文術《ホーリーワード》。守護壁を作り出す聖文術《ホーリーワード》を、他の聖騎士《パラディン》が聖歌で補強・拡大しているンだ。こうなると、元来聖文術《ホーリーワード》を苦手とする不死者《アンデッド》にはなかなか厳しい」

「ヒューゴ。どうすればいい?」

素直にそう尋ねるロザリーを眩《まぶ》しそうに見つめながら、ヒューゴは答えた。

「術者ヲ叩く。聖歌はあくまでサポートで、核となる術者は一人だけダ」

ロザリーは覆面を押し下げ、敵陣に目を走らせた。

兵の後ろに隠れるように、何十騎もの騎馬がいる。

「たぶん、騎乗しているのが騎士よね。みんな歌ってる……三十人くらい？　問題の核となる術者は……んー、わかんないな」

「見た目だけで捜し出すのは難しいヨ。向こうだって隠すしネ」

「なら、片っ端から倒すだけ」

ロザリーは剣を抜き、ありったけの魔導を身体中《からだじゅう》に巡らせた。

――血が滾《たぎ》る。力が漲《みなぎ》る。

煮立った血から魔導が溢《あふ》れ、身体から外へ滲《にじ》み出てきた。ロザリーの周囲の空間が陽炎《かげろう》のように歪《ゆが》む。それを見たヒューゴは、歓喜に顔を崩した。

「素、晴、ラ、シ、イ。美しくすらある」

対するアトルシャンの騎士たちには、はっきりと動揺が表れていた。常軌を逸したロザリーの魔導圧に誰もが顔を引きつらせ、歌う声は恐怖で揺れている。

「ヒューゴは核の術者を捜してくれる？」

「お任せヲ。御主人様」

ヒューゴは恭しくお辞儀し、ロザリーの影にとぷりと消えた。

それを合図に、ロザリーがグリムを駆る。

光のカーテンを突き破り、敵陣へ。ただの兵卒は歯牙にもかけない。

グリムが兵を蹴散らし、ロザリーが手近な騎士へ力任せの一撃。

馬ごと吹き飛んだ騎士を追い越して、後続の騎士を鎧《よろい》ごと貫く。

背を向けて逃げ出した騎士の背中を、グリムが蹄《ひづめ》を振り上げ、地面へと縫い付ける。

遅れて向かってくる騎士をロザリーが一刀のうちに斬り倒し、後ろから迫る騎士はグリムが後ろ脚で蹴り上げる。そして再び、別の騎士の集まりへ突入。

ロザリーとグリムが去った後には武具の残骸と騎士の身体がいくつも横たわっている。

まるで荒れ狂う暴風であった。

合唱聖文術《ホーリーワード》の核である副長は、白髭の奥で歯噛みしていた。

「尋常ならざる敵。そうは言っても限度というものがあるだろうが……っ！」

目の前の怪物は、想定をはるかに超えている。

撤退すべきか。ふいによぎったその考えを、副長は頭を振って追い出した。

「ありえん。まだいくらも時を稼いでいない。だが、このままでは全滅は必至……」

長きにわたる戦場経験と照らしても、答えが見つからない。

後方の空をちらりと見やるが、やはり赤の狼煙は見えない。

と、そのとき。すぐそばから甘えるような女の声がした。

「――何を見ているの？」

驚いて前を振り向くと、自分の鞍《くら》に若い女が跨《また》がっていた。

波打つ赤毛と今にもこぼれ落ちそうな乳房。その得体の知れぬ魅力に、副長は思わず仰《の》け反った。赤毛の女――ミシルルゥが嗤《わら》う。

「あなた素敵よ？　核の役割をこなしながら気配を隠すのって、そう簡単にできることではないもの。熟練の技と表現すべきものね。おかげで見つけ出すのにちょっと手間取っちゃった。……でも、残念。魔導自体は大したことないのね？」

副長はハッと我に返り、腰の剣を抜いた。

だが、その剣を抜く一瞬の間に、斬りつけるべき相手の姿が目の前から消えた。

「遅い。その鈍さは致命的」

副長の首に、後ろからミシルルゥの細腕が回された。

その細さからは信じられない怪力で、副長が馬から引きずり落とされる。

「ぐうっ！」

落馬した副長は、頬を地面につけたまま、目を見張った。

自分に抱きつくミシルルゥの胸から下が、地面の中に沈んでいる。

「冥府はまだはるか下。さァ、一緒に堕《お》ちましょう？」

「ぬ、ぐっ……ぐおおお!!」

副長は必死に抗《あらが》った。だが足掻《あが》けば足掻くほど、身体が地面に沈んでいく。

「ウフフフ……」

副長の断末魔とミシルルゥの不気味な笑い声を残し、二人の姿は地中に消えた。

「光のカーテンが……消える？」

ロザリーが空を仰いだ。降り注いでいた光のひだが、薄らいで消えていく。

同時に、聞こえていた歌も消えた。術の崩壊を確信したロザリーが、大声で叫ぶ。

「進め！　〝野郎共〟！」

死の軍勢はゆっくりと、そして整然と、殺戮《さつりく》を再開した。


「来るぞ、構え！」

グレンの声に、円陣の外側にいる青のクラス生が腰を落とす。

直後、飛来する矢の雨。グレンたちは一矢一矢払い落とし、矢の出所を剣で指し示す。

それを見て緑のクラス生たちが魔導を巡らせ、ジュノーが叫ぶ。

「ミズナラの枝の上！　撃てっ！」

一斉に遠隔攻撃用の精霊術《エレメンタル》が放たれた。術の内容は、親しむ相手によってまちまちだ。

土の精霊に親しむポポーは石つぶて。水の精霊に親しむジュノーは水弾というふうに。

一つ一つの威力はたいしたことなくとも、一斉に放てば矢の雨を超える脅威となる。

精霊術《エレメンタル》が狙った枝の上からは、悲鳴や痛みに喘《あえ》ぐ声がいくつも漏れ聞こえた。

少し遅れて、地面に墜落する音がいくつも響く。

「高所の敵はあらかた片づいたわね……森から出るわ！　円陣を保ちつつ、後退！」

ジュノーの号令に、円陣がゆっくりと森の外へと下がっていく。

だが森の外まであと少しというところで、後退が止まった。

「どうした。なぜ下がらない？」

グレンが尋ねるが、ジュノーは「わからない！」と首を横に振る。

そこへ、円陣の中央にいたウィニィがやって来た。

「下がれない！　後ろにも見えない敵がいる！」

グレンが舌打ちする。

「チッ。分断されたか」

「それよりもウィニィ様、もっと陣の中央に。危険です」

ジュノーの台詞《せりふ》に、森に溶けこむ敵兵が一斉にざわめいた。

「……ウィニィ？」「王子だ」「ウィニィ＝ユーネリオン！」「憎きエイリスの子！」

グレンは前方に目を凝らした。森の景色が人の形に動いている。

「なんだ、迷彩……？　ウィニィ、下がれ！　目的はお前だ！」

グレンはウィニィを後ろへ押しやり、迫ってきた人型を一刀の下に斬り伏せた。

「来るぞ！　接近戦用意！」

グレンがそう叫んだ直後に、あちこちの青のクラス生から戸惑う声が聞こえてきた。

グレンは近くで仲間ともみ合う人型を背中から斬り捨て、また叫ぶ。

「躊躇《ためら》うな！　殺《や》れ！」

四方八方から金属がぶつかる音が響く。想像以上に敵は多いようだ。

「チッ。……後ろは!?　まだ下がれないのか!?」

グレンの問いかけに、ジュノーが顔をしかめる。

「まだよ！　後ろも厚い！」

と、そのとき。

「突撃ぃ～！」

少し頼りない声色の号令。遅れて、円陣の後ろから後軍が突っこんできた。

円陣と後軍に挟撃された人型は、ひとたまりもなく潰されていく。

「でかした、ロロ！」

グレンがこぶしを握り、ジュノーが命じる。

「今よ！　森の外へ！」

グレンたちは森から抜け、ついに後軍と合流した。

四百人の群れの真ん中で、四人の代表が顔を合わせる。

「助かったわ、ロロ！」「ああ、命の恩人だ！」

「大袈裟《おおげさ》ですよ、ジュノーさん、ウィニィ殿下。グレン君もご無事で何よりです」

「ありがとよ、ロロ。ジュノー、死者は出てないよな？」

「ええ、軽傷者だけ。それもほとんど聖文術《ホーリーワード》の治療済みよ」

「よし、急いで砦《とりで》へ向かおう。ウィニィは先に離脱しろ、護衛をつける」

「ふざけるな、グレン。僕は最後まで代表の責任を果たすぞ」

「いいえ。狙いが殿下とわかった以上、それが得策です。私もグレンの案に乗ります」

「ジュノーまで……ッ!?」

瞬間、四人の肌が同時に粟立《あわだ》った。

何か得体の知れぬものが来る。なのに、魅入られたように動けない。

「危ねぇロロ！——うあああっ!?」

「えっ？」

ロロは突き飛ばされ、尻餅をついた。

その目の前で、彼女を突き飛ばしたオズが、黒い大きな何かに攫《さら》われた。

胴を喰《く》われ、天高く持ち上げられる。

尻餅をついたロロが、頭上を見上げて声を震わせた。

「お、オズ君」

オズは黒い化け物に咥《くわ》えられ、苦痛に顔を歪めている。男の低い声が響いてきた。

「すまないな、学生諸君。課外授業は中止だ」

森から一騎の騎士が現れた。眼光鋭いその男——ボルドークは、硬い髭《ひげ》をじりじりと擦《さす》りながら、馬上から生徒たちを睥睨《へいげい》した。

「伏せろ、ウィニィ」

グレンに引っ張られ、ウィニィが膝を折る。

ウィニィはグレンの腕にしがみつき、囁き声で訴えた。

「グレン、あれだ。あれが洞窟の死体を殺した獣の正体だ」

グレンは頷《うなず》き、ジュノーに問うた。

「あれは何だ？」

ジュノーは青ざめた顔で答えた。

「精霊よ」

「あれが、か？　悪霊にしか見えないが」

「その認識で構わないわ。とても凶悪で、恐ろしいものよ」

オズを咥えたそれは、黒い犬の化け物だった。

大熊と見紛《みまが》うばかりの体格で、宙に浮き、眼だけが紅《あか》い。

尾の先が長く長く伸びていて、その先がボルドークの左手の人差し指に繋《つな》がっている。

「指揮官かと思ったが……これは違うな」

ボルドークが人差し指を弾《はじ》くと、黒犬がオズを吐き捨てた。

オズの身体が地面へ落下する。しかし、誰もオズを助けに駆け寄らない。

ボルドークの圧に屈し、動けないのだ。

そんな生徒たちに見せつけるように、ボルドークは中指と薬指を立てた。そこから二頭の黒犬がゆらりと現れる。その様は、ボルドークを胴体とした多頭竜《ヒュドラ》のようだった。

「あんなのが、もう二匹……」

ロロはそれっきり、絶句した。ボルドークが言う。

「これから私は、君たちにこう尋ねる。『ウィニィ王子はどこか？』と。教えればよし。王子自ら名乗り出てもよし。もしどちらもない場合は……可哀想《かわいそう》に、三人の若者が憐《あわ》れな死体となる。そしてまた、私は尋ねる。『ウィニィ王子はどこか?』と。この繰り返しだ、シンプルだろう?」

ボルドークは笑みを浮かべた。そして、グレンたちに尋ねる。

「ウィニィ王子はどこか?」

しん、と誰も答えない。

「ふむ。ならば仕方ない」

ボルドークが三指を折る。黒犬が牙を剝《む》き、唸《うな》り声《ごえ》を上げた。

「ぎゃあああああ!」「いっ、いやぁぁぁあっ!」「あがが……」

三つの悲鳴が響き、三人の生徒が空高く持ち上げられた。

間を置かず、三つの落下が地面を揺らす。

「まず三人。さて、何人まで耐えられるかな?」

ボルドークは髭を触り、また尋ねた。

「ウィニィ王子はどこか?」

グレンは歯嚙《はが》みしながら考えていた。

(こいつはソーサリエの、どの教官より強い……)

(俺一人じゃ厳しい……ロザリーがいてくれたら……)

(……くそっ、ロザリーは無事なのか!?)

その頃、ロザリーはアトルシャン騎士団と対峙《たいじ》していた。ヒューゴが敵を指で数える。

「ン〜、数は百くらいか？　全部魔導騎士だから〝野郎共〟には荷が重いかもネ」

「さっきは聖騎士《パラディン》ばかりでおかしいと思ってたけど、こんなに残っていたとは、ねっ！」

投《な》げ槍《やり》が飛来し、ロザリーが剣の柄《つか》でそれを弾く。

「聖騎士《パラディン》だけを先に当てて、残りは伏せておいた。なぜそうしたかわかるかイ？」

「ヒューゴ！　こんなときまで講義する気!?」

「答えるまで聞くからネ」

「もうっ……今も半包囲しているのに距離を詰めてこない！　こいつらの目的は徹底して時間稼ぎよ！」

「クク、ご明察」

ヒューゴは満足げに頷き、それから黒い骨馬――グリムからひらりと降りた。

「ヒューゴ？」

「キミだけで、お友だちのところへ向かいたまえ」

「でも……」

「大事なンだろう？　ここはボクに任せて」

「ごめん、ヒューゴ！」

グリムのたてがみを引くと、黒い骨馬は大きく立ち上がり、青白く燃える前脚で宙を掻《か》いた。そのまま方向を変え、包囲を強引に突破し、グレンたちのいるほうへ駆けていく。

「オヤ？　オヤオヤ？」

ヒューゴが不思議そうにアトルシャン騎士団を眺める。

「嫌にあっさり行かせてくれたねェ？　追手をかける様子もない」

するとこの部隊の指揮官と思《おぼ》しき魔導騎士の男が言った。

「男。お前は使い魔のようだが、あの少女と同格であろう」

「そう見えるかイ？」

「自らを犠牲に主《あるじ》を行かせるとは泣かせる話だが、それは我らにとっても好都合なのだ」

「……なに？」

「あの娘は〝黒犬〟ボルドーク様には勝てん。お前も一緒であれば、もしかすれば万が一もあったやもしれんが。それも今、消えた。わかるか？　間違えたのだよ、お前は」

「なんと！　そうだったのか……！　ク、クッ」

ヒューゴの唇が歪《いびつ》な形で震える。

「クッ。──クハハハハッ!!」

「……何がおかしい」

指揮官が目を細め、高笑いするヒューゴを睨《にら》む。

「クク……いや、すまない。耐えられなかったンだ。何もわかっていない愚か者がいっぱしの口を利くものだから愉快すぎて、ネ」

ヒューゴは姿勢を正し、騎士団に向かって頭を下げた。

「まずは謝罪ヲ。まるで自分を犠牲にしたかのようなボクの言動のせいで、キミたちに要らぬ誤解ヲさせた。思い上がらせてしまった」

そしてヒューゴが頭を上げたその瞬間、辺りを冷たい風が吹き抜けた。

それは望まれぬ者共の到来を告げる予兆の風で、不吉な感触に指揮官の顔がこわばる。

「何だ、この気配……？　ガイコツ共とは違う……」

どこからかラッパの音色が聞こえた。騎士たちが怯《おび》えた顔で辺りを見回す。

森の木々の間から青白い煙が漂ってきた。いつの間にかヒューゴの姿が消えている。

「あの男はどこだ!?　油断するな、死角から襲ってくるぞ！」

指揮官の命令により、騎士たちがいっそう警戒する。

しかしヒューゴは一向に姿を見せず、代わりに騎馬の足音が聞こえてきた。

数十騎はいる。

「どういうことだ……聖騎士《パラディン》部隊の生き残りがいたのか？　それとも砦の騎士か？」

青白い煙を割って、騎馬が正体を現した。

それは見るも無残な不死者《アンデッド》の騎士たちだった。

鎧《よろい》はひび割れ、あるいは砕け。四肢が欠けた騎士、首がない騎士までいる。

指揮官は先頭を行く不死者《アンデッド》に覚えがあった。

干からびた顔を覆う、もくもくとした白い髭。

「副長……？　ああ、そんな……」

副長だった不死者《アンデッド》が腕を振りかざすと、不死者《アンデッド》の騎士たちが一斉に襲いかかった。

不死者《アンデッド》は情け容赦など持ち合わせていない。

だが対するアトルシャン騎士団は違った。敵国に少数で侵入するという危険な任務を共有する仲間であり、中には親兄弟や恋人同士もいた。

恐ろしい姿となったかつての仲間に怯《ひる》み、陣形が崩れ、一方的に討たれていく。

逃げ出そうとすれば、包囲している〝野郎共〟が虫のように集まってきて潰される。

悲鳴と嘆きがこだまする中、ヒューゴの冷たい声が聞こえる。

「死霊騎士《ネクロマンサー》とその僕《しもべ》に殺された者は、新たな僕《しもべ》、不死者《アンデッド》となる」

「あーッ！　あァーッ!!」

「敵軍にかつての仲間、同胞の不死者《アンデッド》をぶつける。とても効率的でボクは好きなンだが」

「な、何で……何で、こんなこと、に……ぐ、ウッ」

「ロザリーにはまだ早い。だから遠ざけただけのことサ」

「ヒギッ！　あァ、神、よ……」

精鋭アトルシャン騎士団は本懐を遂げることなく、異国の地で壊滅していった。

ボルドークが問う。

「ウィニィ王子はどこか？」

「～～っ！」

立ち上がろうとするウィニィを、ジュノーが押し止《とど》める。

「なりませんっ、ウィニィ様！」

「でもっ！」

ボルドークの問いは、これが三度目。

一度の問いで三人ずつが喰われ、最初のオズを入れて七人が地面に倒れている。もはや我慢ならない様子のウィニィをジュノーが必死に押さえ、彼の口をロロが両手で塞ぐ。

答えがないと見るや、すぐにボルドークは三指を折った。

三頭の黒犬が牙を剝き、唸ったその瞬間。

「うおおおッ!!」

獅子《しし》のように吠《ほ》えて、グレンが飛び出した。

「グレン！　ダメだっ！」

「立ってはなりません、ウィニィ様！」

「ジュノー、僕じゃなくグレンを止めろ！　殺される！」

「わからないでしょう、グレンは強い！」

「無理なんだ！　あいつに勝てるのは獅子王《父上》か、あるいは黒獅子ニド《兄上》か……そうだ、ロザリー！　ここにロザリーがいてくれたら！」

「ロザリー？　なぜロザリーをそのお二方と並べて……」

グレンはボルドークへ疾風のように駆け寄った。

小細工はしない。間合いに入るなり、渾身《こんしん》の一撃。

しかしボルドークは、剣を振るうグレンの手首を難なく受け止めた。

「黒犬を放った瞬間を狙ったか。その状況判断は誉《ほ》めてやろう」

「フーッ、フーッ」

グレンは息荒く剣を絞るが、ボルドークに摑《つか》まれた手首はピクリとも動かせない。

「しかし、だ。犬の主人が犬より弱いとなぜ思う？」

ボルドークが右手に魔導を巡らせると、グレンの手首から鈍い音が鳴った。

「がっ！　あ、ぐっ」

グレンが呻《うめ》き、剣を取り落とす。ボルドークは手首を砕いた右手を離し、そのまま手刀に変え、グレンに向けて引き絞る。

「さらばだ、獅子の仔《こ》よ」

グレンは覚悟を決めた。目を背けたりはしない。手刀を睨みつけ、ただ運命を待った。

——しかし。しばらくしても、手刀は引き絞られたまま動かない。

ふとグレンは、ボルドークの視線が下を向いていることに気づいた。

グレンが地面に視線を落とす。

土の中から無数の青白い腕が生えていて、ボルドークの脚を摑んでいる。

「ムゥン！」

ボルドークは初めて剣を抜き、地面から生えた腕を薙《な》ぎ払った。そして森を睨む。

「もう来たか」

ボルドークの言葉を裏付けるように、森から騎馬が姿を現した。

黒い巨馬に乗り、覆面をしている。

(顔がよく見えない。見えない兵士が着ていたのと同じ迷彩か。誰だ……女か？)

グレンは覆面の女に注意を払いながら、ボルドークからそっと離れた。

ボルドークはグレンのことなどすでに眼中になく、全神経を覆面の女に向けている。

「おかしいな。修練を積んだ百五十の騎士が、お前の相手をしたはずだが。……私の部下はどこだ？」

すると覆面の女は、剣で地面を指し示した。

「冥土に送ったとでも言うつもりか！」

ボルドークが三指を折った。三頭の黒犬が唸りを上げ、牙を剝いて覆面の女へ迫る。

対して覆面の女は手綱を強く引いた。

黒い巨馬が立ち上がり、青白い炎が燃える前脚で宙を掻く。

三頭の黒犬はその炎を嫌がり、顔を背けた。

直後、黒い巨馬がボルドークへ向けて疾駆した。およそ馬の速度と重量感ではない。

思わずボルドークは馬との直線上から飛び退《の》いた。そこで、はたと気づく。

馬上に女の姿がない。ボルドークは襟足に殺気を感じ、反射的に身体《からだ》を捻《ひね》った。

つい今しがたまで首のあったところを、覆面の女の剣が通り過ぎていく。

「ううむ！　殺意に満ちた実に良い剣だ！」

喜悦を漏らしながら、ボルドークは剣の柄で女を打った。

だが女は避《よ》けもしない。剣を持つボルドークの手首を握り、叫んだ。

「〝亡者共〟！」

地面に落ちた女の影が沸き上がった。

影のあぶくから次々に干からびた亡者共が生まれ出て、ボルドークに群がる。

「ぬ、ぬおおおおっ!?」

ボルドークの全身が亡者共に包まれた。無数の萎《しな》びた腕がボルドークを摑み、無数の落ちくぼんだ目が血肉を求める。身動きできない最中《さなか》、ボルドークは親指を折った。

「なに、この臭い？」

女が覆面の下で顔をしかめる。血腥《ちなまぐさ》い。吐き気を催すような殺気。

「……この感じ。知ってる！」

女がハッと頭上を見上げる。そこには三頭の黒犬よりふた回りは大きな黒犬が、よだれを垂らして彼女を見下ろしていた。

「グンターを殺した獣！」

女が飛び退くより早く、黒犬の赤黒い口が落ちてきた。

巨大な顎《あご》が亡者共に包まれたボルドークと女をまとめて喰《く》らわんとする。

女は皮一枚でかわすが、覆面と黒いマントがビリビリに引き裂かれた。

濡《ぬ》れ羽色《ばいろ》の髪が舞う。顔が露《あらわ》となった女――ロザリーは、すぐさま肘で顔を隠した。

だが、遅かった。

「お前……ロザリー？」

後ろから聞こえた呟《つぶや》きの主が、ロザリーは振り返るまでもなくわかっていた。

思わず顔が歪《ゆが》む。

対して亡者共の拘束から脱出したボルドークもまた、驚きを隠せなかった。

残った亡者共を払いのけながら、ロザリーの顔をまじまじと見る。

「親犬の不意打ちをかわすとは……しかし若い。まさか貴様も学生か？　その年でこの膨大な魔導量――そしてその魔導性！」

ロザリーは答えない。ボルドークはなおも尋ねる。

「聞いたことがあるぞ？　おぞましき生まれの魔女にのみ起こりうる変異。この世に争いと不幸をまき散らす忌まわしき魔導性。不死者《アンデッド》を操る魔導騎士――死霊騎士《ネクロマンサー》であろう！

貴様、どのようにしてその魔導を手にした？」

これもロザリーが答えないとみると、ボルドークは目を剝《む》いた。

「もしや生まれつきか？　ならば忌み子だ！　風のミルザと同じ、災いを宿命づけられた者だ！」

ボルドークは三指を折った。

三頭の黒犬が彼の前に集い、それからボルドークは親指を折る。

すると大きな黒犬が他の三頭をぐちゃり、ぐちゃりと共食いを始めた。

食うたびに大きさが増す。

三頭を平らげ出来上がった黒犬は、もはや犬とも呼べない醜悪な化け物だった。口も目もグロテスクに歪み、食われた犬の面が身体のどこそこで瘤《こぶ》のように唸《うな》っている。

「私は何のために王国へ来たか。公子のため？　復讐《ふくしゅう》のため？　違う。今、わかった。貴様を屠《ほふ》るためだ！　やがて皇国へ災厄をもたらす、悪魔の子を間引くためだったのだ！」

「好き勝手言って……！」

ロザリーの苛立《いらだ》ちをよそに、ボルドークが親指を折った。

「行けっ!!」

巨大な黒犬がロザリーへ向かう。

避けようとして、ロザリーは位置の悪さに気がついた。

背後には同級生たちがいる。

黒犬の大きな顎《あご》は、ロザリーごと同級生たちをも喰らわんとしている。

「楯《たて》になれ、〝野郎共〟ッ！」

ロザリーの影から、死の軍勢が現れた。上へ上へと積み重なり、骸骨の壁となる。

直後にゴッ！　と耳をつんざく鈍い音。

骸骨はゴリゴリと削られ、黒犬が離れた後に骸骨の壁は瓦解した。

「……受けちゃダメね」

ロザリーは低く、仕掛けた。地を這《は》うより低く、そしてとびきり速く。

油断なく見ていたボルドークが、一瞬見失うほどに。

主《あるじ》の元へ戻る黒犬を追い越し、あっという間にボルドークへ肉薄した。

「させるか！」

直感で悟ったボルドークが、迎え撃つべく下段へ突きを放つ。

ロザリーはそれを剣の腹で受け流し、ボルドークの首を払った。

仰《の》け反って、それをかわすボルドーク。しかし宙を見上げる彼の視界に映ったのは、首を払ったはずのロザリーの剣が、振り下ろされようとしている様だった。

「その若さでなんと老練な剣よ。……だが！」

ボルドークは小指を折った。

新たに生まれた小型の黒犬が、至近距離からロザリーの腹に歯を立てる。

「ぐっ！……〝亡者――」

ボルドークはすぐさま、ロザリーの影から飛び退いた。

「仕掛けは影だろう？　もう踏まんよ」

ニタリと笑うボルドークに違和感を覚え、ロザリーが振り向く。

すぐそこに、巨大な黒犬が赤黒い口を開けて迫っていた。腹に食いつく小黒犬を剣で断ち切り、すぐさま体《たい》を入れ替え、襲い来る巨大な黒犬の牙を剣で受け止める。

背後からは、ボルドークが剣を振り上げた気配。

「――うぅう、あぁァッ！」

力任せに巨大な黒犬を弾《はじ》き返し、すぐさまボルドークの剣を受ける。

二人の剣がぶつかり、火花が散る。その瞬間、ロザリーの剣にヒビが走った。

「鈍《なまくら》――剣が力に見合っていない。まさか学生用の剣か？　肝心なところは未熟！」

ヒビが大きくなりロザリーの剣が砕ける。

ボルドークは素早く剣を引き、突きを放つべく構えた。

いかに敵が魔導に勝ろうと、この距離ならば外さない。

あとはこの化け物の命を一撃で絶てる魔導を巡らせるだけ。

そうしてボルドークは迅速に魔導を練り、今まさに突きを放たんとしたとき。

ロザリーは自分の襟元を持ち、力任せに開いてボタンを引きちぎった。

胸元を晒《さら》し「さあ心臓を貫け」とでもいうふうに。

「何を……？」

「私の影はここにもある」

ボルドークの視線がロザリーの胸元――服と肌の間の影に吸い込まれる。

ロザリーは最も愛《いと》しき僕《しもべ》の名を呼んだ。

「ベアトリス！」

ロザリーの胸元から、女の不死者《アンデッド》がぬるりと這い出てきた。

白濁した瞳に、木の根のように額を覆う黒ずんだ血管。干からびた唇は糸で固く縫い付

けられ、胸元には死因となった折れた剣が刺さったままになっている。

その不死者《アンデッド》は、かつてロザリーが母と慕ったベアトリスであった。

ベアトリスは一瞬のうちにボルドークに取りつき、彼の胸をやすやすと手刀で貫いた。

「ぬ、ぐ、」

ボルドークは剣を取り落とし、一歩、二歩と後ずさった。

背中から倒れそうになり、何かを摑もうとするように宙に右手を伸ばす。

その右手の親指が折れようとした瞬間。

ベアトリスが操り人形のような奇妙な動きで躍り出た。

ベアトリスはボルドークの上半身に飛び乗り、その勢いで彼を仰向《あおむ》けに押し倒す。

直後、ゴリッと鈍い音を立てて、ボルドークの頭蓋が圧壊した。

ロザリーの心中に内なる声が響く。

『すまない、ロザリー。一人にすべきではなかった。ベアトリスを使うことになるとは』

ベアトリスはボルドークに馬乗りになったまま、痙攣《けいれん》するように震えている。

ロザリーはそんな彼女を顔をこわばらせて凝視している。

『死霊騎士《ネクロマンサー》ノ僕《しもべ》は、かつて愛した人ほど強力な不死者《アンデッド》となる。だがそれは、愛した人の死を再び直視することでもある。……傷になる、早く影へ』

ロザリーが微《かす》かに頷《うなず》くと、彼女の影がベアトリスのほうへ伸びていく。

ベアトリスはボルドークごと、影へ沈んでいった。

ボルドークが消え、脅威が去ったことをやっと理解した生徒たちが、口々に話し出す。

「助かっ、た?」「でも、あれ……ロザリーよね?」「不死者《アンデッド》を……」

「いや、そんなまさか」「でも、見たよな?」「……化け物」

同級生たちの視線がロザリーの背中を射抜き、彼女はそこから動けなくなっていた。

とりわけ初めての友の視線はボルドークの剣よりも鋭くロザリーを貫き、彼女をその場に磔《はりつけ》にした。

「ロザリー……お前、なんで……」

ロザリーはグレンのほうに顔を向けることさえできなかった。

ヒューゴの声が頭の中で反響する。

『こうなってほしくなかッた。残念だよ』

第三章　その男、コクトー

黄金城《パレス》中央に位置する〝止まり木の間〟。

壁中を書架で埋め尽くされたその部屋に、羽根ペンを走らせる音だけが響いている。

音の主は、痩せた暗い印象の男。東方系の顔立ちに鋭い目つき。若白髪が目立つ。

男の名はコクトーといった。

重要なポストのほとんどを大貴族が占める王宮にあって、明晰《めいせき》さのみを武器に平民から宮中伯にまでのし上がった稀有《けう》な存在である。

王の意向はコクトーに聞け。

そう囁《ささや》かれるほど、獅子王《ししおう》エイリス王が彼に寄せる信頼は厚かった。

コン、コン、と部屋の扉がノックされる。

「入れ」

扉から彼の部下が入ってきた。コクトーは振り返りもせずに言う。

「もう終わる。少し待て」

「はっ」

書類に走らせる羽根ペンが加速する。

やがてコクトーは羽根ペンを置き、部下を振り返った。

「アトルシャンの件か」

「はっ。調査が終わりましたのでご報告を」

コクトーは頷き、手で続きを促した。部下が書類を手に報告を始める。

「まず、死傷者について。王国側の死者は、サウスエンデ砦《とりで》の魔導騎士三名と、それに同行した兵七名です」

「ソーサリエの学生は？」

「負傷者が四名。重傷者も出ましたが、駆けつけた砦の聖騎士《パラディン》の治療で助かりました。いずれも予後は良好です。砦長は、自身の迅速な判断によるものだと誇っておいででした」

「バカな。最初の魔導騎士が行方不明になった時点で王都へ報告しておれば、ここまでの事態には至らなかった。砦長は格下げだ」

「続いてアトルシャン側の死傷者ですが、兵は半数の千五百名余。魔導騎士にいたってはほぼ鏖殺《おうさつ》です」

「ほぼ？　生き残りがいるのか」

「先に離脱していたアトルシャン公子ジョンと、供の騎士が一名」

「ふむ。……赫赫《かくかく》たる戦果だな」

「は。これを一人の学生がやったとは信じられません」

「大魔導《アーチ・ソーサリア》が参戦した戦場は、こういう極端な結果になりがちではあるが」

「まさか……それほどの騎士であると？」

「さて、な。死者を操ると聞いたが？」

「そのようです。ソーサリエ生、アトルシャン兵の両方から同様の証言を得ています」

「ふむ」

「続いて宮中伯ご懸念のハイランド地下道についてですが……アトルシャン侵入以降の新たな侵入者はいないと見ています」

「根拠は？」

「ロザリー＝スノウウルフが、洞窟の扉に極めて高度な【鍵掛け】を施していたからです。調査に同行した魔導院中核魔女騎士《ウィッチ》が、解錠を試みて卒倒したとのこと」

「ほう。それは相当だな」

「現在、魔導院が数十人規模の儀式による【鍵開け】を試みております。扉が開き次第、物理的に埋めて、後に多重封印術を用いて封鎖する手筈《てはず》となっております」

「開き次第、か。開きそうか？」

コクトーが皮肉っぽく笑うと、部下も同じように笑った。

「開けるでしょう。学生のかけた鍵を開けられぬでは、魔導院の沽券《こけん》に関わりますので」

「確かにそうだ」

「最後にアトルシャン騎士団の装備品、迷彩マントについてですが。宮中伯のご推察通り、【隠者のルーン】の効果を再現した魔導具であるようです」

「やはりそうか。未知の魔術の可能性も考えていたが」

「これで説明がつきます」

「しかし、我が国には存在しない技術だ。現物は？」

「完品を二百以上」

「技師連へ回し、解析させろ」

「ただちに。――アトルシャン侵入についての報告は以上です」

部下は姿勢を正し、そう言った。だがコクトーは、小さく首を捻《ひね》った。

「……足らんな」

「ご不明な点がありましたか」

「判然としない点がある。全容が見えたとは言い難い」

「ご指摘いただければ調査を継続いたしますが」

「いや」

コクトーは首を振り、静かに立ち上がった。

「自分で調べよう」

部下は顔をこわばらせ、コクトーの背中を見送った。

彼が自ら調査するのは、例外なく国の大事である。

・調査①――隻眼の騎士カーチス

「ボルドーク様は英雄などではない」

地下牢《ちかろう》の中。

魔導を封じる魔導鉱製《ソーサライト》の鎖に繋《つな》がれたカーチスは、石床の上でそうボソリと言った。

「十三年前の戦を公子は地獄と表現していたが、俺に言わせれば狩りだった。混乱して逃げ惑う我らは、追われる獣同然のありさま。それを獅子の騎士章を着けた狩人《かりゅうど》たちが粛々と狩ってゆく。ああ、あれはまさに狩りだった」

「ふむ」

コクトーは膝を折り、カーチスの瞳を覗《のぞ》いた。

「その狩場から、ボルドークは幼い公子を救い出したのだろう？　だからアトルシャンの英雄と呼ばれている」

「ふ。ふふっ」

カーチスは笑った。

「実際は、近くにいた公子を連れて逃げ出すのが精一杯だっただけだ。戦場は混乱を極め、撤退の指示も難しく、残りの兵はそのまま。一緒に逃げた俺みたいなのを除いて、ほとんどの騎士が狩り尽くされたよ」

コクトーは首を捻った。

「アトルシャン騎士の多くは、公子でなくボルドークに従っていたと聞いた。その中でも特にボルドークへの忠義に厚いのが貴殿だとも。それは間違いか？」

カーチスは目を伏せた。コクトーが質問を重ねる。

「ボルドークは英雄というほど強くないということか？」

「いや。お強い」

「羽根は？」

「六枚」

「ほう、それはたいしたものだ。ということは、名の割に弱いからボルドークを謗《そし》るわけではないのだな」

「謗ってなどいない！」

カーチスは立ち上がろうとして、彼を捕らえる鎖が大きな音を立てた。

牢番が慌てて近寄ろうとするが、コクトーは手のひらを向けてそれを制した。

「……ではなぜ、英雄ではないなどと？」

「ご本人が常々おっしゃっていたからだ。英雄という汚名を着せられたと」

「英雄が汚名……？」

そこからカーチスは、アトルシャンの内情について語り始めた。

「ボルドーク様はただの敗残兵にすぎない。しかし政《まつりごと》を託された公妃様は、ボルドーク様を公子を救い出した英雄として祭り上げた。誰もがわかっていた。英雄などではない、痛みから目を逸《そ》らすための欺瞞《ぎまん》であると。それでも皆が乗った。耐え難い痛みが過ぎ去るのを待つために。……だが、痛みは消えなかった。むしろ増していった」

コクトーが頷く。

「確かにアトルシャンはこの十三年、衰退の一途を辿《たど》っているな。治安も悪化し、国境も守れぬ有り様と聞く」

カーチスが目を剝《む》いた。

「元凶である獅子王国の人間が、どの口で言うか！」

「怒鳴るな。獅子侵攻の時代、私は王国の臣ではなかった」

「だとしても！」

「私は貴殿の憂さ晴らしに付き合うためにここにいるのではない。さ、続きを」

カーチスは歯嚙《はが》みしながらも、話を続けた。

「……衰退の一途にあったからこそ、王子誘拐は起死回生の策だったのだ」

「それだ。私が聞きたいのは」

コクトーはカーチスを指差した。

「なぜ王子誘拐などという無謀な作戦を実行に移した？　よしんばウィニィ殿下を拉致できたとしても、王国と皇国は休戦中。協定を無視して王族を攫《さら》ったとなれば、王国より先に身内から袋叩《ふくろだた》きに遭うのではないか？」

「北部諸国の中で、立場を取り戻すためだ」

カーチスの顔に暗い影が落ちる。

「国力の衰えの原因は十三年前の戦だけではない。公子にもある」

「ジョン公子に？」

「公子は成人されてからずっと、反獅子王国を掲げてはばからなかった。休戦協定を破棄し、王国を攻めるべしと公然と主張し続けていた」

「復讐《ふくしゅう》か。無理からぬことではあるが」

「北部諸国はこれに賛同しなかった。痛みが癒えぬはこちらも同じ。その中で戦を求めるなど愚かだと。公子の若さも災いし、アトルシャンは疎まれ、軽んじられるようになった。公子が公の場に立つほどに、アトルシャンは孤立していった」

コクトーが目を細める。

「もしアトルシャンが単独で王国へ侵入し、王子を攫うことができたなら。アトルシャンは自信を取り戻し、公子もぞんざいに扱われないようになる、と？」

「自信ではない、誇りを取り戻す戦いだったのだ」

「私には絵空事に思える。果たして、そううまくいくかな？」

「……ボルドーク様も、そうおっしゃっていた」

カーチスはそう、ボソリと言った。

「ボルドークは反対だったのか？」

「成功したところで、これでアトルシャンが上向くとは到底思えないと」

「ではなぜ作戦に加わった？」

「あの方が公子を生かしたからだ。公子が原因でアトルシャンが衰退するならば、それは助けたご自身のせいでもある。公子を救ったことが間違いであるならば、行く末を最後まで見届ける責任があると。そうお考えだった」

「ふむ。貴殿は？」

「俺か？　俺はボルドーク様についてきただけだ。他のことはどうでもいい」

「そうか。よくわかった」

コクトーは立ち上がり、牢の扉へと向かった。

牢番が鉄格子を開ける。カーチスが、出ていこうとするコクトーの背中に言った。

「一つ、聞きたい」

「何だ？」

コクトーが首だけで振り返る。

「ジョン公子はどうなる？」

「皇都バビロンへ【手紙鳥】を送った。その返答次第だが……仮にも一国の世継ぎだ、ミストラルで処刑されることはあるまい」

「そうか。感謝する」

「意外だな。貴殿は公子を殺してほしいかと思っていたが」

「ぬかせ。……ついでだ、もう一つ」

「何だ？」

「俺はどうなる？」

「ああ、貴殿は――」

言いかけて、コクトーは牢から出た。牢番がすぐさま鍵をかける。

鉄格子の向こうのコクトーが無表情に言う。

「――王国法に照らし、斬首ののち晒《さら》し首《くび》だ」

牢に背を向け、コクトーは去っていった。

しばし啞然《あぜん》としていたカーチスが、おかしそうに笑い出す。

「クッ。クハハハハ……」

自嘲じみた笑い声が、地下牢にこだました。

・**調査②――ごろつきセーロ**

地下牢。コクトーが鉄格子の外にいるときから、その男はひれ伏していた。

牢に入り、コクトーが尋ねる。

「……なぜ、ひれ伏している？」

男が顔を上げた。頭頂部が薄くなった、日焼けした顔が笑う。

「へえ、見たとこかなりのお偉いさんだと。そうでしょう？」

「王陛下の側《そば》に仕えている」

「やっぱり！　へへえー！」

額を石床に擦《こす》りつける男を、コクトーは冷ややかに見つめた。

「〝悪運の〟セーロ。そう呼ばれているそうだな？」

「なんでそれを……あいつらか！　親分を売るなんて、ふてえ野郎どもだ！」

「なぜそう呼ばれる？」

「いや、へへ。あっしは散々悪事を重ねてきやしたが一度も捕まったことがないんでさ」

「散々悪事、か。よもやそれほどの大悪党だとは思わなんだ」

「いや！　悪事と言っても空き巣や馬泥棒が主でして！　それも特別盗みがうまいわけじゃなく、ただ仕事をしくじってもなんでか捕まらないってだけでして。アトルシャンの騎士様にも、ゲン担ぎに雇われたようなもんで、へへ……」

「その悪運で今回も助かると？」

「滅相もない！　こうして捕まっちまってるわけですから。観念しております、はい」

「聞きたいことがある。お前と四人の子分たちの今後は、お前の態度次第だ」

するとセーロは再び、ひれ伏した。

「わかっておりやす！　命があるだけでありがたいことで！　なんでも聞いてください、正確に答えさせていただきやす！」

「ふむ、殊勝な心掛けだ」

正確という言葉が響いたのか、コクトーの顔から険が薄れた。

「では、正確に！……とはいっても、あっしは下っ端なんで作戦の全貌は知らねえんで。そこは大目に見ていただけると」

「それについてはよい」

「は？　では何を」

「私が聞きたいのはロザリー＝スノウウルフについてだ。お前たちと彼女はハイランド地下道で出くわした。お前たちは口封じしようとし、逆に叩きのめされた。そうだな？」

「へえ、間違いありやせん。でも、なんでわざわざ王国の騎士様のことを、よそ者のあっしにお尋ねになるんで？」

「お前が気にすることではない。そこでお前は、作戦について洗いざらいスノウウルフに打ち明けた」

「その通りです」

「なぜ、素直に吐いた？」

「へっ？　なぜってそりゃあ……吐かなきゃ殺されちまうでしょう？」

「質問が悪かったな。スノウウルフは何か魔術を使ったか？　意思に反して自白をしてしまったり、あるいは思考を読まれたりはしたか？」

「ん～、ロザリーの親分はそういうことはなかったですねえ」

「見たところ、拷問を受けたような傷もないが」

「とにかく怖《おそ》ろしかったんでさ。あっしは魔導を持たないただのゴロツキ。騎士様に目をつけられようもんならひとたまりもない。だからそうならないよう、目端を利かせて生きてきた。特に、強い騎士様には絶対睨《にら》まれないように。――でも、あれは別物だ。人であるかも怪しい」

セーロは顔を青ざめさせ、ブルリと身震いした。

「スノウウルフはそれほどの騎士か」

するとセーロはぽかんとして、すぐに首を横に振った。

「いや、ヒューゴの姉御の話です」

「……何と言った？」

「ヒューゴの姉御。あの方も騎士様でやしょう？」

「男の名のようだが……どんな女だ？」

「赤い巻き毛の、とびきり艶《あで》やかな方です。ロザリーの親分も天女のような美しさだが、言っちゃ悪いがまだまだ小娘。対してヒューゴの姉御はもう、今が食べごろ食ってくれ！と言わんばかり。男なら誰でもイカれちまうってもんで」

「その女も騎士なのだな？」

「おそらく。幻術を使いましたから」

「どんな幻術だ？」

「あっしの目の前で、綺麗《きれい》なお顔の半分がドロリと……。ああ、思い出すだけで身の毛がよだつ！」

「ふむ。その後は？」

「旦那の言われた通り。作戦の全容を話したら、ロザリーの親分は外へすっ飛んでいって。ヒューゴの姉御もそれについていきやした。……聞いたところ、ご学友を助けに行ったとか？　いやあ、友情ってのはいいもんですね！　あっ、攫う側のあっしが言うことじゃありませんね、へへ」

「ヒューゴ、か」

コクトーはセーロに背を向け、呟《つぶや》きながら牢《ろう》の外へ向かった。

「旦那！　あっしの話はどうでした⁉」

牢から出たコクトーが鉄格子越しに答える。

「概《おおむ》ね満足した」

「じゃあ！　命だけは！」

「話が正確であれば、な」

そう言い残し、コクトーは去っていった。

・調査③——ソーサリエ一年、グレン＝タイニィウィング
「知りませんでした」

ソーサリエ、面談室。グレンは背筋を伸ばし、対面するコクトーにそう断言した。

「ふむ。では、ヒューゴという名に聞き覚えはないか？」

「ヒューゴ？　聞いたことがありません」

「ロザリー＝スノウウルフに近しい騎士だと思われるのだが」

「知りません」

コクトーはふうっと息を吐いた。

たかが学生と侮っていた目の前の少年は、今回の調査で最も手ごわい。

学生のくせにまるでいっぱしの騎士のような佇《たたず》まいで、無表情にわからないと答えるだけ。

聞きたい情報がまったく引き出せない。

手荒な方法が頭をよぎるが、首を振ってその考えを追い出した。

「君は知らない、わからないばかりだな」

「申しわけありません」

「責めているわけではない。しかし、君はロザリー＝スノウウルフの親友なのだろう？　なのに何も知らないというのが、私には腑《ふ》に落ちないのだ」

グレンは黙りこんだ。

「親友なのだろう？」

姿勢は変わらないが、瞳が細かく揺れ動いている。

「違うのか？」

「……そのつもりでした。でも、俺はあいつのことをまるでわかってなかった。そんなの、親友と呼べるのでしょうか？」

コクトーはやっと気づいた。

情報を引き出せないのも当然のこと。この少年は本当に何も知らないのだ。

「わかった。君への聞き取りは終わりだ。ご苦労だった」

グレンは席から立ち上がり、折り目正しくお辞儀して、部屋を退出した。

グレンが外へ出ると、シモンヴラン校長が椅子に座って待っていた。

「タイニィウィング」

「校長先生」

シモンヴランは杖《つえ》を頼りに立ち上がり、グレンを見上げた。

「ソーサリエの長《おさ》でありながら、学生への調査を拒否できなかった。辛《つら》い思いをさせた。どうか、許してほしい」

「辛い思いなど。自分は何も知らないので」

「で、あってもじゃ」

シモンヴランの顔は苦渋に満ちていた。ふと、グレンが尋ねた。

「俺に謝罪するために、ここで待っていたのですか？」

シモンヴランは首を横に振った。

「いや。儂《わし》もこれから調査を受けるからじゃ」

・調査④――ソーサリエ校長シモンヴラン

「おっしゃる通り。ロザリー＝スノウウルフの魔導色は紫。死霊騎士《ネクロマンサー》でございます」

シモンヴランはあっさりと、そう告白した。

「いつ知った？」

「判別の儀の折。周りの者は――おそらく本人ですら気づいておりませんでしたが」

「ふむ」

コクトーが目を細める。

「事件以前からロザリー＝スノウウルフの魔導性を知っていた人物は、貴殿が初めてだ」

「左様ですか」

「なぜ、王宮へ報告しなかった？」

「スノウウルフの権利を守るため」

「権利？」

「教育を受ける権利です。死霊騎士《ネクロマンサー》は赤の変異魔導性《イレギュラー》。つまり魔女術《ウイッチクラフト》を使えるのです。儂が黙っておれば魔女騎士《ウィッチ》として教育を受けることができます」

「それはつまり――死霊騎士《ネクロマンサー》だと発覚すればソーサリエにいられなくなる。死霊騎士《ネクロマンサー》がそれほどの危険因子だと認識した上で、それを隠していたということになるまいか？」

シモンヴランの言葉が淀《よど》む。

「確信があったわけでは……しかし裏の歴史に照らせば、そうなるのも致し方ないかと」

「裏の歴史？……そうか、貴殿は校長職の前に魔導院に在籍していたのだったな。魔導院の管理する〝裏史書〟に、死霊騎士《ネクロマンサー》の記載があるということか」

シモンヴランが静かに頷《うなず》く。

「〝裏史書〟には何と？」

「私の閲覧レベルでは、詳しくはわかりませぬ。ただ……死霊騎士《ネクロマンサー》は厄災の申し子である。王国に不幸を招く、忌まわしき魔導性であると」

「忌まわしき魔導性……」

「ロザリーは誠実な若者です。魔導性で差別されるべきではありませぬ」

「誠実な若者が、千五百もの命を奪うかな？」

「なっ……！」

死者の数を聞いたシモンヴランは目を見開いた。

「……しかし、それは王子と仲間たちを守るためにしたことであるはず」

「わかっている。だが、ロザリー＝スノウウルフが死霊騎士《ネクロマンサー》と知っていた貴殿も、彼女にそれほどの力があるとは予想していなかった。そうだな？」

「非凡な才を持つ学生であるとは認識しておりましたが……」

「真に重要なのは死霊騎士《ネクロマンサー》であることではない。単独でアトルシャン軍を殲滅《せんめつ》してみせた戦闘能力だ。残酷で容赦がなく、魔導量は極めて多い。なのに誰もそれを知らず、彼女は一介の学生として過ごしてきた。このことこそが問題なのだ」

シモンヴランは真っ白な眉を寄せ、コクトーに問うた。

「……ロザリーはどうなりますかな」

「私ではない。陛下がお決めになる」

黄金城《パレス》には一つだけ、鷲《わし》を象《かたど》った座具がある。

――大鷲の玉座。王の座である。

大鷲は魔導皇国を象徴する。始祖レオニードが旗印である獅子《しし》でなく大鷲をモチーフに選んだのは、王がそれを尻に敷くことで皇国への反抗と王国の独立を示すためである。

今、玉座に座る男は、その気概を体現するかのような顔立ちをしていた。

眼光鋭い目。燃えるように逆立つ髪と口髭《くちひげ》。

太いあごも髭で覆われ、まさに怒れる獅子そのもの。

男の名はエイリス＝ユーネリオン。当代の獅子王である。

エイリス王は王冠も被《かぶ》っていなければ、王笏《おうしゃく》も持っていない。

仕立ての良いシャツにズボンだけ。傍らに剣を置き、足を組んでいる。

ただそうしているだけで、王の威厳に満ち満ちていた。

そして玉座に座るエイリス王の前に、もう一人。王の右腕――コクトー宮中伯だ。

「――以上がロザリー＝スノウウルフについての報告となります、陛下」

「ご苦労」

エイリス王は、足元の大鷲の頭をコツンと蹴った。

「皇都《バビロン》の反応は？」

「アトルシャンの独断であると。君主である公妃は自害、アトルシャン領は北部諸国へ分割。アトルシャン公国は消滅し、これをもって独断であった証左としたいと」

「手回しが早いな」

「我が国と事を構えたくはないのでしょう」

「それにしても早すぎる。コクトー、そちの仕業か？」

「私は何も。皇国評議会にいる知人に情報を流しただけです」

「どのように？」

「学生を狙った卑劣な犯行。動機は復讐《ふくしゆう》欲《よく》、名誉欲。王国の被った被害状況。これらを数々の証拠を添えて伝えました。……ああ、こちらの死傷者数は脚色しましたな。偽ったのはそれくらいです」

「やはりそちではないか」

エイリス王は鼻で笑ったあと、大きなため息をついた。

「お気に障ることでも？」

「つまらぬ」

「つまりませんか。では、十三年ぶりに皇国を攻めるといたしましょう」

「ククッ。十三年前、そちは王国におるまいが」

「ですな。私が参画していれば、もう少しマシな戦果を残せたでしょう」

コクトーは王に対してでも、あけすけにものを言うところがあった。

エイリス王は彼のそういうところが気に入っているので、いちいち咎《とが》めたりはしない。

ただ恐ろしげな顔に笑みを浮かべながら、腹心の吐く毒を楽しんでいる。

「死霊騎士《ネクロマンサー》は？」

「城内に軟禁しております。本音を申せば騎士用地下牢に繋《つな》いでおきたいところですが」

「強すぎる騎士には魔導鉱《ソーサライト》の手枷《てかせ》も意味があるまい」

「私の心の平穏の話です。せめて地下牢にでも入れておかねば、魔導なき私などは恐ろしくて宮中を歩けません」

「お前が取り乱したところなど見たことがないが……？」

「何をおっしゃる。陛下の前で私はいつも、獅子の前の仔《こ》ウサギ同然。なけなしの勇気を振り絞って立っているのです。ほら、この震える手をご覧あれ」

「フ、ぬかせ」

エイリス王はふと、天井を見上げた。

「スノウウルフ――」

そう呟いたきり、エイリス王は押し黙った。コクトーは黙して王の次の言葉を待った。

これはエイリス王が思考を巡らせているときの癖だと知っているからだ。

「――スノウオウル」

思考の海から帰ったエイリス王が口にしたのは、鳥の名。つまりは皇国の家名だった。

「スノウウルフです、陛下」

コクトーがそう訂正したとき。玉座の間の扉を守る衛兵が、少し騒がしくなった。

「そうだ、失念しておりました。魔導院院長がお見えになるとのこと。大変重要な話であるとか」

「シャハルミドが？　会いたくないな。なんの話だ？」

「さて。私も聞いておりませんので」

「……わかった。通せ」

コクトーが衛兵に目配《めくば》せする。

両開きの扉が重い音とともに開かれ、えんじ色のローブを着た老人が入ってきた。

杖を突くたびに、幾重にもかけられた首飾りや腕輪が鳴る。

やがて王の前に辿《たど》り着くと、恭しくお辞儀した。

「魔導院院長シャハルミドでございます。獅子王陛下におかれましては――」

「――前置きはよい。話とはなんだ、シャハルミド」

「南部で起きた事件についてでございます」

「ちょうどコクトーとその話をしていたところだ」

シャハルミドは冷たい目でコクトーをちらりと見て、言葉を続けた。

「では、アトルシャンの騎士を退けたロザリー＝スノウウルフが死霊騎士《ネクロマンサー》であることについても？」

「知っている」

「もしやとは思いますが……スノウウルフを取り立てるおつもりではございませぬか？」

「ふむ。だとしたら？」

「なりませぬ！」

シャハルミドが強く杖を突いた。首飾りや腕輪が激しく揺れる。

「魔導院ではスノウウルフの死霊騎士《ネクロマンサー》発覚より議論を重ね、彼《か》の者の処遇について結論に至りました。それを陛下にご進言いたしたく」

「申せ」

シャハルミドはあごを上げ、語気を強めて言った。

「ロザリー＝スノウウルフを処刑すべし！」

「……処刑？」

エイリス王の顔が曇った。コクトーが割って入る。

「それは〝裏史書〟にある記載のためか？　忌まわしき魔導性だとかいう……」

「さすがはコクトー宮中伯、博学であられますな。その知性に免じ、院外秘である〝裏史書〟の内容をどこで知ったかは聞かずにおきましょう」

嫌みったらしい口振りに、コクトーが鼻を鳴らす。

シャハルミドはエイリス王に向き直り、言葉を次いだ。

「〝裏史書〟に登場する死霊騎士《ネクロマンサー》は、ただ一人。〝腐肉使い〟ヒューゴ＝レイヴンマスターでございます。出現したのは五百年前、独立戦争の折のこと。その烈火のごとき攻め手により、数十の城が陥落し、万の兵が屠《ほふ》られ、初代ランスロー伯など重臣も討ち取られました。〝腐肉使い〟によってもたらされた被害はかように甚大です。——しかし、特筆すべきはそのやり口！」

シャハルミドのしわがれ声が熱を帯びる。

「〝腐肉使い〟は特製の不死者《アンデッド》を王国内にばら撒《ま》いた！　それは感染する蠢く死体《リビングデッド》、シュガーヘッド！　人を求めて徘徊《はいかい》し、方々で人を襲う！　徘徊を続けるうちに肉は朽ち、頭蓋は砂糖菓子のように脆《もろ》くなる！　やがて自力で歩けなくなると頭が粉々に弾《はじ》け、その粉が風に乗って綿毛のように広がる！　その粉を吸い込んだ者は三日三晩苦しみ、四日目に絶命し、五日目には新たなシュガーヘッドと成り果てる！　この病魔は瞬く間に広がり、王国を隅々まで侵していった！　ピーク時には王都の中にまで感染者がいたほど！」

シャハルミドはふーっ、と息を吐き、言葉を繋ぐ。

「死体を弄ぶ死霊騎士《ネクロマンサー》は災厄を招きまする。獅子の都《ミストラル》を死者の都《ネクロポリス》にしてはなりませぬ」

エイリス王は黙している。代わりにコクトーが口を開いた。

「それでも、ソーサリエ生を処刑するというのは承服しかねる」

「おや、なんとお優しい。冷血で知られるコクトー宮中伯らしからぬお言葉ですな。死霊騎士《ネクロマンサー》の危険性については今述べた通りですぞ？」

「悪《あ》しき前例になるということだ。保護者たちも黙ってはおるまい」

「ご心配には及びませんぞ、宮中伯。スノウウルフは貴族でなく、保護者もおりません」

得意気にそう述べたシャハルミドであったが、コクトーは鋭く反論した。

「そんなことはとっくに調べはついている。知った上で言っているのだ。それとも貴公、私がスノウウルフの素性も調べぬ愚昧であると言いたいのか？」

「いや、そのようなことは……」

「悪しき前例になるといっただろう。一度目より二度目がたやすいのが世の常。一度ソーサリエ生が処刑されれば、二度目もあり得る。そのときは平民とは限らない。いつか貴族の子弟にも及びかねない——そう保護者たちは考える。五百年間一度もないことの意義を考えられよ」

「……なるほど。では、飛竜監獄に送るのはどうですかな？　処刑は成人を待ってからということで」

「ふむ。いかがです、陛下——」

そう言ってコクトーは王を振り返り、その表情にギョッとした。

「……スノウオウルか。面白い」

エイリス王は嗤《わら》っていた。

王と多くの時間を共にするコクトーであっても数年ぶりに見る顔。

それは欲を刺激されたときに浮かぶ、支配者の表情であった。

「スノウウルフです、殿下」

コクトーは再度、訂正した。エイリス王が目を細める。

「スノウウルフは聞かぬ名だ」

「確かに。おそらくは途絶えた貴族家の傍流ではないかと」

「しかし、スノウオウルはよく知っておる」

「は？」

「ロザリー＝スノウオウル。この名に覚えはないか？　あらゆる記録に目を通し、一字一句記憶するそちなら、思い当たるのではないか？」

　エイリス王の言う通り、コクトーには見聞きした情報を正確に呼び起こせる能力があった。コクトーがロザリー＝スノウオウルの名を鍵にして、記憶の糸を辿っていく。

「皇国騎士の子専門の児童保護施設、通称〝鳥籠〟の名簿にその名があります。獅子侵攻の際に捕虜とした騎士の産んだ娘で、母親は……魔導八翼〝白薔薇《しろばら》〟ルイーズ＝スノウオウル!?」

　エイリス王が、口髭の奥でニタリと嗤った。

「あの敗戦における唯一の収穫。王家に血を入れんがために連れ帰った、美しき大魔導。捕らえたときにはもう、身籠っておったが」

「その子がロザリーであると？　騙《かた》りの可能性は？」

「年は合う。あとは――世にも珍しい紫の瞳をしていたはずだ」

「……ロザリーは紫眸《しぼう》の少女です」

「では決まりだ。八翼は皇国で最も強い八人の騎士。ならばその血を引く娘はどうだ？」

「王家《ユーネリオン》に入れるおつもりで？」

「今の王家は血が濃くなりすぎておる。新たな血の確保こそが重要だ。何せ、王国内で血縁のない家を探すだけで一苦労だからな」

「おっしゃる通りかと」

魔導は血によって受け継ぐ。

魔導に優れた騎士を生み出すには、魔導に優れた男女に子を作らせるのが近道である。

王国においては高い地位の家ほど、この魔導血統主義が徹底されている。

その最たるものが獅子王家《ししおう》。並外れた騎士の血を取り込み続けることによって強力な世継ぎを作り、王家はその権威を保持してきた。

だがその代償に、王家の血は濃くなりすぎていた。

高位貴族も同様で、そのほとんどが王家と血縁関係にある。

強く新しい血を入れることは、王家の急務だった。

「ウィニィ殿下はドーフィナ家のご令嬢と婚約したばかり……となると正妻のおられぬニド殿下ですが」

愉《たの》しげであったエイリス王の顔が歪《ゆが》む。

「奴《やつ》にくれてやるのは惜しい」

「では後宮に召されると?」

「急ぎはせぬ。逃げられては元も子もないからな。ウィニィが男児をもうけたら、それに娶《めと》らせるでもよい」

「殿下はロザリーと同い年。その子に娶らせると年の差がありますな」

「でなければ余がもらうのだ。どちらにせよ親子ほどの年の差になる。ならば若い相手のほうがロザリーも納得しよう」

「ウィニィ殿下と縁組みするのが最も自然かと。ドーフィナとの婚約を解消するか、あるいは側室として――」

「ウィニィはならん」

エイリス王は、そう断言した。コクトーは理由を尋ねず、次の質問をした。

「左様で。ところで……母、ルイーズは今どこに？」

エイリス王は首を捻《ひね》った。

「さて、忘れたな」

コクトーはそれ以上、追及しなかった。

王が「忘れた」というときは、それ以上聞くなという意思の表れである。

「では、ロザリー＝スノウオウルの処刑は」

「なしだ。ソーサリエに戻し、騎士とせよ」

コクトーがちらりとシャハルミドに目をやる。

「魔導性が明らかになった今、排斥しようとする動きが出てくるやもしれませんが」

「スノウオウルはウィニィを救った英雄である。これを排斥しようとするのは、王家に仇《あだ》なす行為である。……とでも触れ回っておけ。そちが言えば余の言葉と受け取るだろう」

「御意に――」

「――愚かなッ!!」

シャハルミドが怒声を上げた。

杖《つえ》を強《したた》かに床へ打ちつけ、首飾りや腕輪がうるさく鳴る。

「魔導院の決議を無視するばかりか、災厄の申し子の血を王家に入れる!? 王とはいえあまりに不遜! 歴代の獅子王がお聞きになれば、どれほど嘆かれることか! ロザリー＝スノウウルフは処刑! 異端者死霊騎士《ネクロマンサー》は誅《ちゅう》すべし!!」

シャハルミドは顔を紅潮させ、一気にそうまくし立てた。

エイリス王が低く、呟《つぶや》く。

「……不遜。不遜、か」

コクトーは言葉なく、王の視界から外れた。

シャハルミドはそれを見て、己が言い過ぎたことに気づく。

「シャハルミド。いつから魔導院の決議が余の決定を上回ると思い込むようになった?」

「うっ、上回るなどと思ったことはありませぬ! ただ、魔導院には積み上げてきた叡智《えいち》がございます。それが陛下のご裁可の一助となれば、と」

「先ほど、お前はこう申したな? 議論を重ね、結論に至ったと」

「は、たしかに」

「それはつまり、スノウオウルが死霊騎士《ネクロマンサー》だといち早く知りながら、余に報告せず魔導院で議論に興じておったということか?」

「それは!　興じておった、ということはなく――」

「――シャハルミド」

エイリス王は玉座から立ち上がり、シャハルミドの元まで下りてきた。

そしてそっと、年老いた彼の肩に手を置く。

「魔導院の不遜、許しがたい」

シャハルミドは顔を伏せ、激しく震えた。

肩に置かれた手が、まるで赤く熱せられた鉄のように感じる。

顔を上げた途端、首をねじ切られる予感がある。

エイリス王の強大な魔導が、尊大な老人を赤子のように臆病にしていた。

「だが、余は寛大だ。一度は許す」

「は……ありがたき……」

「二度はない。下がれ」

「は……」

シャハルミドは杖を突くのも忘れ、顔を伏せたまま下がっていった。彼が両開きの重い扉の奥に消えたあと、エイリス王はコクトーにだけ聞こえる声で言った。

「コクトー。魔導院を御せるか?」

「さて。あそこは院長のようなご老人が大勢おられる魔窟ですからな」

「御せるかと聞いておる」

「一度壊してよいならば」

「それは許さぬ。不遜なあ奴らは己の命と魔導院の蔵書を等価値だと思い上がっておる」

「……魔導院を解体しようとすれば、彼らは蔵書を隠すと」

「もっと悪い。焚《た》きつけてこの世から消すだろう」

「そこまでやるとお考えなのに、私に御せ、と？」

「〝裏史書〟。余は目にしたことがない。王である余が、だ。わかるか？」

「……はっ」

「時間はかかってもよい。だが魔導院の手綱を握るまでは、そちがロザリーを守ってやれ。

シャハルミドは諦めぬであろう」

「御意に」


ロザリーは黄金城《パレス》高層、貴賓室に滞在していた。

異国の外交官などが宿泊する部屋である。

間取りは馬鹿馬鹿しいほど広く、調度品は国威を示すかのように豪奢《ごうしゃ》だ。

ロザリーも初めの内こそ、この待遇を喜んだ。部屋を隅々まで調べて回ったり、高層からの眺めを楽しんだり、贅《ぜい》を尽くしたディナーに舌鼓を打ったり。

だがそんな気分も一晩寝たら冷めた。これは軟禁であると気づいたからだ。

「何を眺めているンだい？」

ヒューゴがロザリーに尋ねた。

ロザリーは窓の額縁に腰かけ、物憂げに外を眺めている。

「今年は先の尖《とが》った靴が流行《はや》りらしくて」

「ふぅン」

「履いた人が何人いるかなって数えてる」

「……楽しいの、ソレ？」

「つまんない」

そう言って、ロザリーはため息をついた。

「キミが何を考えているか当てよう」

ヒューゴは両手の人差し指を交互に動かし、からかうようにロザリーを指差した。

「お友だち――特にグレンって子のことだネ？」

ロザリーはふいっと目を逸《そ》らした。ヒューゴが追い打ちをかける。

「何度も忠告したハズだ。キミは死霊騎士《ネクロマンサー》、決して素性を知られてはならないと」

ロザリーはヒューゴが煙たくて、レースのカーテンを勢い良く閉めた。

窓とカーテンの間で、ロザリーは思いを馳《は》せる。

それは王都で過ごした、甘く遠い学生生活のこと。

（一年足らずで終わりか。あっけないものね）

すると、部屋の扉がノックされた。折り目正しい音。昼食の時間はまだ先だ。

「はい」

ロザリーはカーテンの裏から出てきて、扉に向かった。

無言でヒューゴに自分の影を指し示すと、彼は口を尖らせながらも黙って影へ潜る。

「お待たせしました。何の御用でしょう?」

努めて行儀よく扉を開けると、東方系の顔立ちの男が立っていた。彼の地味だが仕立ての良い服を見て、ロザリーは自分の対応は正解だったと心中で頷《うなず》く。

「私は王の側《そば》に仕えるコクトーという。今日は君に二、三質問があってきた」

「わかりました。中へどうぞ」

ロザリーは部屋の主《あるじ》のように振る舞い、応接用のソファへと案内した。

コクトーが座り、ロザリーも応接机を挟んで座る。

「まずは、ウィニィ殿下を窮地より救い出してくれたこと、陛下に代わり謝意を述べさせてもらおう」

ロザリーは無言で頷いた。

コクトーが笑顔を貼りつかせて続ける。

「陛下は大変お喜びだ。君へ勲章を授与するとまで言い出されたほどだよ」

「そうですか。その感謝の表れが、この豪勢な牢獄であるわけですね」

するとコクトーの作り物の笑顔が、本来の皮肉めいた物へと変わった。

「クク、手厳しいな。だが仕方あるまい。この国において、死霊騎士《ネクロマンサー》とは恐るべきものであるらしいからな」

「私のことを調べて」

「当然だ。王子誘拐未遂事件を嵐とすれば、君はその渦の中心にいる」

「なるほど。で、どこまで調べがついたのです？」

ロザリーは余裕たっぷりに足を組んだ。

死霊騎士《ネクロマンサー》だとバレているなら、それ以上に知られて困ることなどない。

「ロザリー＝スノウウルフ。ソーサリエ一年生。魔導性は魔女騎士《ウィッチ》のイレギュラー、死霊騎士《ネクロマンサー》」

ロザリーもここまでは、余裕を持って聞いていたのだが。

「本名ロザリー＝スノウオウル。魔導八翼ルイーズ＝スノウオウルの娘。鳥籠にいたが五歳のときに失踪、以後消息不明となる。今年王都へ戻り、ソーサリエに入学した」

ロザリーはわかりやすく動揺した。思わず口を手で覆い隠し、瞳が激しく揺れる。

（鳥籠出身!?　ルイーズの娘!?　この人、何を言って……ええっ!?）

するとと、心の中で声がした。

『落ち着きなヨ、御主人様』

（落ち着いてなんかいられないよ！　ヒューゴだって今の聞いたでしょ!?）

『聞いタ。本当かねェ』

（だいたい、何で本名がバレて――やっぱりスノウウルフって偽名がそのままますぎたんだ！　ああ、入学のときもっと真剣に考えるんだった！）

『たぶん、そこは重要ではないネ』

（なんで？）

『魔導八翼とは皇国の大いなる騎士、八人のコト。ソノ娘が王都にいたのなら、王国にとって超が付く重要人物だ。王都に戻った以上、遅かれ早かれバレていただろう』

（そっか……）

『ってかサ、キミは王国の生まれなの？　鳥の名だからてっきり皇国生まれだとばかり』

（覚えてない。ただ……夢を見る）

『夢？』

（お母さんと別れる日の夢。最近気づいたんだけど、その場所が〝金の小枝通り〟なの）

『……ナルホド』

（うー、でもわかんない！　夢と最近見てる景色がごちゃ混ぜになってるだけかも！）

『ルイーズという名に覚えは？』

（ない。お母さん、って呼んでたし。他の人にもルイーズとは呼ばれてなかったと思う）

『フム。ま、とにかく確かめよう』

（どうやって？）

『目の前の男に聞くといい。どうもこの男はキミやボクよりキミに詳しいみたいだから』

（……そうね。わかった）

ロザリーが視線を向けると、コクトーは静かに待っていた。

ロザリーを思いやってそうしたというより、彼女の反応を楽しんでいる様子だった。

ごくんと唾を呑《の》み、ロザリーが尋ねる。

「……私は、鳥籠にいたのですか？」

「ん？　覚えていないのか？」

「覚えていません。だから、あなたの言うロザリーが自分のことか、正直わからなくて」

「ふむ。鳥籠にロザリー＝スノウオウルという少女がいたのは事実だ。記録によれば君と同じ年齢で、肌が白く黒髪で、紫の瞳をしていたという」

「……まるで、私ですね」

「私はそう確信している。君の口から確かめたいと思い、ここに来たのだが……覚えていないとは困ったな。何か、思い出せることはないか？」

ロザリーの目が応接机の上を泳ぐ。

「コクトー様のおっしゃることと矛盾はないです。でも、確信を持てません」

「そうか」

ロザリーがハッと視線を上げる。

「そのルイーズって女性はどんな方なんですか？」

「魔導八翼〝白薔薇《しろばら》〟のルイーズ。八翼とは皇国圏で最も魔導強き八人を指す」

「すごい騎士なんですね」

「極めて優れた騎士と言えるだろう」

「その人、今は？」

「行方知れずだ。生死もわからない」

「そう、ですか。……もう少しわかりませんか？　ほら、外見とか」

「外見か」

コクトーはルイーズ＝スノウオウルの名を鍵にして、記憶の糸を手繰った。

「当時の皇国騎士人物評にこうある。──氷と雪に親しい精霊騎士《エレメンタリア》。冬の女王の生まれ変わり。銀髪、痩身。見目麗し──どうだ？」

ロザリーがしきりに頷く。

「母は長い銀髪で細身でした。特徴は合ってます」

「あとは、そうだな……」

コクトーが再び記憶の糸を手繰る。

「外見ではないが、ルイーズと会った商人が手記にこう記している。──彼女が〝白薔薇〟と呼ばれるのは美しさだけが理由ではない。薔薇の香水を愛用しているからだ──と」

ロザリーは両手で顔を覆った。

「……母です。いつも薔薇の香りを漂わせていた」

「やはりそうか」

コクトーは静かに頷いた。

「私が知りたいのは。ルイーズの娘である君が、果たしてどんな少女なのかということだ」

「……どんな、とは？」

「君は将来有望な騎士の卵に過ぎないのか。それとも王国に仇《あだ》なす災厄の申し子なのか」

「死霊騎士《ネクロマンサー》だからですか？　それとも皇国騎士の娘だからですか？」

「その両方だ」

ロザリーが眉を寄せる。

「自己弁護する方法が思いつきません。確かに私は死霊騎士《ネクロマンサー》で、皇国騎士ルイーズの娘でもあるようなので」

「自己弁護の必要はない。私が判断する」

そしてコクトーは、机に被《かぶ》せるように身を乗り出した。

「君には私の知らない七年の空白がある。失踪してから王都に戻るまで、君はどこで何をしていた？」

「私は――」

そこまで言って、ロザリーはどう答えるべきか迷った。

するとヒューゴの声が頭に響く。

『コノ男は東商人だ』

（なにそれ？）

『東方商国の貿易商のコト。真偽不明の情報が飛び交う世界で、彼らは正しい情報だけを炙《あぶ》り出す手管を知ってる。嘘《うそ》は通用しない。正直に答えたほうがいい』

(……わかった)

ロザリーは初めから言い直した。

「私は母に捨てられて、すぐ別の人に拾われて、九歳まで山の中の研究所にいました」

「すぐ拾われた、か。それは攫《さら》われたのでは?」

「違います。母との別れは覚えているので」

「ふむ。研究所とは?」

「〝旧時代〟と呼ばれる古代文明の研究所です」

「〝旧時代〟か。魔導具関連だな。どこにある?」

「西の果ての山岳地帯に。そこに〝旧時代〟の遺跡群があって」

「それは皇国の研究施設か?」

「わかりません。隠れ里のように存在していたので、てっきり独立した施設なのかと」

「どこの国にも属さない魔導具研究機関がある、という噂《うわさ》は聞いたことがあるが。……君はなぜ、そこにいたのだ?」

「遺跡で発掘された遺体から、情報を引き出すために」

「ほう! なるほど、そういう力の使い方もあるのか。実際に引き出せていたのか?」

「一部は。古すぎる遺骨は会話もままならなくて」

「遺骨と会話か、面白いな。それで、どうしてその研究所を出た？」

「利用されるのが嫌になって、飛び出しました」

コクトーがすうっと目を細める。愉快そうにしていた気配も消えた。

「偽りを混ぜたな？　急に嘘が臭い始めた」

ロザリーは思わずついた嘘を飲み込み、真実を話した。

「……私の利用価値がなくなって殺されそうになり……返り討ちにしました」

コクトーは一つ、頷いた。

「それでいい」

「嘘は通用しませんね。気をつけます」

ロザリーが目を伏せると、コクトーは小さく首を横に振った。

「そのことではない。返り討ちにしたことだ」

「は？」

「嘘をついたということは、それを後ろめたく思っているということだ。だが君は力ある騎士であり、自身の命を防衛しただけのこと。気に病む必要はない、それでいい」

思いがけない言葉に、ロザリーは目を瞬かせた。

「は……ありがとうございます」

「礼には及ばん。当然のことを言ったまでだ。……さて、それが九歳のときだったか？」

「九歳です。そこから旅暮らしをしつつ移動し、王都に着いたのは入学の直前です」

「王都へは母を求めて？」

「いえ、入学が目的です。母と暮らしたのが王都だとは思いもしなかったので」

「なるほど。……では次だ。君がアトルシャン騎士団を追っているときに、赤毛の女を伴っていたとの目撃情報があった。その女は誰だ？」

思わぬ質問にロザリーは再び動揺した。心中のヒューゴも訝《いぶか》る。

『目撃情報？　そンな馬鹿な、見た者はすべて冥府に送ったハズ……』

（そうよね、誰も……あっ、わかった！　あいつだ、ごろつきセーロ！）

『おォ、いたネ、そんなヤツ！　洞窟から出るとき、アイツどうしたっけ？』

（……どうもしてない。そのまま。気にもしなかった）

『三下だからネ……』

（うん、三下だから……）

二人が自分たちのミスに気づき落ち込んでいると、コクトーがゴホンと咳払《せきばら》いした。

「……で。どうなのだ？」

思わずとぼけたくなるが、目の前の男は難なく看破するに決まってる。

そう思ったロザリーは、嘘を交えず、できるだけ簡潔に答えることにした。

「彼女は私の僕《しもべ》です」

「僕《しもべ》？」

「えーと、精霊騎士《エレメンタリア》でいうところの使い魔みたいな」

「ふむ。騎士ではないのか」

「騎士と言えば騎士です。生前は騎士だったので」

「不死者《アンデッド》ということだな。どうやって僕《しもべ》にしたのだ？」

「彼女の遺骨に語りかけて」

「フ、なるほど。僕《しもべ》ということは、君の支配下にあるのか？」

「そうです」

「ふむ。その僕《しもべ》の正体は〝腐肉使い〟ヒューゴ＝レイヴンマスターだな？」

ロザリーは背筋を伸ばして固まった。その反応にコクトーが愉快そうに笑う。

「ク、ク。そこまで驚くことはないだろう」

「いや、その、ええと……」

ヒューゴが心中で舌打ちする。

『ったく。キミは態度に出し過ぎだ』

（そんなこと言ったって！　これは目撃されたどころの話じゃないよ、なんでこの人、ヒューゴの素性まで知ってるの!?）

『なンでって、キミがセーロの前でボクをヒューゴと呼んだからだろう』

（そうだっけ？……そうだったかも）

『ネクロにヒューゴとなれば、ボクの素性がわかっちゃうのも仕方ないか』

（そうなの？　ヒューゴってそんなに有名なの？）

『大魔導だから有名ではあったけれど、それは五百年前の話。ただ、王国では今でも有名であるかもしれない。言うなれば、歴史上の人物的な？』

（え、どういうこと？）

『言いにくいけど……ボク、戦時中に王国の人をかなり殺《あや》めちゃってるンだよねェ』

（聞きたくないけど……何人くらい？）

『う〜ン。五……六ケタ？』

（うわぁ、最低。聞くんじゃなかった……）

『ボクも偽名を使うべきだったかなァ。五百年も前だし、ヒューゴの姿でうろつくことも少ないからいけると思ったンだが。ま、あとは適当に誤魔化しておいてくれ』

（簡単に言うよね、もう）

ロザリーがコクトーに視線を向けると、彼はじっとこちらを観察していた。

ロザリーは思わず俯《うつむ》いた。これ以上聞かれたらどう答えようか？

ヒューゴがミシルルゥであることや、【葬魔灯】についても告白すべきなのか？

隠そうとすればきっとバレる、でも何もかもは話したくない。

そんなふうにロザリーがぐるぐると思案していると。

「まあ、いいだろう」

コクトーはそう言って、すっくと立ち上がった。

「え、あの……？」

「話は終わりだ。楽しかったぞ、スノウオウル」

そのまま部屋を立ち去ろうとするコクトーの背中にロザリーが叫ぶ。

「あの！」

「何だ？」

「私は、どうなるのでしょうか……？」

コクトーははたと立ち止まり、踵《きびす》を返して戻ってきた。

「失礼した。君の処遇を伝え忘れていた」

そう言いながらソファに座り直し、ロザリーを見つめて言った。

「君にはミストラルを離れてもらう」

ロザリーの顔に影が落ちる。

「王都追放、ですか」

「ほとぼりが冷めるまでだ。できるだけ速やかに戻れるようにする」

ロザリーは言葉を返さず、ただ俯いた。

「私の言うことが信用できないか？」

「……ほとぼりが冷めるまで。騙《かた》り者《もの》の常套句《じょうとうく》に聞こえます」

「フ。かもしれない」

コクトーは詐欺師扱いされたことを、まるで喜んでいるような様子だった。

笑みで目を細めながら、ロザリーに説明した。

「王都を出る名目は騎士実習だ」

「騎士……実習？」

「知らないのか？　ソーサリエでは二年次に王国内の騎士団へ実習に行かねば卒業できない。期間は半年。二年のほとんどを実習に費やす生徒もいる。君はまだ一年だが、前倒しで行くことにすれば王都を離れても無駄がない。実習には指導騎士が必要となるが——」

「ちょっ、ちょっと待ってください！……私、ソーサリエに戻れるのですか!?」

「王都に戻すのだから、当然ソーサリエに戻ることになるな」

ロザリーはつい頬を緩ませ、それを隠そうと両手で口元を覆った。

「スノウオウル。君の存在を快く思わない人間も確かにいる。なのになぜ、ソーサリエに戻すかわかるか？」

ロザリーの瞳が宙を泳ぐ。

「……コクトー様が、私に目をかけてくださっている、から？」

「違う。私は王の手。手の私が動くのは、王のご意思だからだ」

「エイリス王の？」

「そうだ。わかるか？　君に最も興味を寄せているのは獅子王《ししおう》陛下、ご自身なのだ。だから私は君を王都から出すが、必ずまた戻す」

「陛下のご意思なのに、ほとぼりを冷ます必要があるのですか？」

「君を排斥しようと企《たくら》む御仁もまた、力のあるお方ということだ。まあその点は心配しなくていい。私が何とかする」

「はい……」

「ほとぼりを冷ますという意味では、今すぐにでも王都を出てほしいのだが、ソーサリエでの細細とした手続きが必要になる。そうだな……明後日《あさって》の早朝に出発だ」

「明後日！　すぐですね」

「旅支度も忘れるなよ？　金はあるか？　必要なら貸すが、私は十一《といち》だからな」

「お金はあんまり……旅？　実習へ行くのでは」

「二年のほとんどを費やす者もいると言っただろう。期間は半年なのになぜ一年かかるのか。答えは移動に時間を食うからだ。何か月もかかる移動とはすなわち旅ではないか？」

「たしかに旅、ですね。というか私、どこへ行くのですか？」

「港湾都市ポートオルカへ行ってもらう予定だ。だが……先ほどの話を聞いて、もう一か所、追加することにした」

「港湾……港町！」

「そうだ。二か所目については旅のパートナーに聞け」

「パートナー？」

「旅は道連れ世は情け——とは私の故郷《くに》の言葉だが。旅も人生も道連れがいたほうがいい、という格言だ」

「はあ」

コクトーは端紙にさらさらとペンを走らせ、それをロザリーに差し出した。

「彼らはここにいる。ソーサリエで手続きを終えたら出向くといい。話は通しておく」

「彼ら……複数なんですね。デリンジャー万鍛冶店《よろずかじてん》？」

「彼らの店だ。あとは……そうだ。先ほど言いかけたが、実習には指導騎士が必要だ。指導騎士には実習生と同じ魔導性の騎士があたる決まりだが、死霊騎士《ネクロマンサー》の現役騎士など当然ながらいない」

「ああ……ですよね」

「そこで、ある人物に指導教官になってもらう。名前はユーロペ＝エムロック。数年前に引退した魔女騎士《ウィッチ》だ。現役時代は秘匿部隊に属していたため、多くの者はその名を知らない。だが陛下や私など、知る者は知る優秀な騎士だ」

「は、はい。ユーロペ……すいません、もう一度お願いできますか？」

「ユーロペ＝エムロック。ちなみに、この人物は実在しない」

「はい。……はい？」

「通常の手段で魔女騎士《ウィッチ》を手配すれば、妨害されるのは明白だからな。面倒なので架空の指導騎士を用意したわけだ」

「ええ！　そんな出任せ、バレやしませんか？」

「心配いらん、私の得意分野だ。すでに書類上、ユーロペ卿《きょう》は存在している」

「うわ、そうなんですね」

「伝えるべきことはこんなところだ。覚えたか？」

「えっと、はい。なんだか急すぎて、頭がついていかなくって」

「そういうものだ」

「……はい？」

「ある日。突然。前触れもなく。人生の転換点とはそのようにして目の前に現れるものだ。心の準備など待ってはくれない。その馬車に飛び乗るか、それとも馬車の行き先を案じて見送るか。馬車は二度と来てくれないかもしれないし、案外すぐに来るのやも」

「はあ」

「決めるのは君だ。どうする？」

実習のことは初めて聞いたし、道連れとやらも誰か知らない。

港湾都市だって行ったこともないし、この男を信じてよいのかすらもわからない。

わからないことだらけだが、ロザリーは直感に従うことにした。

「乗ります！　私、実習へ行きます！」

あとがき

はじめましての方は、はじめまして。お久しぶりの方はお久しぶりでございます。

朧丸《おぼろまる》と申します。

作中に登場する『エリュシオンの野』は、生と死のはざまにある世界です。

峰々に囲まれた箱庭のようで、いつも白い花が咲き乱れ、常に夜である。

つまりは常世（常夜）の世界ですね。

実は数年前にも書籍を出しておりまして、このあとがきを書くにあたって「昔書いたことと被っちゃいけないな……」と思い、本を引っ張り出して確認したのですが。

そこでも死生観について書いておりました。

数年前の自分曰《いわ》く、「死とは暗い森にひっそりと佇《たたず》む池である」とのこと。


――池の水は澄み渡り、底に横たわる枯れ木まで鮮明に見える。

波紋一つない水面の向こうは死の世界で、底の枯れ木はなれの果て。

刻一刻と移ろうこちら側と違い、向こう側はピタリと時が止まったようである。

不吉で物悲しくて空恐ろしい向こう側だが、どこか美しく見えて覗《のぞ》いてみたくなる――。


……なるほど。『エリュシオンの野』とはかなり違うイメージを持っていたようです。

常世っぽいところだけは共通か？　まあでもそうか。

この数年間で家族構成も変わりましたし、よく知る有名人も何人も亡くなった。

死生観が変わるには十分な時間だったのかもしれません。

大昔から人は死に幻想を抱きます。

死ぬことは恐ろしい。

それは生の終焉《しゅうえん》であるからか。

それとも誰も経験したことがないからか。

あるいは誰にでも必ず訪れるからか。

ロザリーは普通よりほんの少しだけ、死の世界に近づくことができます。

そんな彼女でも死を恐れます。当然ですね、彼女は生きていますから。


最後に謝辞を述べさせてください。

イラストレーターのみきさい様。私の拙い文章表現からイメージを拡大・発展させて見事に『骨姫』の世界を描いてくださりました。

校正様。致命的なミスが残っていて、ご指摘を受けたときは感謝と同時に血の気が引きました。

担当編集の小川様。『骨姫』を拾っていただき、こうして出版できること。いくら感謝してもしきれません。

そして何よりも、この本を手にとってくださった読者様に最大級の感謝を。
またお会いできる日を楽しみにしております。

次巻予告
「実習」へと旅立ったロザリー。
そこで待ち受ける新たな出会いとは……!?
骨姫ロザリー2
著：朧丸
イラスト：みきさい
COMING SOON!!
コミカライズ最新情報はコミックガルドをCHECK!!
https://comic-gardo.com/
コミカライズ企画進行中!!

作品のご感想、
ファンレターをお待ちしています

あて先

〒141-0031
東京都品川区西五反田 8-1-5 五反田光和ビル4階
ライトノベル編集部
「朧丸」先生係／「みきさい」先生係

OVERLAP

骨姫ロザリー
1. 死者の力を引き継ぐ最強少女、正体を隠して魔導学園に入学する

発　行　2024年5月25日　初版第一刷発行

著　者　朧丸
発行者　永田勝治
発行所　株式会社オーバーラップ
〒141-0031　東京都品川区西五反田8-1-5
校正・DTP　株式会社鷗来堂
印刷・製本　大日本印刷株式会社

Printed in Japan ISBN 978-4-8240-0821-3 C0193

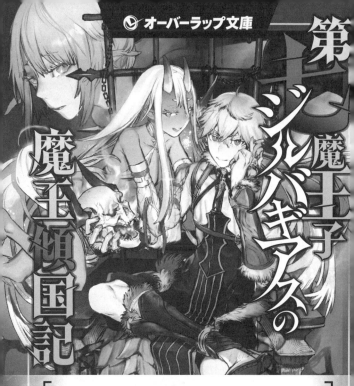

オーバーラップ文庫
反逆者として王国で処刑された隠れ最強騎士
蘇った真の実力者は帝国ルートで英雄となる
蘇った最強が、世界を激震させる!
王国最強の騎士でありながら反逆者として処刑されたアルディアが目を覚ますと、そこは死ぬ前の世界だった……。二度目の人生と気づいたアルディアは、かつて敵だった皇女に恩を返すため祖国を裏切り、再び最強の騎士として全ての敵を打ち滅ぼしていく——!!
著 相模優斗 イラスト GreeN
シリーズ好評発売中!!

オーバーラップ文庫
創成魔法の再現者
貴方の魔法は
こうやって使うんですよ?
名門貴族の子息エルメスは膨大な魔力を持って生まれた神童。しかし鑑定の結果、貴族が代々継承する一族相伝の固有魔法『血統魔法』を受け継いでいない無能と発覚し!? 彼は王都から追放されてしまうが、その才を見抜いた伝説の魔女ローズの導きで魔法に対する王国の常識が全くの誤りだと知り……!?
著 みわもひ イラスト 花ヶ田
シリーズ好評発売中!!